本书获得云南财经大学学术著作出版基金资助。

孙婷婷 ◎ 著

朱迪斯·巴特勒的述行
理论与文化实践

中国社会科学出版社

图书在版编目（CIP）数据

朱迪斯·巴特勒的述行理论与文化实践/孙婷婷著. —北京：中国社会科学出版社，2015.10

ISBN 978 - 7 - 5161 - 6715 - 1

Ⅰ.①朱…　Ⅱ.①孙…　Ⅲ.①文学理论—研究　Ⅳ.①I0

中国版本图书馆 CIP 数据核字（2015）第 185878 号

出 版 人	赵剑英	
责任编辑	郭晓鸿	
特约编辑	席建海	
责任校对	董晓月	
责任印制	戴　宽	

出　　版	中国社会科学出版社	
社　　址	北京鼓楼西大街甲 158 号	
邮　　编	100720	
网　　址	http://www.csspw.cn	
发 行 部	010 - 84083685	
门 市 部	010 - 84029450	
经　　销	新华书店及其他书店	

印刷装订	三河市君旺印务有限公司	
版　　次	2015 年 10 月第 1 版	
印　　次	2015 年 10 月第 1 次印刷	

开　　本	710×1000　1/16	
印　　张	15.5	
插　　页	2	
字　　数	239 千字	
定　　价	58.00 元	

凡购买中国社会科学出版社图书，如有质量问题请与本社营销中心联系调换

电话：010 - 84083683

目　录

绪　论

身份麻烦

美国学者朱迪斯·巴特勒(Judith Butler，1956—)①，现为加州大学伯克利分校修辞与比较文学系马克辛·艾略特（Maxine Elliot）讲座教授，同时兼任欧洲研究所（the European Graduate School）汉娜·阿伦特(Hannah Arendt）讲座教授。自1990年出版《性别麻烦：女性主义与身份的颠覆》（*Gender Trouble*：*Feminism and the Subversion of Identity*)② 后，巴特勒就被视为酷儿（queer）的先驱以及激进的后女性主义者，其学说在学院内外广为流传。《性别麻烦》被"酷儿国"（Queer Nation）等组织所采用，与"爱解"（Act Up)③ 的策略互相呼应。同时，《性别麻烦》也成为促使美国精神分析学会和美国心理学会成员重新评价同性恋的材料之一。此外，巴特勒在《性别麻烦》中提出的"述行理论"（performative theory)④ 甚至影响到包括惠特尼美术馆以及洛杉矶欧特斯艺术学院的展出。

---

①　或译"朱迪思·巴特勒"、"朱迪丝·巴特勒"，本书采用通行译法"朱迪斯·巴特勒"，引文以原文为准。

②　以下简称"性别麻烦"。

③　全称为"解放艾滋联盟"（AIDS Coalition to Unleash Power)。1987年设立于纽约的国际行动团体。该组织致力于为艾滋病及其感染者提供治疗，促进医学研究和相关立法等。

④　目前出版的巴特勒相关译著当中对"述行"这个概念有"述行"、"操演"、"施行"和"展演"等多种译法，大多数译本采用"述行"。实际上，巴特勒的这个概念源于对话语行动力的探讨，具体主要用于展示身份在话语强迫下的建构与反建构，"述行"这个译法兼顾了"话语"和"以行动建构"这两层含义，本书统一采用"述行"，引文以原文为准。对述行理论的具体论述参见本书第一章。

最后，书中关于"女人"的主体以及性欲与性别关系的论述，也进入了女性主义法学以及反歧视的法律学术研究范畴内。① 然而，性别不是巴特勒唯一的研究领域。巴特勒是学习哲学出身，在耶鲁大学获得哲学博士学位。她的研究涉及哲学、伦理学、政治、文学研究和电影研究等领域。

由于巴特勒在理论上的重大贡献及其对社会实践的指导和参与，多年来，巴特勒在学院内外获得广泛声誉。1998 年，巴特勒受批判研究所赞助，参与加州大学尔湾分校的韦勒克图书馆讲座（Wellek Library Lecture）。参与该讲座的皆为世界知名学者，在巴特勒之前，哈罗德·布鲁姆（Harold Bloom）、雅克·德里达（Jacques Derrida）、爱德华·萨义德（Edward Said）等人均参与过这个讲座。1999 年和 2001 年，巴特勒获得古根海姆（Guggenheim Fellowship）和洛克菲勒奖金（Rockefeller Fellowship）。2004 年，因为对性少数群体的研究而获"布鲁德内奖"（Brudner Prize），② 2007 年当选为美国哲学研究会会员（American Philosophical Society）。③ 2008 年获安德鲁·梅隆基金会杰出成就奖（Andrew W. Mellon Foundation Distinguished Achievement Award），巴特勒将 150 万美元奖金悉数捐献，大部分用于她任职的加州大学伯克利分校设立批判理论研究所（Critical Theory Institute），小部分用于女性主义研究研讨会。④

与此同时，巴特勒积极参与社会公共事务，不仅著书立说支持性自主权的建设，还积极投身于性少数群体的公益事业。她曾在国际男女同性恋人权委员会理事会服务若干年，因其理论和实践的贡献而被 LGBT⑤ 团体

① 参见［美］朱迪斯·巴特勒《性别麻烦：女性主义与身份的颠覆》，宋素凤译，上海三联书店 2009 年版，"序（1999）"第 11 页。

② 该奖由耶鲁大学 1983 届学生詹姆斯·布鲁德内（James Brudner）设立。詹姆斯·布鲁德内为城市规划师、音乐家和摄影家，生前参与为艾滋病患者和同性恋争取合法权利的组织，于 1998 年死于艾滋病。根据其遗愿设立了"布鲁德内奖"，由耶鲁大学同性恋研究基金每年授予在历史、文化、生物学、病理学及文学相关领域为同性恋及同性恋相关研究作出贡献或促进公众对同性恋理解的学者，获奖者可得到一笔奖金，并在耶鲁校园内举行一次公共演讲。

③ 1743 年创立，设立于美国费城，面向科学和人文学科领域的学术研究机构，自成立以来在美国文化和知识界发挥着重要作用，享有广泛的国际声誉。

④ 参见 Carol Ness, "Judith Butler: Thinking Through the War", http://berkeley.edu/news/berkeleyan/2009/04/02_butler.shtml。

⑤ lesbian, gay, bisexual, transgender 的缩写。指同性恋，双性人，跨性别者。

所熟知。以色列同性恋题材的电影《泡沫》（*Ha - Buah*）当中，男主人公即用巴特勒的名字作为动词使用来指涉女性主义者。① 她的工作也得到了性少数群体的肯定，每年 6 月 28 日是欧洲同性恋骄傲游行日（Christopher Street Day），由于巴特勒在性别研究和实践领域的贡献，2010 年柏林的性少数群体决定向巴特勒颁发"民事勇气奖"（the Civil Courage Award）。② 但巴特勒在同年 6 月 19 日接受德国一个电视台采访时宣布拒绝领取该奖，巴特勒声明这是为了抗议德国对待移民的政策以及在 LGBT 团体当中针对有色人种的歧视，还有对穆斯林的不公正待遇等。

近几年，巴特勒就伦敦骚乱、奥斯陆枪击等事件均发表演说。2010 年，巴特勒参与占领华尔街运动，呼吁社会公平。③ 同时，巴特勒以犹太身份积极参与对巴以问题的讨论。巴特勒不仅身体力行参与社会公共事务，也利用自身的影响力促进相关理论建设。2010 年，《尤涅读本》（*Utne Reader*）④ 杂志将其评为"25 位改变你的世界的远见者"（25 Visionaries Who Are Changing Your World）。巴特勒以其学说及实践迎来大批学院内外的拥趸，早在 1993 年，就由爱好者创办了学术杂志（*Judy*!），介绍和传播巴特勒的思想。

一

由于理论资源及生活经历影响，巴特勒首先聚焦于性别研究。20 世纪 80 年代，巴特勒正在耶鲁大学读研究生。这个时期美国的同性恋生活状态已经不容乐观，美国右翼自 20 世纪 70 年代已经开始对同性恋实行更加严厉的镇压。这种局面自 1980 年罗纳德·里根（Ronald Wilson Reagan）上台及首例艾滋病例被发现后变本加厉，同性恋遭受舆论的谴责与法律的

---

① 比如当男性对女性说："Don't Judith Butler me"，意为不要在我跟前大谈女权。

② http：//blogs. alternet. org/speakeasy/2010/06/28/judith - butler - refuses - award - at - berlin - pride - citing - racism/.

③ 参见 Justin Elliott，"Judith Butler at Occupy Wall Street"，http：//www. salon. com/2011/10/24/judith_ buter_ at_ occupy_ wall_ street/。

④ 美国一本杂志，1984 年由埃里克·尤涅（Eric Utne）和尼娜·罗斯切尔德·尤涅（Nina Rothschild Utne）一起创办，由编辑筛选 1500 多份学术期刊、时事通讯、周刊等媒体的文章刊登，主要涉及政治和文化等相关内容，以独立性和非主流而著称。

制裁，这让曾经是同性恋天堂的加州同性恋公共社区关闭了不少活动场所。这促使性少数群体起而争取自身合法权益，他们基于女性主义及其学术成果发展出维护自身的主张。

女性主义在这一时期也开始发生重大变革。在《消解性别》（Undoing Gender）"前言"中，巴特勒表示，在 20 世纪 80 年代之前，性别歧视被默认为是指向妇女的，但这已经不是目前理解性别问题的唯一方式。在这一时期，女性主义的发展已经经历了两个阶段，即争取政治选举权的第一波女性主义及争取两性平等的第二波女性主义。20 世纪 80 年代，时逢解构主义方兴未艾之时，"解构主义的发展为男女二元对立的解构提供了方法论的基础"，① 女性主义不再仅仅局限于两性关系的思考，而是将触角延伸到性别、种族、阶级等各个相关的领域。美国学者贝尔·胡克斯（bell hooks）指出，着眼于将性别、种族和阶级结合起来的思考改变了女性主义的思想方向。② 应当说，今天的女性主义称其为"性别研究"（gender studies）恐怕更为合适。女性主义从对女性生存状况的研究已远远扩大到种族、人种、性属和地域身份等领域。此外，在社会实践领域，女性主义运动则出现与酷儿运动、种族运动合流的趋势。

因而，时代的影响深刻反映在巴特勒的作品当中。在《性别麻烦》1999 年再版序言中，巴特勒明确表示："我的重点不是把后结构主义'应用'到女性主义上，而是以明确的女性主义立场重新表述那些理论。"③她研究性别问题的方式正类似于马克思的政治研究策略。马克思主义将阶级概念作为关键点，其他诸如种族和性这样的范畴必须汇聚并包含在这个关键点上，以便洞察政治变革。马克思主义的这一方法不同程度地渗透在身份话语的考察中。在巴特勒这里，她洞察身份的关键点即为性别。基于解构主义反本质的观点，巴特勒提倡打破性别范畴的二元对立，首先质疑

① 张岩冰：《女权主义文论》，山东教育出版社 1998 年版，第 32—33 页。
② ［美］贝尔·胡克斯：《女权主义文论：从边缘到中心》，晓征译，江苏人民出版社 2001 年版，第 5 页。
③ ［美］朱迪斯·巴特勒：《性别麻烦：女性主义与身份的颠覆》，宋素凤译，上海三联书店 2009 年版，"序（1999）"第 2 页。

女性主义的稳固主体，由此指出在破碎的主体之后也不存在稳固的性别身份。继西蒙娜·德·波伏瓦（Simone de Beauvoir）以"女人是生成的"提出社会性别建构论之后，巴特勒激进地提出生理性别以及异性恋性欲都是建构的产物，因而必须彻底地打破性别范畴，将性别视为开放的、不断建构的知识范畴。毋庸置疑，巴特勒的性别研究是时代的产物，其激进言论对于酷儿和女性运动的发展都起到了巨大的推动作用。它的影响跨越理论和实践领域，有助于促成女性主义、LGBT 团体和酷儿的合作与联盟。

虽然巴特勒因性别研究而在世界范围内获得广泛关注，但实际上，性别研究是巴特勒的研究起点而并非全部。研究者萨拉·萨利（Sara Salih）认为，巴特勒所有的作品都是对身份构成问题的延伸。① 纵观巴特勒的治学历程，身份问题贯穿了巴特勒的学术研究及实践。巴特勒首部专著《欲望的主体：二十世纪法国的黑格尔接受研究》（Subjects of Desire：Heglian Reflections in Twentieth - Century France），② 主要研究法国思想界对黑格尔主体问题的再思考。巴特勒早年影响较大的几部著作《性别麻烦》、《身体之重：论"性别"的话语界限》（Bodies that Matter：On the Discursive Limits of "Sex"）③ 和《安提戈涅的请求：生死之间的亲属关系》（Antigone's Claim：Kinship between Life and Death）④ 分别探讨了社会性别（gender）、生理性别（sex）⑤ 和亲属制度；而 2000 年以后的作品，如《自我的解释》（Giving an Account of Oneself）和《危险的生命：哀悼和暴力的力量》（Precarious Life：The Powers of Mourning and Violence），巴特勒追问自我的建构及"人"的概念如何构成。可以看到，巴特勒围绕主体的建构，以性为起点，

① Sara Salih, *Judith Butler*, London and New York：Routledge, 2002, p. 1.
② 以下简称"欲望的主体"。
③ 以下简称"身体之重"。
④ 以下简称"安提戈涅的请求"。
⑤ 生理性别指婴儿出生后从解剖学的角度来证实的女性或男性特征，包含第一性征和第二性征。社会性别则是由社会文化形成的有关男/女角色分工、社会期望和行为规范的综合体现。社会性别这个概念是女性主义从美国社会学研究中借用而来，现已成为女性主义研究核心概念。本书按照国内翻译惯例，凡提及"性别"处，除了特地说明，均指"社会性别"。

迈向对生命的深层次思考，最终指向一个问题："我是谁？"

"我是谁？我从哪里来？我向哪里去？"这三个超越时空的终极追问，不同时代的人都试图给出自身的解答。在遥远的洪荒时代，人们面向神灵五体投地，在对自然和神灵的敬畏中也将人性卑微地置放在神性脚下。在西方，直到文艺复兴，随着人本主义的兴起，人们才开始大胆歌唱人性的光辉。然而人类智慧的光芒既能够照亮人类探求宇宙和人生的道路，其局限也必然会随之显现。自现代科学逐步发展以来，人类就开始经历三次自恋性创伤：第一次创伤为哥白尼的日心，这说将地球推出了宇宙的怀抱，人们惊奇地发现自己原本不是什么宇宙中心，原来整日里在围绕着太阳旋转；第二次创伤为达尔文的《物种起源》，他认定人原本是从猿进化而来的，这进一步将人推出了上帝的怀抱，人类甚至同黑猩猩有着同一祖先；第三次创伤则来自西格蒙德·弗洛伊德（Sigmund Freud）对无意识的研究，令我们看到甚至在自身的心理深处，人类都生活在诸多不可控的未知力量当中。

站在世纪转折点上，哲学家弗里德里希·威廉·尼采（Friedrich Wilhelm Nietzsche）悲号上帝之死。米歇尔·福柯（Michel Foucault）犀利地宣称人是近期的发明，并且正在接近其终点："人将被抹去，如同大海边沙地上的一张脸。"[1] 在上帝之死、人之死，包括巴特的作家之死等诸多死亡事件之后，我们看到的是这样一种时代特征："有一个特点可能确实把我们这个时代与前几个时代区分了开来，这就是人们不再充满自信地谈论固定的长居不变的人类本质、人类主体或个体。"[2] 按照阿雷恩·鲍尔德温（Elaine Baldwin）等人的观点，这些无疑与身份（identity）问题有着千丝万缕的联系，因为"身份就是我们如何确定我们是谁的问题"。[3] 今天，全球化的进程令人口流动加快，如同戴维·哈维（David Harvey）[4]

---

① ［法］米歇尔·福柯：《词与物》，莫伟民译，上海三联书店2001年版，第504页。
② ［德］恩斯特·贝勒尔：《尼采、海德格尔与德里达》，社会科学文献出版社2001年版，第11页。
③ ［英］阿雷恩·鲍尔德温、布莱恩·朗赫斯特、斯考特·麦克拉肯、迈尔斯·奥格伯恩、格瑞葛·斯密斯：《文化研究导论》，陶东风等译，高等教育出版社2004年修订版，第231页。
④ 或译为"大卫·哈维"，本书采用"戴维·哈维"，引文以原文为准。

所说，资本主义的发展造成了"创造性破坏"，我们面临"时空压缩"的新体验。① 因而，"今天，大多数有影响的文化研究者都赞同社会身份和文化身份是流动的、是在历史和现实语境中不断变迁的观点"②。身份的变动不居已成为显而易见的事实，并且身份问题所触及的不仅仅是自我的问题，还是一个"我"与"你"、"我"与"他"的问题。随之而来的身份悖论便是，我们既看到了身份的变动不居，又要试图寻求认同来寻找自身的位置，寻求自我。

也就不难理解，为何当今的美国学者尤其是诸多具有跨国跨民族身份的学者似乎尤为关注身份问题。爱德华·萨义德（Edward Waefie Said）、佳亚特里·斯皮瓦克（Gayatri C. Spivak）、贝尔·胡克斯、霍米·巴巴（Homi K. Bhabha）等学者，都在各自的领域对种族和性别等问题发问。英国学者戴维·哈维将美国视为新帝国主义，在这样一个流散者众多的多民族的熔炉，身份认同的危机空前凸显，身份研究显得尤为必要。特别是在"9·11"之后，无论是学院内还是学院外的知识分子都纷纷发声对"我"与"他"或者"我"与"你"的族群关系及国际关系作出新的思考。

巴特勒对身份问题的研究，因其理论的先锋性及实践特征而别具一格。南茜·弗雷泽（Nancy Fraser）指出，巴特勒受欢迎的主要原因在于，巴特勒的文章"让我们回想起社会理论中深奥而又重要的问题，却已经很久没有论及"③。巴特勒对身份问题的探讨，根植于哲学中的主体与语言等传统问题，同时她对理论资源采取兼收并蓄的态度。在与意大利学者皮埃保罗·安东内洛（Pierpaolo Antonello）的访谈中，巴特勒谈到自己运用理论的方式："我不想活在某种理论系统的阴影中，我想要去调动我所能找到的所有理论资源，比如以新的方式运用德国唯心主义理论资源来思考

---

① 阎嘉：《戴维·哈维与马克思主义文学批评传统》，《当代文坛》2011 年第 6 期。
② 阎嘉：《身份/认同（Identity）》，载汪民安主编《文化研究关键词》，江苏人民出版社2007 年版，第 284 页。
③ ［美］南茜·费雷泽：《异性恋、错误承认与资本主义：答朱迪思·巴特勒》，高静宇译，载［美］凯文·奥尔森编《伤害＋侮辱：争论中的再分配、承认和代表权》，上海人民出版社2009 年版，第 57 页。

政治和文化实践。"① 由于对理论兼收并蓄，以及对文学、电影、政治等文本持开放的态度，因此巴特勒的文本充满了活力，但对于读者来说，这也意味着阅读巴特勒是一项艰难的挑战。

本书集中考察巴特勒对身份问题的研究，主要基于以下几点考虑：第一，巴特勒对身份的解读依靠自身的一套话语系统：述行理论。巴特勒在《性别麻烦》中所提出的"述行理论"，最早用于性别建构的研究。其后，巴特勒在 1997 年出版的著作《令人激动的言语：述行的政治学》（*Excitable Speech：A Politics of the Performative*）② 中，将述行理论系统阐释为话语运作的理论。述行理论贯穿了巴特勒对身份问题的考察，同时巴特勒在实践中不断进行修正与补充，形成一套关于身份生产与再生产的完整理论。述行理论既解释了身份主体在权力话语的统治下如何形成与维持，又探讨了由于主体在生产过程中保持了能动性，因而它既被生产也存在颠覆的可能。巴特勒的述行理论背靠哲学传统，为我们理解与质疑身份的建构提供了一套行之有效的方法论。

第二，巴特勒的身份研究具有极强的实践特征。巴特勒对身份问题的考察全面而丰富，她围绕性别问题，涉及亲属、自我及民族等论域。巴特勒根植于思想传统，面向日常生活实践。她所借重的文本主要来自当下的文化政治实践领域，文本样式丰富多样：文学、电影、图像等不一而足。巴特勒对性少数群体的社会运动以及时政问题等保持高度关注，积极参与或发表观点。她将理论运用于实践，又在实践中发展理论。因而巴特勒的思想能够自如地在学院内外穿行。

第三，巴特勒坚持对身份的质疑，同时寻求合作的可能。巴特勒是极为珍视可能性的思想家，她对身份问题的研究并不导向结论，而是永远保持对身份的质疑态度。与此同时，熟谙辩证法的巴特勒虽然坚持质疑，但也重视合作。质疑身份并不意味着主张无身份，而是寻求多元并存。质疑不仅意味着颠覆现有的规范，同时还是一个与权力话语

---

① Pierpaolo Antonello and Roberto Farneti, "Antigone's Claim：A Conversation with Judith Butler", *Theory & Event*, Volume 12, Issue 1, 2009.

② 以下简称"令人激动的言语"。

协商的过程。巴特勒深切感受到，我们思考身份的最终目的是能够摆脱现有的身份分类所导致的歧视和不公，从而所有人都能够拥有可行的生活。

总之，巴特勒的理论及其实践具有先锋性及可行性。巴特勒是美国学者中受欧洲大陆传统影响最深的学者之一，她的理论及实践在多元碰撞中诞生。所以在这个一切坚固的东西都烟消云散的时代，巴特勒为我们研究身份问题、追问"我是谁"提供了理论及实践的一面广角镜。

二

巴特勒的思想在世界范围内引起热烈的回应。根据 1998 年韦勒克讲座编写的《朱迪斯·巴特勒：参考资料编选》（*Judith Butler：A Selected Bibiography*），早在 1998 年，巴特勒的研究论文已经多达 200 余篇。随着巴特勒声誉日盛，以及巴特勒著作在世界范围内的传播，相关研究文献可谓汗牛充栋。同时，在 2000 年以后也开始有一定数量的研究专著。[①]

目前，巴特勒的性别述行理论在世界很多国家被广泛用于解析跨性别、扮装（drag）等文学和文化现象，但根据本研究掌握的资料，研究者尤其是系统研究还是以英语国家为主。此外，德国、法国和一些西班牙语国家也都有相关研究专著。其中，在非英语国家中，德国的翻译和研究较为丰富。在文化研究领域，巴特勒毫无争议地被列为性别研究的代表人物，如英国学者安吉拉·麦克罗比（Angela McRobbie）编写的《文化研究的用途》、阿雷恩·鲍尔德温等编写的《文化研究导论》等较有影响力的文化研究教材所显示。

国外的研究主要集中于几个方面，首先是导论性质的综述。萨拉·萨莉的《朱迪斯·巴特勒》（*Judith Butler*）是影响较为广泛的研究专著。萨拉抓住巴特勒著作的关键词"主体"、"性"、"性别"和"语言"进行研究。作为与巴特勒合编了《巴特勒读本》（*Judith Butler Reader*）的研究

---

① 1998 年以前研究资料汇编可参见韦勒克图书馆讲座材料 "*Judith Butler：A Selected Bibiography*"。

者，萨拉·萨莉具有熟悉巴特勒及其文本的优势，因而能洞悉巴特勒的思想发展脉络。这一类研究数量不多，此外还有澳大利亚学者维奇·柯比（Vicki Kirby）的《朱迪斯·巴特勒：生存理论》（*Judith Butler：Live Theory*）。它们对于研究巴特勒是较好的工具性参考书。但综述性质的研究往往因其论题较大，难以深入展开论述。

其次是哲学伦理学的角度。美国学者罗兰·法伯尔（Roland Faber）的《生成的秘密：怀特海，德勒兹与巴特勒的谈判》（*Secrets of Becoming：Negotiating Whitehead，Deleuze，and Butler*）与安妮卡·蒂姆（Annika Thiem）的《不适的主体：朱迪斯·巴特勒，道德哲学与批判的责任》（*Unbecoming Subjects：Judith Butler，Moral Philosophy，and Critical Responsibility*）等。虽然从哲学伦理学视角入手的研究不多见，但巴特勒的性别述行是当前探讨性别伦理学难以绕开的话题。① 在哲学方面，巴特勒的生成论以及对暴力的反思与怀特海过程哲学之间的关系已经引起学界重视。如2008 年美国联合神学研究院的宗教学博士克里斯蒂娜·K. 哈钦斯（Christina K. Hutchins）的博士论文《背离：运用朱迪斯·巴特勒的行动观与阿弗雷德·诺斯·怀特海的价值观再探暂存性》（*Departure：Using Judith Butler's Agency and Alfred North Whitehead's Value to Read Temporality Anew*）。2009 年在克莱蒙举办的第三届怀特海国际研究会主题是"生成，遗忘，背离：巴特勒与怀特海"（Becomings，Misplacements，Departures：Butler & Whitehead）正是研究两位学者之间的关系，巴特勒作为全场主持人出场。

再次为酷儿理论。虽然从这个角度研究巴特勒的专著数量不多，但酷儿理论相关著作常有对巴特勒的论述，此外从酷儿角度研究巴特勒的单篇文献较为多见。巴特勒对酷儿的影响更多体现在社会实践领域，她关于性别述行的言论在 LGBT 团体中引用率极高。此外在学界，有相当数量的学者运用她的性别述行理论分析电影、流行歌手等大众文化及文学中的男女扮装现象。②

---

① 参见［英］苏珊·弗兰克·帕森斯《性别伦理学》，史军译，北京大学出版社 2009 年版。

② 参见 *The Madonna Connection：Representational Politics，Subcultural Identities，and Cultural Theory* 等。

最后，巴特勒的研究文献以性别与政治角度最为多见。这类研究多集中于 2000 年以后。巴特勒对政治的关注在她近几年来的著作中已经日益明显，研究者亦注意到，实际上巴特勒的性别研究并没有从社会关系中孤立出来，她自始至终都在关注政治话题。其中，巴特勒思想的生成哲学内核以及她对性别与国家政治权力的话语分析是研究者所关注的核心问题。同时，巴特勒的理论在性别研究领域的成功和在政治研究领域遭遇的困境也为研究者们不遗余力分析与批判。

在中国，台湾对巴特勒的介绍早于大陆。在台湾，从 20 世纪 90 年代初至今，有相当数量的学位论文用巴特勒的性别理论分析文学作品，台湾成功大学外国语文学系刘开铃在 2003 年举办"Judith Butler 的性别表演/宣成理论研读会"。不过系统研究较少见，直到 2008 年林郁庭才翻译了《性别惑乱：女性主义与身份颠覆》(*Gender Trouble*: *Feminism and the Subversion of Identity*)。大陆最早翻译的作品是 2004 年江苏人民出版社收录在"齐泽克文集"中的作品《偶然性、霸权和普遍性》，自 2009 年上海三联书店的"性与性别学术译丛"开始陆续翻译出版巴特勒的专著。目前，大陆的巴特勒研究集中出现在 2008 年后，内容聚焦于对巴特勒性别述行理论的梳理。与台湾一样，较多运用巴特勒的性别述行探讨文学作品中的两性关系及跨性别现象。

对巴特勒的研究，国内外有着显著差异。首先体现在研究者的专业分布上。在美国、加拿大、英国、澳大利亚等英语国家，哲学、政治学领域的研究者分布最广，从政治学角度出发的研究也最为广泛。而中国两岸，研究者以外国文学专业为最。随着巴特勒作品的相继翻译出版，研究者的专业分布略有扩大，但仍以文学相关专业为主，研究者的兴趣集中于性别领域。在中国，巴特勒在实践层面的影响主要为性少数群体及艺术界的性别意识表达。[①]

其次，在研究取向上也中外殊异。国外的巴特勒研究虽然以性别研究为主，但是将其置于广泛的哲学政治学框架之中，多采取比较研究或跨学

---

① 参见 99 艺术网等艺术门户网站：http：//www.99ys.com/。

科的视角，侧重于巴特勒与前人的思想碰撞①或与当代的思想家交锋②。相比之下，国内的研究较多倚重后女性主义和精神分析为学术背景的分析，研究成果主要集中于对巴特勒述行理论的阐释与应用。如王建香论文《话语与表演：朱迪丝·巴特勒对性别身份的解构》③、何成洲论文《巴特勒与表演性理论》④ 等。

对中国的研究者而言，考察巴特勒的性别研究可能面临重大的理论与实践困境。中国的女性主义未经过第一与第二波的发展与实践，因而随着后女性主义即第三波女性主义的到来，未免会面临多种思潮杂然并陈、不能充分吸收的局面。国内一些研究者目前依然将性别孤立起来看待，局限于第一波、第二波女性主义二元框架内父权制的话语探究。而国外的性别研究已经与第三波女性主义结合，将性别与阶级种族等结合，具有广阔的视野，更展现出身份研究的特征。相关的学者如斯皮瓦克、贝尔·胡克斯等人，其研究领域宽泛，是跨学科的越界学者，并不能简单贴上女性主义的标签。此外，国外研究者的个人身份也具有多元化的特征：少数族裔，有色人种，或者像巴特勒这样的欧洲犹太后裔，他们更加有意识地站在文化与政治的角度进行研究。因此，将巴特勒的理论进行语境还原，置于更加广阔的社会文化背景中去考察尤为重要。

三

基于对巴特勒历史语境和学术资源的梳理，本书深入考察巴特勒的身份研究。首先要厘清巴特勒的理论语境。对于当代的西方学界来说，对传

---

① 参见 Ellen Armour and Susan St. Ville, *Bodily Citations：Religion and Judith Butler*, New York：Columbia University Press, 2006, 以及 Elena Loizidou, *Judith Butler：Ethics, Law, Politics*, London：Routledge - Cavendish, 2007 等著作。

② 参见 Terrell Carver and Samuel Chambers eds. , *Judith Butler's Precarious Politics：Critical Encounters.* London：Routledge, 2008, 以及 Margaret Sonser Breen and Warren J. Blumenfeld eds. , *Butler Matters：Judith Butler's Impact on Feminist and Queer Studies*, Aldershot：Ashgate Publishing, 2005 等著作。

③ 王建香：《话语与表演：朱迪丝·巴特勒对性别身份的解构》，《湘潭大学学报》2008 年第 4 期。

④ 何成洲：《巴特勒与表演性理论》，《外国文学评论》2010 年第 3 期。

统问题的思考总是与对启蒙现代性的反思以及对资本主义的批判结合在一起。一方面，启蒙带来了资本主义的高度文明，激发人类无穷的物质欲望，但同时启蒙与生俱来的同一性、普遍性幻想造成的危机也在资本主义体系内部的不同领域表征出来。在今天，同一性、逻各斯中心主义受到了前所未有的质疑，与此同时，随着对资本主义的批判越来越深入，西方的思想家也认识到当下显现的许多问题与资本主义发展的初衷相违背。对这些问题的思考我们不再以传统的方式进行，如理查德·罗蒂（Richard Rorty）所主张的那样，我们以许多实用的小问题来取代本体论的思考："海德格尔和德里达共同具有的关于如何'克服'或逃避本体神学传统这个深奥的大问题，是人为虚构的，它应当以许多实用性的小问题来取代。"① 巴特勒立足于思想传统、与日常生活实践相结合的研究方式正与此相似。此外，巴特勒在耶鲁上学时，正值"耶鲁学派"② 鼎盛时期。巴特勒曾听过保罗·德·曼（Paul de Man）的课，虽然当时未引起更大的兴趣，但其后解构主义的反本质、反权威的主张深刻渗透进巴特勒的思想系统中。

　　其次是巴特勒自身的学术渊源。身为犹太人，巴特勒最早的学院教育为少年时期在犹太教堂所学的课程。12 岁那年，一位博士候选人问巴特勒长大以后梦想是什么，巴特勒回答说："我想当哲学家或小丑。"③ 少年时期，巴特勒为躲避家庭纠纷，在家里地下室获得的第一本哲学著作是巴鲁赫·斯宾诺莎（Baruch de Spinoza）的《伦理学》。巴特勒大学时就读于本宁顿学院（Bennington College），因获得富布莱特奖学金（International Fulbright Science and Technology Award），前往德国海德堡大学师从汉斯—格奥尔格·伽达默尔（Hans‐Georg Gadamer）学习德国唯心主义。据巴特勒回忆，在此期间她转回犹太哲学，同时开始系统学习德国哲学家：马克

---

① ［美］理查德·罗蒂：《哲学和自然之镜》，李幼蒸译，商务印书馆 2003 年版，第 378 页。

② 又称"耶鲁四人帮"。指 20 世纪 70 年代至 80 年代初，在美国耶鲁大学任教并活跃在文学批评领域的几个有影响的教授，包括保罗·德·曼、哈洛德·布罗姆、杰夫里·哈特曼（Geoffrey H. Hartman）和希利斯·米勒（J. Hillis Miller），学界一般将其视为美国解构批评的代表。

③ 参见［美］朱迪斯·巴特勒《消解性别》，郭劫译，上海三联书店 2009 年版，第 239 页。

思、黑格尔、马丁·海德格尔（Martin Heidegger）和法兰克福学派，以及法国的莫里斯·梅洛—庞蒂（Maurice Merleau‑Ponty）。回国后，进入耶鲁成为研究生，系统研究黑格尔的思想。获得博士学位后，巴特勒前往卫斯理大学（Wesleyan University）做帅资博士后，在此期间深入学习雅克·拉康（Jacques Lacan）、福柯和吉尔·德勒兹（Gilles Louis René Deleuze）等新一代法国哲学家的思想。①

可以看出，巴特勒深受欧洲大陆思想传统的影响。她的研究方法主要是黑格尔的辩证法及福柯的话语分析。首先，巴特勒和黑格尔一样，认为一切事物处于不断扬弃自身的运动之中。萨拉认为，她的写作本身就充满了辩证法，同一个主题在不同的文本中反复出现、不断修正。② 其次，巴特勒认为身份被权力话语生产与被生产。她的述行理论即结合了辩证法与话语分析，它将身份视为过程而非本质，考察身份的被建构与反建构。基于巴特勒的研究方法及对其文本的细读，本书围绕巴特勒的身份述行理论，系统探讨巴特勒身份建构的文化实践。

全书分为三大部分。第一部分为绪论，首先论证选题缘起及意义。其次概述国内外研究现状，据此提出本书的研究起点。最后根据巴特勒的学术语境及理论资源，提出研究方法及逻辑架构。

第二部分为全书主体，总共五章，可分为两个版块，这两个版块在结构上按照"身份述行理论—身份的文化实践"的逻辑顺序展开，第一个板块为第一章，主要是阐释巴特勒用以考察身份建构的核心理论：述行理论。第一节钩沉述行理论的考古学，总结巴特勒对奥斯丁和德里达述行理论的扬弃。第二节分析身份主体在话语的述行机制中如何被生产。第三节讨论身份主体在述行机制中颠覆的可能及悖论。

第二板块为第二章至第五章，分别从性别与亲属关系建构、自我身份、民族身份建构等四个方面探讨巴特勒身份述行理论的文化实践。其中，第二章与第三章围绕性别身份的建构展开，第四章与第五章围绕自我

---

① 参见 Sara Salih, *Judith Butler*, London and New York：Routledge, 2002, p. 18。

② Ibid. , p. 14.

与他者的关系来考察身份建构。

第二章主要论述巴特勒对二元对立的异性恋性别结构的质疑与消解。第一节阐明基于身体生产的生理性别建构。第二节通过质疑性别身份的稳固性来解构现有的社会性别范畴。第三节探析颠覆性别身份的可能性与局限性。

第三章以俄狄浦斯家族悲剧为文本，在家庭与亲属结构中进一步探讨性别身份的建构。第一节剖析异性恋霸权及其解构因素。第二节通过安提戈涅及美国大众文化文本，阐述亲属关系的述行实践。第三节通过安提戈涅的悲剧性处境，探讨性别身份及亲属结构越界者的悖论性处境及其反抗意义。

第四章基于性别身份的考察，进一步阐释社会机制对人的生产。第一节立足于启蒙传统，分析现代性自我的觉醒。第二节剖析权力话语对人的外在性及精神的双重生产，同时论证主体反抗的可能。第三节立足于犹太教文本，阐释以道德进行自我约束的必要性。

第五章围绕自我与他者的关系，探讨在民族与国家等社会共同体中，通过普遍性暴力塑造民族身份的文化表征及其应对策略。第一节通过文化表征考察话语暴力的特征及其生产系统的运转。第二节阐释巴特勒将恐惧和哀悼视为他者的致辞，以此为面向他人的契机来重新改写"人"的知识范畴。第三节揭示民族身份实为想象性共同体，主张以文化翻译与非身份、非暴力来对抗暴力。

结语为全书第三部分，运用"少数文学"概念概括巴特勒文本的美学特征及其理论价值。

第一章

述行理论：身份的言说

在 20 世纪的语言学转向中，语言学家们不仅关注语言现象，更重视语言之外的现象。哲学家们则比以往更加深刻地从语言现象中汲取灵感，如同维特根斯坦所说："我们把语词从形而上学的用法重新带回日常用法。"① 现象学家埃德蒙德·胡塞尔（E. Edmund Husserl）和梅洛—庞蒂等致力于寻求阐释在世俗生活中社会主体通过语言、姿势以及种种象征性的社会符号如何建构社会现实，梅洛—庞蒂在《知觉现象学》中指出："在身体的所有功能中，语言与共同的生存，或我们所说的共存，关系最紧密。"② 海德格尔也指出，语言是存在之家，在《诗·语言·思》中将语言和人放在同一个位置。

朱迪斯·巴特勒的述行理论正是植根于语言学土壤，巴特勒进行解构的首要策略便是通过语言来反对实在形而上学，进而质疑身份的建构制度。述行理论是巴特勒最为系统、最具创新意义和实践价值的理论，虽然巴特勒运用述行理论首先谈论的是性别问题，但纵观巴特勒的研究轨迹，述行理论作为巴特勒的核心理论策略已经渗透到她对各种身份主体建构制

① ［奥］维特根斯坦：《哲学研究》，陈嘉映译，上海人民出版社 2001 年版，第 73 页。
② ［法］莫里斯·梅洛—庞蒂：《知觉现象学》，姜志辉译，商务印书馆 2005 年版，第 212 页。

度的质疑当中。自《性别麻烦》问世以来,巴特勒的述行理论令她获得了广泛的关注,奠定了她在性别研究领域的位置,但误解和争议也随之而来。因而我们有必要厘清述行理论的生成史及巴特勒的理论和实践维度。

本章主要集中论述巴特勒述行理论的一些基本问题:首先厘清其理论资源;其次探究述行理论作为巴特勒的身份言说机制如何生产身份;最后探讨在这样的生产机制中主体的言说与被言说如何成为可能。

第一节 述行理论的谱系

巴特勒最早全面论述述行理论是在 1988 年发表的论文《述行行为与性别建构:关于现象学和女性主义的随笔》(Performative acts and gender constitution:An Essay in Phenomenology and Feminist Theory)一文中。在这篇文章里,她探讨了前人论述"表演"(performance)和"执行"(acting)的三个维度:约翰·塞尔(John Searle)的"语言行为理论"(speech acts theory)、道德哲学的"行为理论"(action theory)和现象学家的行动理论(theory of "acts")。巴特勒宣称她主要是运用现象学的行为概念及塞尔的语言行为理论(speech acts)来探讨述行理论。在这篇文章中,她提出"重复的行动"(repetition of acts)是述行的核心概念,巴特勒通过这个概念来探讨"性别身份是在社会约束和禁忌的压迫下所完成的述行"①。

真正令巴特勒述行理论声名鹊起的是她于 1989 年出版的《性别麻烦》一书。在这本书里,巴特勒运用述行理论来质疑男女二元性别建构的合理性,通过对性别建构的研究,她得出这样的激进观点:"在性别表达的背后没有性别身份;身份是由被认为是它的结果的那些'表达',通过操演所建构的。"② 在 1999 年《性别麻烦》的再版序言中,巴特勒谈到,她是

---

① Judith Butler, "Performative Acts and Gender Constitution:An Essay in Phenomenology and Feminist Theory", *Theatre Journal*, 40:4 (1988:Dec.), p. 520.

② [美]朱迪斯·巴特勒:《性别麻烦:女性主义与身份的颠覆》,宋素凤译,上海三联书店 2009 年版,第 34 页。

通过德里达对卡夫卡小说《在法律门前》的解读，得到了如何理解性别述行的灵感。

通过对巴特勒著作的研读，我们能够发现在巴特勒述行理论的源起和变形的轨迹当中，J. L. 奥斯丁（J. L. Austin）和德里达充当了举足轻重的角色：从奥斯丁那里，巴特勒看到了语言是有力的行动，但是德里达指出这种行动是有限的，语言的行动性受到言说者实际意图表达效果的限制。在前人对述行理论进行阐释和论争的基础上，巴特勒发展出了自己的述行理论。

一　语言的行动性

"述行"这个概念并非巴特勒的原创，原创者为英国哲学家奥斯丁。奥斯丁是普通语言哲学的领袖人物，也是语言行为理论的首创者，他的理念深入地探讨了语言的行动力。他的整个哲学由语言现象学方法、言语行为理论和对传统哲学问题的语言分析组成。

在《如何用语言做事》（*How to Do Things with Words*）中，奥斯丁将语言分为述愿话语（constative utterance）和述行话语（performative utterance）。述愿话语在语言上多表现为陈述句，一般用来判断真假，述行话语则通过语言达成某种行为，有合适（infelicity）、不合适之分。奥斯丁最广为人知的述行例子就是婚礼。当牧师问双方是否愿意结合时，新郎新娘说："我愿意"（I do），当双方都说了这句话之后，他们就正式结为夫妇。通过婚礼这个例子，奥斯丁说明了话语的行动性（doing），说出的语言导致一个行动的发生，产生一定的后果。奥斯丁解释"述行"（performative）的词源本就与行动相关，奥斯丁以"perform"作为述行的词源，它是"action"的动词形式，以此来辨明这个话语是在执行一个动作而不仅仅是在说（saying）。除了行动性之外，述行话语的另一个重要特征就是参与性，婚礼上的"我愿意"这句话说明"我不是在描述一个婚礼，而是参与其中"①。

---

① J. L. Austin, *How to Do Things with Words*, Oxford: Oxford University Press, 1980, p. 6.

　　与此同时,奥斯丁规定了述行的条件:要在一个合适的情境中;附有确定的对话;意愿要能够解释,即言说者与受话者都能够明白。《如何用语言做事》一书的编者 J. O. 厄姆森(J. O. Urmson)解释不能述行的范围包括言说者的意图没有被听者领会、听者没有去执行或者违反了相关法规等多种情形。① 在考虑述行的诸多不适应范围时,奥斯丁本人也论及了法律问题,他认为述行必须依法行事(act in the law),② 只是没有就法律问题继续深入谈下去。此外,强制的述行以及非严肃的话语(即在舞台和自言自语)也属无效范畴。在信息传达方面,表述时的语气及表情的不同都会对表达效果有所影响。这其实已经涉及语言与世界的关系问题,即语言的效力所仰赖的情境。

　　在解析了述行和述愿的区分之后,奥斯丁根据"说话"与"做事"的关系对言内语言行为(illocutionary)和言前语言行为(perlocutionary)进行区分。研究者杨玉成对此进行了概括,认为非言内语言行为相当于说出某个具有具体意义(包括含义和所指的语句);言前语言行为则是以一种话语施事的力量说出某个语句,如做陈述、提疑问、下命令、发警告、做许诺,等等。③

　　奥斯丁在书中举例解释,指出非言内表现行为,即"说点什么"(saying something),比如光是说"射杀她";言内语言行为是"履行一个说话行为"(perform a locutionary act),比如"要求我射杀她";言前语言行为是一种语效的判断,说什么事即将发生或通常根据听者、说话者或其他人的意见感觉、想法以及行动会产生随之发生的效果。这种效果可能由预先设计的意图所造成,比如"让我站起来"是"以便进行检查"。④

　　随着研究的深入,奥斯丁也表示述行和述愿之间并不存在根本的差别,将述愿的功能局限为描述,这存在一些谬误。他最后指出,述行与述

---

① J. L. Austin, *How to Do Things with Words*, Oxford: Oxford University Press, 1980, p. 18.
② Ibid., p. 19.
③ 参见杨玉成《奥斯汀:语言现象学与哲学》,商务印书馆 2002 年版,第 81—82 页。
④ J. L. Austin, *How to Do Things with Words*, Oxford: Oxford University Press, 1980, p. 102.

愿之间实际上有很多交叉，他为了探讨话语的功能而将二者竭力区分，但很可能这种区分是无效行为。尽管奥斯丁晚年认为这种区分过于武断，因为很多话语同时具有两种功能，不可能截然分开，但他的划分仍有效地探讨了语言的力量及其履行的功能。

奥斯丁的语言述行理论使一些文学研究者发现了文学言语也在创造它所指的事态，乔纳森·卡勒（Jonathan D. Culler）从两个主要的方面来说明了文学的述行性。首先，"述行语把曾经被认为是微不足道的一种语言用途——语言活跃的、可以创造世界的用途，这一点与文学语言非常相似——引上了中心舞台"①。最显而易见的是文学创造角色和他们的行为，令作者和读者都把文学想象为行为或事件。另外，文学作品使思想、观念得以产生。卡勒认为，"把文学作为述行语的看法为文学提供了一种辩护：文学不是轻浮、虚假的描述，而是在用语言改变世界，及使其列举的事物得以存在的活动中占据自己的一席之地"②。其次，述行语至少在原则上打破了意义与说话人意图的联系，呈现出来的是言说者用言语所能够完成的行为，这个行为最终不是由他所发出的意图所决定，而是由社会的和语言学的程式所决定。就像奥斯丁所描绘的承诺图景，如果在适当的条件下说了"我保证"，那就已经完成了保证的行为，而与言说者当时的意图无关。如此观之，既然文学言语也是事件，作者的意图就不能够决定文学事件的意义。概括来讲，认为文学是述行语这一观点让我们思考是什么使文学序列事件产生作用这样一个复杂的问题。这个问题萦绕在20世纪诸多文学研究者的议题中，罗兰·巴特（Roland Barthes）说作家已死，新批评的威廉·维姆萨特（William K. Wimsatt）则认为作者意图在传达与接受的过程中存在意图谬误和感受谬误。

巴特勒对奥斯丁的语言述行理论做出了很高的评价。在关于《令人激动的言说》（*Excitable Speech：A Politics of the Performative*）的访谈《言语，种族和忧郁症：朱迪斯·巴特勒访谈》（*On Speech，Race and Mel-*

---

① ［美］乔纳森·卡勒：《当代学术入门：文学理论》，李平译，辽宁教育出版社1998年版，第101页。
② 同上。

ancholia: An Interview with Judith Butler) 中，巴特勒指出奥斯丁区分言内语言行为和言前语言行为是他最大的贡献，他勾勒了语言权力统治的想象性图景。[①] 借助于奥斯丁的这个概念，巴特勒将其与福柯的话语观念结合，深入探讨语言本身所拥有的巨大力量，这个力量来自语言本身及其所携带的相关社会条件。巴特勒后来在著作《令人激动的言说》当中就倾力探讨语言可能造成的后果超出了语言之外，甚至能直接导致身体的伤害。

无独有偶，美国作家托尼·莫里森 (Toni Morrlson) 在 1993 年获诺贝尔奖的演说当中也谈到这个问题，她控诉语言的暴力:"压制性的语言不仅象征着暴力，它就是暴力本身。"[②] 莫里森以一个古老黑人传说来说明这个问题。在这个故事当中，一群孩子手里握着一只鸟，让一位智慧的盲妇猜这只鸟是死是活。盲妇只说不知道这个问题的答案，只知道鸟是在孩子们手里握着。因为她无法看到这只鸟，如果这只鸟是死的，那么可能它来到这些孩子手上之前就是死的，或者就是孩子们把这只鸟杀死了。鸟的存活全在孩子们手上，而非现成的答案。这正像语言的处境:置身于权力之网的压制当中无处可逃。

巴特勒赞同莫里森的观点，并进一步分析这种暴力不仅仅是在语言层面，当它发生在物质层面时，就有可能造成身体伤害。[③] 可以看到，在奥斯丁强调语言与行动关联的基础上，巴特勒直接将语言视为行动:

> 述行行为是一种训谕:一个例子是，多数述行都是在言说的同时表演了某种行动，并实施了一种黏置力的陈述。述行处在一张核准与惩罚的关系网中，往往包括律法判定、洗礼、宣誓就任、所有权声明等陈述，它们不仅施展了一种行动，而且授予这种行动以黏置力。如

① 参见 Vikki Bell, "On Speech, Race and Melancholia: An Interview with Judith Butler", *Theory, Culture & Society*, 1999, Vol. 16 (2), pp. 163 - 174。

② Judith Butle, *Excitable Speech: A Politics of the Performative*, New York: Poutledge, 1997, p. 6.

③ Ibid. , p. 10.

果生成其命名之物的话语力与述行有关，则述行就是一个权力作为话语的领域。①

除此之外，奥斯丁的述行理论在现象学方法论层面对巴特勒提供了两点重要的启示。首先，是对二元对立的打破。在现象学家思考语言与现实之间关系的框架当中，奥斯丁进行语言行动力的探讨。美国学者苏珊娜·费尔曼（Shoshana Felman）在《文学言语行为：唐·璜和奥斯丁，或两种语言的诱惑》（*Literary Speech Act，Don Juan with Austin，or Seduction in Two Languages*）中评价奥斯丁的述行理论有力打破了精神（mental）与肉体（physical）、物质（matter）与语言（language）等二元对立。②

其次，现象学探讨的是物体与意识的交接点，研究主客体关系。在现象学的意向中，客体是意向性客体，是主体的意识指向之物。因而在现象学中，本质与对象是同一的，事实与本质之间是不可分割的关系，"意义是观念的统一体，不可分割，是说话的人和听话的人所意向的同一对象或同类对象所共有的性质"③。奥斯丁本人作为语言现象学家，在他的述行理论当中，他最为关注的便是意图如何在说话人与受话人之间传达以及达成最终的交流目的。这些都涉及语言行动的条件性，但如前所述，虽然奥斯丁也指出述行是有条件的，但一些批评者则认为，奥斯丁的语言述行仅仅关注纯语言层面，如埃米尔·本维尼斯特（Emile Benveniste）就认为言语的效力并不像奥斯汀所说的那样存在于"以言行事的表达式"或者话语本身，这些不过是制度的授权而已，因为语言的权威是来自外部。关于这一点，最重要的批评来自德里达，而巴特勒正是直接在德里达对奥斯丁批评的基础上发展出自己的述行理论。

二   行动的条件性

巴特勒多次指出德里达对弗朗茨·卡夫卡（Franz Kafka）小说《在法

---

① ［美］朱迪斯·巴特勒：《身体之重：论"性别"的话语界限》，李钧鹏译，上海三联书店 2011 年版，第 223 页。

② 参见 Judith Butle，*Excitable Speech：A Politics of the Performative*，New York：Poutledge，1997，p. 11。

③ 张首映：《西方二十世纪文论史》，北京大学出版社 1999 年版，第 210 页。

律门前》的解读对于她理解述行概念理论的重要性。这是一个门卫阻止乡下人进入法律之门的小故事，和卡夫卡的很多小说一样，在门卫和"法"的权威面前，乡下人终究没有达成自己的愿望。德里达认为卡夫卡的这部小说非常直观地呈现出话语的效力："门实际上是开着的，门卫并不强行挡路，起作用的倒不如说是他的话语，其限度是不直接禁止，而是妨碍、延迟通行，抑制通行。"①

德里达对述行理论的重要贡献是指出奥斯丁述行理论的局限在于将语言行为仅仅看作交流活动，而忽视了语言的暴力维度。在《签名·事件·语境》（Signature Event Context）及《在法律门前》（Before the Law）两篇文章中，德里达提出了几个重要概念：增补（supplement）、重复（repetition）、引用（citation），其中"重复"这个概念对我们理解巴特勒的述行理论至关重要。

增补是德里达一个重要的概念，也是德里达在前人意符基础上的衍生物。法国 18 世纪哲学家孔狄亚克（étienne Bonnot de Condillac）在《人类知识起源论》（Essay on the Origin of Human Knowledge）中探讨行动（act）和言词（word）之间的关系时，论及语言是行动的增补，这一点在西方的哲学传统中无形中拔高了语言的地位。卢梭用这个词表示"对一个已经完整的统一体的追加物，又表示对某种不足的补充"②。德里达则用这个术语来说明符码（code）的再现功能。符码运用"标记"（mark）表征自身，此外还有大量的空白。标记一般都能彰显符码的意义，但空白也并非仅仅是意义的仆人，空白往往也能显现意义，空白与意义之间是辩证的关系。这些探讨无疑正与德里达的解构思想同气相求，符合德里达瓦解传统的哲学话语等级系统的需要。

现象学家胡塞尔关于言说的讨论则为德里达提供了引用即失败的观点。在《逻辑研究》（Logical Investigations）一书中，胡塞尔模糊地表明了标记可以在脱离指称的情况下行事：一是言说的客体是独立自足的在

① ［法］雅克·德里达：《文学行动》，赵兴国等译，中国社会科学出版社 1998 年版，第 138 页。

② 同上书，第 43 页。

场，与言说者的意图及接受者的理解都无关，比如说"蓝天"；二是所指是不在场的，比如数学符号；假命题，例如圆圈是方的；不合逻辑的语言，比如"绿色要么也是"（the green is either）等情况，德里达指出这些在文本中普遍存在的引用失败意在说明符码在脱离语境之后也是有效的。德里达认为，奥斯丁把交流活动中对他人的"引用"仅仅视为简单的重复，但实质上"引用"也是知识范畴从一个语境挪用到另一个语境的过程，在此过程中其本来的意义随之被改写，新的意义不断被行动者（agent）附加进来，并打上自己的烙印。

　　因此，引用是"符号费力地从它前一种用法中逃离出来的过程"[①]，它要与前文本绝交，而热烈迎接新文本的到来。因而，在德里达看来，奥斯丁的述行过于依赖于语境，从而假定了言说者的意图完全可以达到封闭传达的效果。在《签名·事件·语境》一文里，德里达通过对信息交流（communication）的研究，指出虽然文本及语境对交流效果有限定，但并非决定性的，还有表达时的其他诸多附加条件，比如姿势、语气等。其实在奥斯丁的著作中也有类似的条件限定，不过奥斯丁的话语分析的确非常依赖语境，因而令述行变成了意图含义，言说者的意图表达要在理想化的封闭环境中才能达到完全传达、完全领会的效果，这当然不可能。并且奥斯丁假定了符号的天然独裁力量，认为合适的述行在法律的框架内总有实现的可能。

　　德里达认为，普遍的可重复性应该被看作语言的规律，正是在不断的复制中，意义偏离了原文本，建构了自己的身份。成为符号的条件是必须能在各种情况下，被引用、被重复。"重复"概念是德里达对增补的发展，增补所表征的是一种平等互补的关系，而重复是一种替换关系。例如签名，它既是重复的，又是个性化和唯一的。福柯的话语理论也论及同样的问题，在福柯看来，权力本身亦处于持续的不稳定状态，权力作用下的生成之物亦处于变动不居的状态。如果说权力是通过话语来传播的话，那么

---

① J. Jacques Derrida, *Limited Inc*, Jeffrey Mehlman and Samuel Weber, trs. Evanston：Northwestern University Press, 1988, p. 12.

“这些东西不仅用拷贝或翻译形式正式复制，而且用评注、注解等扩散方式复制出来”①。

卡勒对德里达的重复概念做出了高度评价，德里达强调的“语言不仅传达信息，而且通过重复已经形成的推论实践，或行事方法而完成行为。从这个意义上讲，语言是述行的。这一点对述行语言后来的发展非常重要”②。尤其对于巴特勒而言，这种重复意味着身份的塑造。卡勒较早就敏锐地指出，巴特勒在奥斯丁和德里达的基础上将述行理论运用于性别身份的考察：“奥斯丁感兴趣的是在一个单一的场合下重复某种规则怎样使某件事发生。对巴特勒来说，这是大规模的、强制性的重复中的一个特殊案例，这种重复创造了历史和社会的现实（你成为一个女人）。”③

巴特勒最早将述行理论运用于性别研究领域。在《性别麻烦》中，巴特勒运用述行理论分析社会性别的话语建构，在《身体之重》当中进一步分析生理性别的建构。从《安提戈涅的请求》开始，则对生命价值等问题进行了探讨。在近期著作如《激动的言语》及论及“9·11”的《战争的结构：何时为生命悲伤》（*Frames of War：When Is Life Grievable*）④ 等著作中，述行理论被运用于更广泛的领域，讨论种族主义、反恐等话题，广泛涉及美国及与国家之间的社会公正论域。因而，基于奥斯丁的语言述行理论对语言行动性的考察和德里达对语言述行的条件限定，巴特勒的述行理论以研究性别问题为起点，实际上已经进入更为广阔的身份问题论域。

第二节　身份的言说机制

对于发轫于语言学的述行理论，巴特勒并非简单地将其直接运用于身份研究。述行理论在巴特勒这里既是工具的理论也是理论的工具，它在巴

---

① ［美］L.德赖弗斯、保罗·拉比诺：《超越结构主义与解释学》，张建超、张静译，光明日报出版社1992年版，第60页。

② ［美］乔纳森·卡勒：《当代学术入门：文学理论》，李平译，辽宁教育出版社1998年版，第103页。

③ 同上书，第110页。

④ 以下简称“战争的结构”。

特勒的手中经历了一系列理论范式改造之后才成为一套行之有效的方法论。本研究认为，要认识巴特勒的述行理论可以从以下三个方面着手：首先，述行过程中只有行动者，而先在的主体是缺失的，即主体是在述行过程中生成的主体，而非处于稳固状态的主体；其次，述行是由权力掌控的一系列重复行为，权力话语在其中进行分类与排斥，排除异质元素；最后，权力对述行过程并没有绝对的控制力，整个述行的过程也包含翻转与颠覆的可能。

一　非先在的主体

　　巴特勒的述行策略首先继承了语言述行理论重视行动性的理论旨趣，通过行动性来质疑身份是始终如一的存有，利用现象学的利器来反抗实在形而上学对"存有"（being）和"实在"（substance）的幻想，从而彰显身份的建构性。在巴特勒看来，性别是一个动名词（doing），其动词性胜于名词性，因为它是由话语来持续进行制造（do），它处于不断生成的状态，并非稳定的存在（being）。从这一点出发，借助现象学的方法进行考察，不难发现性别是一系列假定，即"在性别表达的背后没有性别身份；身份是由被认为是它的结果的那些'表达'，通过操演所建构的"①。

　　但巴特勒对语言述行理论最重要的修正是她坚持在行动之前没有先在的行动者。在《述行行为与性别建构：关于现象学和女性主义的随笔》中，她批判现象学和行动哲学将行为描述为由特定情境中的先在"行动者"（agent）引起，由行动者的欲望引出他们的身体行为，比如说欲望一杯水才起身去端一杯水。此文发表十年后，巴特勒在与伦敦大学学者维奇·贝尔（Vikki Bell）的访谈中谈到，实际上已经有不少女性主义前辈诸如麦金农（MacKinnon）、雷·兰顿（Ray Langton）和弗里德里希·肖尔（Frederick Schauer）等人注意到了奥斯丁，但他们依然认为

---

①　[美]朱迪斯·巴特勒：《性别麻烦：女性主义与身份的颠覆》，宋素凤译，上海三联书店2009年版，第34页。

是由主体来述行。巴特勒自认这是她与其他述行理论最大的不同,她坚持主体的非先在,在行动之前没有主体存在。①

否定先在的行动者也意味着巴特勒认为行动者是在行动当中被塑造,最终表明没有稳固的主体,主体同样是处在过程当中,就像尼采所宣称的那样:"在行动、实行、变成的背后没有'存有','行为者'只是加诸行为之上的一个虚构——行为是一切。"② 巴特勒在《性别麻烦》中通过对第二波女性主义的批判来说明这个问题。波伏瓦在《第二性》中说:"一个人不是天生就是女人,而是变成女人。"这表明波伏瓦认为存在一个稳固的"女人"主体。而巴特勒始终坚持"述行不是建立主体,而是为主体的出现提供临时条件"③。在《性别麻烦》中,巴特勒将这个作为主体的"女人"称为是对"律法之前"的主体的想象,这不是真正的主体,而只是权力话语的调用:

> 也许主体,和对一个时序上"之前"(before)的调用一样,都是被律法建构的,作为律法取得合法性的一个虚构基础。关于普遍存在的认为律法之前的主体具有本体完整性这样的假定,也许可以这样理解:它是自然本质的假设——亦即那构成古典自由主义司法结构的基础主义(foundationalist)神话——残留于当代的痕迹。对一个非历史的"之前"的一再操演调用,成为保证人的前社会本体的一个基础前提;而个人在自由意志下同意被统治,从而构成了社会契约的合法性。④

在这段话中,巴特勒对时间和历史元素的一再提及,以及在后来的

---

① Vikki Bell, "On Speech, Race and Melancholia: An Interview with Judith Butler", *Theory, Culture & Society*, 1999, Vol. 16 (2), p. 165.

② [美]朱迪斯·巴特勒:《性别麻烦:女性主义与身份的颠覆》,宋素凤译,上海三联书店 2009 年版,"序(1990)"第 34 页。

③ Judith Butle, *Bodies that Matter*, New York and London: Routledge, 1993, p. 95.

④ [美]朱迪斯·巴特勒:《性别麻烦:女性主义与身份的颠覆》,宋素凤译,上海三联书店 2009 年版,第 3—4 页。

《身体之重》当中明确将主体称作是历史的"效果"（effect）而非起因，显示出她的非线性历史观念与尼采和福柯的谱系学之间的亲缘关系。谱系学家们认为，传统历史主义者从因果关系的角度描绘一个过去有其起源并且在未来有其连续性的总体化历史过程，这在尼采看来是一种进化的历史观，整个历史传统（无论是神学的，还是唯理的）旨在将"特殊事件纳入理想的连续性——目的论的进程或自然因果序列"①。这种进化论无情地抹杀了不在线性历史当中的事物的存在价值，所以尼采批判历史的书写是一个党同伐异的同一化排除过程，这样的"超历史视点"（a suprahistorical perspective）"将时间最终的多样性编织成自我封闭的整体的历史"②。

因而谱系学无情质疑线性历史观和历史进化论，谱系学家们认为历史应当是"一件具有持续变动性、极为多样和开放的事物，一系列事态或者不连续体，只有使用某种理论暴力才能将其锤打成为一个单一叙事的整体"③。谱系学以生成论来反对本质论和起源论，它更关注的是事物如何生成的"过程"（process）。④ 就反本质而言，谱系学采用视角主义的态度来看待历史，将一切历史看作当代史，即"效果历史"（effective history）。谱系学认为，我们所看到的历史是权力话语作用的结果，而非造成现状的原因。而反起源并不是反对事物有起源的思想，而是反对把事物的诞生过分神圣化，因为起源并非一个纯洁的过程，其中充满了话语的暴力，是一个党"同"伐"异"的分类过程，福柯在《词与物》当中对此作出了精彩的解释：

　　"异"对一个文化来说，同时成了内在和陌生的东西，并因此只通过禁闭（为了减少其异性）就被排斥了（以便驱赶内在的危险）；而物的秩序的历史则将是"同"之历史，"同"对一个文化

---

　　① ［法］福柯：《尼采、谱系学、历史》，王简译，载杜小真编《福柯集》，上海远东出版社 2003 年版，第 157 页。

　　② 同上书，第 156 页。

　　③ 张进：《新历史主义与历史诗学》，中国社会科学出版社 2004 年版，第 89 页。

　　④ 参见 Alan D. Schrift, "Nietzsch, Foucault, Deleuze, and the Subject of Radical Democracy", *Journal the Theoretical Humanities*, Vol. 5, Aug. 2000, pp. 151－161。

来说，既被分散了，又被联系在一起，因而被分门别类，被收集成同一性。①

所以谱系学主张对历史进行逆向梳理。福柯在《必须保卫社会》中指出，新的历史首先要挖掘那些被遮蔽的东西，辩读被恶意断然篡改和抹杀的历史，改变历史话语的统治地位，还原其为多种族的甚至种族冲突的话语，才能重获迷失和隐匿的知识。"使那些局部的、不连贯的、被贬低的、不合法的指示运转起来，来反对整体理论的法庭，后者以真理知识的名义，以控制在几个人手里的科学权利的名义把那些知识都过滤掉了，对它们进行分级整理。"② 所以当我们运用谱系学的方法重新梳理历史之后，必然会发现所谓的真理和诸多知识范畴，都是话语作用的后果而已，而非事物本身的内在本质。在此基础上也就会进一步质疑，既然生成的状态是如此普遍，那么所谓本质以及必然性还有何依附之处?

巴特勒深谙谱系学的策略，她也认为"那些我们以为是'真实'者，我们援引为自然化的性别知识者，实际上是一种可变的、可修改的真实"③，所以她要追溯将"话语真理"错当作是"事物真理"的倒果为因的过程。女性主义者对母权制或者父权制起源的追寻，在巴特勒看来就是最徒劳无功的倒果为因。因为试图去追溯父权制的起源，寻找所谓"母权制"社会，无疑就表明承认了父权制存在的事实，和反女性主义者一起反倒促进了父权制的合理化，因此，关于起源的故事是叙事的一个策略性手段，"也就是以一种单数的、权威的陈述来叙述一个无可挽回的过去，以使律法的创制看起来像是历史上不可避免的一个发展"④。

谱系学不仅是巴特勒分析研究对象的方法，也是她自身的写作策略。萨拉·萨利在为路特里基出版社撰写的批判思想家系列之《朱迪斯·巴特

---

① [法] 米歇尔·福柯:《词与物》，莫伟民译，上海三联书店 2001 年版，第 13 页。
② [法] 福柯:《不正常的人》，钱翰译，上海人民出版社 2003 年版，第 8 页。
③ [美] 朱迪斯·巴特勒:《性别麻烦:女性主义与身份的颠覆》，宋素凤译，上海三联书店 2009 年版，"序（1999）"第 17 页。
④ 同上书，第 49 页。

勒》（*Judith Butler*）当中就将巴特勒的写作比喻为莫比乌斯带（Mobius strip）。① 因为读者难以勾勒巴特勒思想从 A 到 Z 发展的线性轨迹，"她的思想类似于莫比乌斯带，或者一系列莫比乌斯带，她的理论总是围着问题环绕盘旋而并不准备去解决它们"②。萨拉的比喻形象地指出了巴特勒的研究致力于不断地质疑，质疑的动机是将所有问题再问题化，而并不准备提供一个权威的答案。

简而言之，巴特勒首先以现象学的行动性来质疑身份的实存性，提出身份是在行动当中生成的历史偶然性产物，进而利用谱系学质疑虚妄的身份之后并不存在身份的主体，主体同样是处于生成的过程当中。但要注意的是，巴特勒虽然反对主体的先在性和稳固性，但并不否认主体的存在，只是极力强调主体的过程性。

二　被言说的主体

巴特勒通过谱系学的方式揭示了身份的建构性和主体的非稳固性，这样便产生了一个新问题，如果一切都是在流动当中，那么人是如何立足于世界的，我们现有的位置如何获得？在与维奇·贝尔的访谈中，巴特勒谈道："阿尔都塞的询唤为我提供了主体在话语行为中被建构的场景，而奥斯丁为我提供了理解主体的言语行为的方式。"③ 路易·皮埃尔·阿尔都塞（Louis Pierre Althusser）的询唤（interpellation）启发她思考言语行为如何令主体存在，存在的主体如何言说。这些问题是思想史和文学史的传统问题，海德格尔在《诗·语言·思》中提出的语言是存在的家，这是对存在之问的诗意解说。巴特勒在《令人激动的言语》一书里援引托尼·莫

---

① 由德国数学家、天文学家莫比乌斯（August Ferdinand Möbius）和约翰·李斯丁（Johhan Benedict Listing）在 1858 年独立发现的一种拓扑学结构，它只有一个面（表面），和一个边界。这个结构可以用一个纸带旋转半圈再把两端粘上之后轻而易举地制作出来。如果某个人站在一个巨大的莫比乌斯带的表面上沿着他能看到的"路"一直走下去，他就永远不会停下来。这里萨拉用这个术语来比喻巴特勒的作品并不会将读者导向结论，而是展现更多开放的问题。

② Sara Salih, *Judith Butler*, London and New York: Routledge, 2002, p. 3.

③ Vikki Bell, "On Speech, Race and Melancholia: An Interview with Judith Butler", *Theory, Culture & Society*, 1999, Vol. 16（2）, p. 165.

里森获诺贝尔奖演讲时所说的"语言维系我们的生命"①，遥相呼应了海德格尔来自古希腊传统的看法。但在此基础上，巴特勒还进一步分析了主体如何在权力话语当中言说。

（一）人是语言的存在物

应当说，巴特勒对语言与主体关系的研究首先得益于 20 世纪由索绪尔引发的语言学转向，语言的巨大能量随之被逐步开发出来，学界对人与语言之间的讨论话题亦从"我在说话"变成了"话在说我"。在语言述行理论的领域内，奥斯丁的语言述行理论提请我们注意语言的行动性，德里达强调语言是行动的增补则提升了语言的地位，各家意见争论不休。

而在古希腊的传统当中，语言乃是人存在的方式。按照亚里士多德的定义，人是社会动物以及能言说的存在，因为对于城邦之外的奴隶和野蛮人来说，丧失了言说的机能就丧失了一种生活方式。亚里士多德的"政治动物"（zōon politikon）最早被译为"社会动物"（animal socialis），因为在城邦中，所有公民主要关心的是彼此交谈，言说在公民生活中获得了意义，并且唯有言说有意义。"生活在城邦中，意即任何事情都要取决于话语和说服，而不是取决于暴力和强迫。"② 即使在古代相对晚期的时候，战争和言说的艺术（修辞）作为两种基本的政治教育科目，其发展仍然受到更古老的前城邦经验和传统的激励，并始终隶属于这个传统。

言行之间的关系在古人看来也未必是分开的。老子《道德经》云："无名天地之始，有名万物之母。"③《新约·约翰福音》首句"In the beginning was the Word, and the Word was with God, and the Word was God"，中文和合本译为"太初有道，道与神同在，道就是神"。对于该翻译，冯象提出了异议，认为"道"应为"言"，在希腊语中对应的是"logos"，这个词本身具有"word"的意思。有意思的是在《浮士德》中，歌德将

---

① Judith Butler, *Excitable Speech: A Politics of the Performative*, New York: Poutledge, 1997, p. 10.

② ［美］汉娜·阿伦特：《人的境况》，王寅丽译，上海人民出版社 2009 年版，第 16 页。

③ 王弼注：《老子道德经注校释》，楼宇烈校，中华书局 2008 年版，第 1 页。

此句又改为"太初有为"。

在《人的境况》中，通过分析索福克勒斯（Sophocles）作品中安提戈涅的语言行为，汉娜·阿伦特指出存在与行动是合一的，"所有的人类活动都依赖于人们共同生活的事实，但只有行动在人类社会之外是无法想象的。只有行动是人独一无二的特权；野兽或神都不能行动，因为只有行动才完全依赖他人的持续在场"①。相比之下，思想属于次要位置，而言说和行动同时发生并且同等重要，"这一点首先不仅意味着真正的政治行动（就其处于暴力领域之外而言），要以言说来进行，而且更为根本的是，除了言说传达或交流的信息外，在恰当的时刻找到恰当的言辞本身就是行动。只有纯粹暴力才是沉默的"②。

在 2000 年出版的著作《安提戈涅的请求》中，巴特勒在某种程度上赞同海德格尔在《形而上学》中对《安提戈涅》出场合唱诗的解读："言词，命名，都是要把从要直接制胜而涌入其中去的敞开了的在者安顿下来并使其保持在老老实实、一清二楚的安定状态中。"③ 沿着海德格尔的道路，巴特勒深入解读安提戈涅的言辞之力。悲剧中，安提戈涅的形象塑造是在对话当中展开，恰好印证海德格尔所语"我们——人——是一种对话。人之存在建基于语言；而语言根本上惟发生于对话中"④。语言是安提戈涅的存在方式，也是她反抗克瑞翁的方式。首先，从语言方式上来讲，巴特勒认为安提戈涅的言辞直接挪用克瑞翁的语言方式，即采用男性权威人物的话语方式。当安提戈涅被士兵捉到克瑞翁面前时，安提戈涅与克瑞翁的对话针锋相对，在场的人无论是歌队还是克瑞翁都认为安提戈涅男性化的大胆语言是对克瑞翁最大的冒犯。其次，安提戈涅深刻意识到，以言辞打动城邦的公民是她争取公众支持的最佳途径。她在公众当中大胆呼吁对其长兄进行悲悼，以让长兄灵魂安宁。而在古希腊城邦中，妇女的哀悼本来应该在家中进行，在公众中进行哀悼威胁到了公

---

① ［美］汉娜·阿伦特：《人的境况》，王寅丽译，上海人民出版社 2009 年版，第 14 页。
② 同上书，第 16 页。
③ ［德］海德格尔：《形而上学导论》，熊伟、王庆节译，商务印书馆 1996 年版，第 172 页。
④ ［德］海德格尔：《荷尔德林诗的阐释》，孙周兴译，商务印书馆 2000 年版，第 41 页。

民的生活秩序。①

我们回到古希腊传统,可以看到语言与存在之间水乳交融的关系:"语言是人类此在的最高事件"②,人存在于语言的莽苍之境。但这样的诗意境地对于巴特勒来说终究过于忽略了权力的掌控。语言不是政治中立的存在物,语言也不仅仅是语言本身,通过语言说话的还是人而已,"世界不说话,只有我们说话,唯有当我们用一个程式语言设计自己之后,世界才能引发或促使我们持有信念"③。在《性别麻烦》中,巴特勒指出甚至连语法都不是中立的,就像法语中对于词语阴阳两性的划分无疑支持了性别的二元对立。与此同时,语言对于主体的塑造具有双重的可能性,"它可以用来主张关于人的一种真实而全面的普遍性,或者,它可以建制一个等级的体系,在其中只有一些人有资格言说,而其他人由于被排除在普遍的观点之外,他们在'言说'的同时,也在瓦解着他们所说的言语的权威性"④。因而,虽然古希腊的语言传统向巴特勒展示了人是言说的存在,但显然巴特勒对主体在权力当中的言说更感兴趣。

(二) 存在的命名

阿尔都塞的警察询唤故事为巴特勒探讨主体与语言的关系提供了最好的现场版本。在《意识形态和意识形态国家机器(研究笔记)》里,阿尔都塞指出我们认识到自己是主体:"是通过最基本的日常生活的时间仪式发挥功能的(握手、叫你的名字、知道你'有'自己的名字,哪怕我不知道这个名字是什么,这也意味着你被承认是一个独一无二的主体,等等)。"⑤ 阿尔都塞将这些认出主体的场景称为"询唤"。最广为人知的阿尔都塞式询唤就是警察对一个人说"嗨!叫你呢",哪怕这人仅仅转身未

① 参见 Judith Butler, *Antigone's Claim: Kinship between Life and Death*, New York: Columbia University Press, 2000, p. 85。

② [德] 海德格尔:《荷尔德林诗的阐释》,孙周兴译,商务印书馆 2000 年版,第 43 页。

③ [美] 理查·罗蒂:《偶然、反讽与团结》,徐文瑞译,商务印书馆 2005 年版,第 15 页。

④ [美] 朱迪斯·巴特勒:《性别麻烦:女性主义与身份的颠覆》,宋素凤译,上海三联书店 2009 年版,第 158 页。

⑤ [法] 阿尔都塞:《意识形态和意识形态国家机器(研究笔记)》,孟登迎译,载陈越编《哲学与政治:阿尔都塞读本》,吉林人民出版社 2004 年版,第 363 页。

作应答，阿尔都塞也认为这是回应了警察的询唤，"就这样，仅仅做了个一百八十度的转身，他就变成了一个主体"①。巴特勒同样将主体的形成作为一个在特定历史和话语情境当中的过程，"言语"（speech）在此过程中起到建构主体的作用，主体存在于语言中，或者说主体是被言说的。

如果说询唤是意识形态生产主体的现场表演，那么在阿尔都塞看来，命名事物或者接受命名乃是意识形态作用于主体的方式之一。在巴特勒看来，话语的述行常常也表现为命名的行为，被称呼了一个名字，这个名字占据的这个部分就与话语相配套，例如《圣经》中神说"要有光"，就有了光。"在这里，通过一个主体或其意愿的力量，一个现象经由被命名而产生。"② 在雅克·拉康那里，命名是对父系律法的运用，每个人在宗教洗礼仪式上获得名字，这意味着同时加入了神的国度以及被父系家庭所接纳。另外，被呼唤产生的这个"我"虽然不是自我的对立面，可以完全剥离自我而自由生发，但是这个被呼唤的"我"至少像斯皮瓦克所说的一样是与"自我"（me）"授权的背离"，不管它是否违背自我，它都得到了自我的授权。正像在监狱等地方，剥夺名字是一个去个人化的行为，你的一部分自我便随之消失，随之得到的囚犯号码只赋予了囚犯这个集体身份，没有名字，在某种程度上意味着身份的缺失。如同阿兰·巴迪欧（Alain Badiou）所说："我要寓居在我的名字里"③，名字是人的存在之所。日本动画大师宫崎骏的作品《千与千寻》里，寻找名字其实是寻找自我的寓言。名为"千寻"的少女为了解救被魔法变成猪的父母，便为汤婆婆工作，并被赋予"千"之名。在魔法世界之中，只有她自己记得最初名为"千寻"，她也必须记住原初的命名才能重回自己和父母在现世的世界，名字在此便成了她的回归之路。

回应询唤与接受命名，在阿尔都塞看来都是为了能够自由地服从主体

---

① ［法］阿尔都塞：《意识形态和意识形态国家机器（研究笔记）》，孟登迎译，载陈越编《哲学与政治：阿尔都塞读本》，吉林人民出版社 2004 年版，第 364—365 页。

② ［美］朱迪斯·巴特勒：《身体之重：论"性别"的话语界限》，李钧鹏译，上海三联书店 2011 年版，"导言"第 14 页。

③ ［法］阿兰·巴迪欧：《作为传记的哲学》，参见豆瓣网九月鹰译文，http://www.douban.com/group/topic/5379658/。

的诫命,接受臣服地位。你的任何回应,无论是承认还是误认,只要回应就占有了意识形态的主体位置。然而在巴特勒看来,阿尔都塞仅将询唤视为单向度的设定,虽然阿尔都塞提出有不完全遵守意识形态的"坏主体"的可能,但是并没有考虑不服从将会产生什么。巴特勒把警察的呼唤视为形成主体的情境,它还没有形成一个主体,充其量只是形成主体的司法和社会的关键条件。这个呼唤严格说来不是述行,只是述行的构成要素,它只是将个体引入主体的主体化地位。所以巴特勒说:"名字是身份的场所,在这里身份进行着动态表演。"① 主体对命名的接受并非完全被动,它在接受命名之后还要进行相应的身份述行,主体固然无法摆脱意识形态的掌控,但也并非能够完全表达意识形态的意图。拉康就指出:"命名构成了条约,在此处两个主体同时同意和承认了同样的客体。"② 只有在客体与主体之间存在自恋关系的条件下,命名的言辞才能统一。如同拉康所指出的,被命名的身份是想象界身份,这种身份具备多重与短暂的特征,这组成了拉康自我的回路,但并没有形成象征界的主体。从这个角度看来,被询唤的主体也不具有稳固的身份。

在《身体之重》当中,巴特勒就以美国女作家薇拉·凯瑟(Willa Cather)为例,论述了命名遭到挑战的可能。凯瑟在大学时是个扮装者,并且将具有明确女性特征的"威拉"(Willa)之名改为"威廉"(William),摆出拒绝性别身份定位的姿态。在她的小说中,女主人公也会被冠以一些男性化的名字,比如汤米(Tommy)。所以在她这里,"称谓没有完全将它们本应获取女性气质和男性气质的角色性属化"③。巴特勒赞同齐泽克(Slavoj Žižek)的分析,在齐泽克看来,命名来自象征界,试图以称谓固化身份的失败就意味着象征界的危机,称谓就显示出它逆向构筑所指的能力。"'身份'意符实际上在修辞上制造了它们所表征的社会运动。"④ 后马

---

① Judith Butler, *Bodies that Matter*, New York and London: Routledge, 1993, p. 143.

② Ibid. , p. 152.

③ [美]朱迪斯·巴特勒:《身体之重:论"性别"的话语界限》,李钧鹏译,上海三联书店2011年版,第129页。

④ 同上书,第208页。

克思主义者拉克劳（Ernesto Laclau）将齐泽克的这种理论称为"政治述行理论"。

巴特勒在《权力的精神生活》当中又设想了另外一种情况："当名字不是一个专有名词而是一个社会的分类，并且因此成为一种可以被许多分歧和冲突的方法来解释的能指时，考虑一下这种询唤和误识的力量。"①这个场景是集体化的命名，意味着权力更大规模的运作，通过命名区分了知识范畴，并作用于社会人群，造成直接的社会后果。诸如 LGBT 群体、艾滋病患者等边缘人群将用身体和生命来承担命名机制的效果。

三 作为生产机制的矩阵

可以看出，巴特勒已经将述行设想为由一台机器在运转。奥斯丁的语言述行为巴特勒提供了一个思考身份主体建构的起点，阿尔都塞为巴特勒提供意识形态询唤的场景，而福柯则启发巴特勒构建述行的生产机制。机制（dispositif），福柯在谱系学中用这个术语表示各种制度、身体构造和行政机构以及知识型。福柯在权力话语的设想中，看到权力话语靠机制来运行。并且在社会机体内，其维持和加强了权力的运转。② 在《关于控制社会的附笔》中，德勒兹指出，在福柯的控制社会里，机制是重要的社会运转机器和部署策略。福柯把社会形态分为君权社会、规训社会和控制社会。君权社会的权力形态要靠肉体刑罚来进行权力肉眼直观的"看"与"被看"的展示，而在规训社会，权力的实施则是依赖"表象"（representing）③ 来进行，惩戒技术变得更加经济化、分析化、技术化、专门化以及功利化。18 世纪，新的权力经济学的惩罚观念所要贯彻的是"充分想象原则"，即利用观念的"痛苦"，惩罚利用的不是肉体，而是表象（rep-

---

① ［美］朱迪斯·巴特勒：《权力的精神生活：服从的理论》，张生译，江苏人民出版社 2009 年版，第 90 页。

② 引自澳大利亚福柯资源网：http://www.foucault.qut.edu.au/concepts/index.html。

③ 福柯哲学中重要的概念，《词与物》第三章详细阐述，"知识的界限就是表象对符号的完全显明，表象被这些符号整理得井然有序"（［法］米歇尔·福柯：《词与物》，莫伟民译，上海三联书店 2001 年版，第 102 页），也就是说在"词"（符号）和"物"之间横亘着"表象"，人为地限定了语言的所指。

resentation），这并没有使惩罚变少或是减轻惩罚的严酷性，其目的是要使惩罚更有效，更具有普遍性和社会性，"使惩罚的权力更深地嵌入社会本身"①，全景敞视主义即为其中代表。而在控制社会，机制的运转通过力的流通和人的流通联系起来，就建筑空间来看，城市作为（社会的）空间、知识和权力的交汇之地以及社会调控（regulation）方式的中心功能得以更好地施展，在工人阶级居住区，以及医院、收容所、监狱和学校的建设都在贯彻层级监视空间所体现出来的"嵌入"（encastrement）原则。德勒兹指出，控制社会的各个机构处于超稳定的状态且共存于同一个调整过程和一个通用制度，"控制是一种调制机制。就好比一种可自我变形的模型，它可以连续地在瞬间完成变化，或者像一个其网格逐个蜕变的筛子"②。权力不再只是在某个封闭空间内最为有效的实施，它已经完全针对个人，所以随着个人的流动而流动。

对巴特勒而言，这个机制就是矩阵，它是一个重复机制。通过谱系学的考察，巴特勒发现了一些知识范畴自然化的过程，这种自然化是靠"矩阵"（matrix）这个机制来进行的。矩阵首先具有分类（classifying）的功能，通过分类进行排除和等级化。分类也是福柯的重要术语，福柯把分类理解为话语权运用的一种方式，知识作为一种权力来限制和过滤事物，以此让事物的可视性进入能够接受它的话语当中。倘若分类后进入不了这种话语，那么它就要被"排斥"（exclusion），被边缘化。他先把这解释为党"同"伐"异"的过程，以此来建立被排斥的异质文化的地位。

矩阵的运转及其功能虽然与福柯权力话语机制有内在联系，但巴特勒运用"身体"概念来修正福柯机制的消极。巴特勒认为，福柯更倾向于将身体理解为关系网中的产物，对身体的物质性有所扬弃。巴特勒批判福柯的权力运作过于消极化，她认为不可化约的身体恰恰是反形而上学的利

① ［美］L. 德莱弗斯、保罗·拉比诺等：《超越结构主义与解释学》，张建超、张静译，光明日报出版社1992年版，第91页。
② Gilles Deleuze, "Postscript on the Societies of Control", October 59, Winter 1992, Cambridge: MIT Press, MA, p.4.

器，尤其对于女性主义而言，女性身体不可化约的物质性是她们取得自主权的重要武器。在《身体之重》中，巴特勒考察了物质化身体的述行建构过程，在下一章当中，将继续探讨这个问题。

巴特勒认为，矩阵的具体运转依靠强迫性的重复行为来进行。"重复"（repetition）是巴特勒述行理论的关键词，首先，它与建构的时序性相关。建构"不应被阐释为等距离的不同'时刻'的简单更迭"①，它是重复的行动所造成的空间性积淀，各种各样的身份都是积淀而成的动态产物。其次，建构不是随心所欲地建构或者丢弃，而是具有限制性和约束性，述行正是对规范的被迫重复。不少学者批评巴特勒过于乐观地认为性别可以自由地建构，巴特勒在《性别麻烦》1999 年再版序言和《身体之重》中多次做出澄清："流行的观点认为，述行是个人意向通过语言的有效表述。对此我无法苟同，相反，我将述行看成权力的某种特定模式，作为话语的权力。"② 在这个重复的过程中，异质元素被排除。

重复这个概念与黑格尔、精神分析及德里达都有一定关联。"根据黑格尔的说法，重复在历史中扮演着关键角色：当某件事只发生一次，它可以被视为意外，可用别的方式处理或可避免；但当同样的事件重复上演，它就是一个征兆：更深层的历史进程正在展开。"③ 德里达的重复概念在第一节当中已经讨论过，此外，重复也是精神分析的重要概念，"强迫性重复原则"和"移情现象"是精神分析疗法对人性的两个重大发现。"强迫性重复原则"是对童年创伤情境的不断再现，即有童年心理发育缺陷或创伤的人，都会不自觉地、强迫性地在心理层面退回到遭受挫折的心理发育阶段，在现实中再现童年创伤和经历，重复童年时的痛苦情结。"移情现象"附属于"强迫性重复原则"，是对童年关系的重复。二者都通过重

————————

① ［美］朱迪斯·巴特勒：《身体之重：论"性别"的话语界限》，李钧鹏译，上海三联书店 2011 年版，"导言"第 11 页注。

② 同上书，第 184 页。

③ Slavoj Žižek. "Shoplifters of the World Unite：Slavoj Žižek on the meaning of the riots", In *London Review of Books*, 19 August 2011, http://www.lrb.co.uk/2011/08/19/slavoj－zizek/shoplift-ers－of－the－world－unite，译文参考译言网王立秋《齐泽克：全世界的商店扒手们，联合起来——齐泽克论暴乱的意义》，http://article.yeeyan.org/view/205146/213608。

复的方式来加强心理创伤,这是一个内在化(interioritation)的过程。"世界的某些特征,包括我们认识和失去的人们,的确成为自我的'内在'特征,但它们是通过那个内化的过程转化的,而那个内在世界——用克莱恩学派的说法——的建立,正是心理实行内化的结果。这表示完全可能有某种心理的操演理论在运作,需要我们作深入的研究。"①

在《令人激动的言语》里,巴特勒指出在写完《性别麻烦》后,发现了矩阵与皮埃尔·布尔迪厄(Pierre Bourdieu)的"惯习"(habitus)之间的联系。巴特勒认为,在性别作为知识范畴的建构过程中,个体的行为往往受制于惯例和规则。性别这一知识范畴作为根植于历史中的制度存在,与布尔迪厄作为生成性母体的"惯习"极其相似。布尔迪厄的惯习是"各种既持久存在而又可变更的性情倾向的一套系统,它通过将过去的各种经验结合在一起的方式,每时每刻都作为各种知觉、评判和行动的母体发挥其作用,从而有可能完成无限复杂多样的任务"②。巴特勒所说的性别矩阵也是这样一个生成性母体。研究者萨拉·萨利指出,矩阵可以被视为框架、土壤或者栅栏,在里面主体被浇铸成型。当这个过程铭刻在身体上便可能形成性别,譬如性别化的身体正是文化限定肉体空间的表现之一。③ 正如布尔迪厄考察性别支配时所发现的:"社会化的过程,倾向于逐渐导致性别支配惯习的躯体化",④ 它是通过两个方面的作用过程来实现,"首先,是通过对有关生理上的性的观念予以社会构建"⑤,其次,是通过灌输一种身体素性,"这种灌输构成了一种名副其实的身体化政治"⑥。即性别支配关系的合法性就是通过将社会文化因素深深铭刻在一

① [美]朱迪斯·巴特勒:《性别麻烦:女性主义与身份的颠覆》,宋素凤译,上海三联书店2009年版,"序(1999)"第9页。
② [美]华康德、[法]布尔迪厄:《实践与反思:反思社会学导引》,李猛、李康译,中央编译出版社1998年版,第19页。
③ 参见 Sara Salih, *Judith Butler*, London and New York:Routledge, 2002, p. 51;Judith Butler, "Performative Acts and Gender Constitution:An Essay in Phenomenology and Feminist Theory", *Theatre Journal*, 40:4(1988:Dec.), p. 526。
④ [美]华康德、[法]布尔迪厄:《实践与反思:反思社会学导引》,李猛、李康译,中央编译出版社1998年版,第227页。
⑤ 同上。
⑥ 同上。

种生物性因素上来赋予，即身体也是通过语言与话语来进行建构。①

对巴特勒而言，矩阵的重复运作固然高效，但并非铁板一块。"依照杰奎琳·罗斯的说法，如果能揭露'身份认同'是幻想的，那么就一定有可能演绎一种展现其幻想结构的认同。"② 德里达意义上的重复也蕴含着转换的可能。在德里达看来，重复是在不断的引用，意义就在不断的引用中延异。通过重复造成的延异，德里达否定起源和源文本。同时，引用作为重复的一种方式，引用的失败就赋予了行动的可能。巴特勒后来又补充重复的多种可能，即重复有可能会造成颠覆的后果，但也可能只是陈词滥调。

总而言之，巴特勒在德里达对奥斯丁语言述行理论加强与扩充了权力维度的基础上，将意识形态掌控下的语言行动性作为她述行理论的核心。巴特勒对述行理论的发展已经大大跃出了语言，或者可以说巴特勒这里的语言概念更富于福柯权力话语的特征。在本书后续章节中，我们将通过巴特勒对性别身份、亲属关系及自我定位、国家与民族身份等的研究来深入说明此问题。

第三节　身份诘问的悖论

对于巴特勒来说，述行机制固然高效运转，但只能带来短暂的成功，"如果一种述行暂时获得成功（我要说，这种'成功'永远且只能是暂时的），这并不是由于某种意图成功地控制了言语行动，而只是这种行为呼应了先前的行为，并通过对一系列原有的、权威的行为的重复或征引累积了权威性"③。因而除了权力话语的运作外，巴特勒还要追问在这样的框架中，我在多大程度上，在什么情况下能够成为一个承担责任的主体，能

---

① 参见孙婷婷《性别跨越的狂欢与困境：朱迪斯·巴特勒的述行理论研究》，《妇女研究论丛》2010 年第 6 期。

② ［美］朱迪斯·巴特勒：《性别麻烦：女性主义与身份的颠覆》，宋素凤译，上海三联书店 2009 年版，第 43 页。

③ ［美］朱迪斯·巴特勒：《身体之重：论"性别"的话语界限》，李钧鹏译，上海三联书店 2011 年版，第 225 页。

够选择我的行为？巴特勒认为，因为述行未必成功，主体的能动作用（a-gency）也可以在述行理论的框架之内讨论。而黑格尔的主奴辩证法蕴含着强大的能动性，因而借助黑格尔，述行理论自身便走向否定的路途，走在自我扬弃永不停息的生成之路上。

一 希望的主体

长期以来，黑格尔从意识到绝对知识的精神之旅被认为是在一个封闭体系中进行的沉闷的辩证法转换，索伦·克尔凯戈尔（Soren Aabye Ki-erkegaard）甚至称之为"卑下的诡计"。在20世纪的法国思想界，随着亚历山大·科耶夫（Alexandre Kojève）等人对青年黑格尔的解读，黑格尔重新大放异彩。无论是福柯对社会形态变迁的构想，还是拉康对想象界、象征界及实在界的解读，都可窥见黑格尔的影响。巴特勒珍视黑格尔的精神遗产，甚至将生命都视为一场辩证的运动，她宣称："哪里有运动，哪里有生命，哪里有事件在这个世界上发生，辩证法就在哪里运转。"[1] 如果说，尼采和福柯的谱系学为她提供了质疑现有等级制的策略，那么黑格尔的主奴辩证法则为她呈现了转换之道。

在黑格尔那里，主奴辩证法本身就包含一个转换的内核，主人与奴隶之间是相互依存的关系。主人是自为的存在，但是这种存在的前提是得到奴隶的承认，同时奴隶必须依赖于主人才得以生存。他们之间的相互依赖已经到了这样的程度：主体宁愿依赖空无也不可无所凭依。科耶夫进一步解释，在主奴辩证法中，主人并不是真正的人，主人得到奴隶是主人生涯的必经阶段，但"这甚至是一条绝路：他永远不会因为得到承认而'满足'，因为只有奴隶承认他"[2]，只有在奴隶成为历史的人、真正的人之后，这种承认才能得到最终的满足，正是这个欲望承认的主体推动着整个进程往前发展，历史也由此进步。

---

[1] Judith Butler, "The Nothing that Is: Wallace Stevens's Hegelian Affinities", In Bainard Cowan and Joseph G. Kronick, eds., *Theorizing American Literature: Hegel, the Sign, and History*, Baton Rouge and London: Louisiana State University Press, 1991, p. 282.

[2] ［法］科耶夫：《黑格尔导读》，姜志辉译，译林出版社2005年版，第57页。

对巴特勒而言，在黑格尔走向绝对知识的精神旅途中，主奴辩证法是助其滚动的车轮，这个历程重复而开放。在《欲望的主体》一书中，她将这个历程比喻为卡通人物"脱线先生"（Mr Magoo）①："就像星期天早晨卡通节目中反弹力惊人的角色，黑格尔的主人公总是重组自身准备卷土重来，用新的存在论洞见武装自身进入下一个阶段——然后再次失败。"②从文学角度上来看，巴特勒将这个历程当中的主体视为满怀希望的主体，虽然他最后除了自身的体验什么也没有，但仍不屈地行动，这样的行动颇具堂·吉诃德般的悲剧意味。

但对于一些思想家来说，从来不可罔视行动本身所蕴藏的巨大能量。在第一节当中，我们看到了语言述行理论对语言行动力的褒扬。对赞同生成论的哲学家来说，正是行动打破了同一性幻想。存在于逻各斯中心主义之中的"同一性"曾经统治西方哲学两千多年，它通过排除差异来建构同一。但行动能够带来对同一性的破坏，尼采就认为生成就是在行动之中完成。德勒兹继承了尼采的学说，以对"差异"的重新阐发来挑战西方传统哲学。德勒兹认为本质就是流变，本质只能形成于时间的持续发展中，它不是事物中一成不变的部分。福柯则发出耸人听闻的"人之死"，他所看到的人之死是在同一性内部所建立起来的人的"表象"的消失，而从现在开始"绝对散布"，只能"在一种成片段的语言的空隙中构成了自己的形象"③。在他们看来，正是行动令本质不复存在。

巴特勒从主奴辩证法的转换过程也看到主体在行动中形成所带来的两个后果：一方面，是主体自身无法完全掌控自我，它的存在更多取决于情境；另一方面，情境想要完全控制主体也是不可能的，因为它是一个破碎不稳定的存在。这样一来，主体处于关系网中无法完全独立，但是它因此而具有颠覆的空间。在两篇论文《述行行为与性别建构：关于现象学和女

---

①　Quincy Magoo，美国 UPA 动画公司 1949 年出品的动画中的卡通人物形象，一个近视的退休富翁遭遇各种险境，总能化险为夷。

②　Judith Butle, *Subjects of Desire：Heglian Reflections in Twentieth － Century France*，New York：Columbia University Press，1987，p. 21.

③　[法] 米歇尔·福柯:《词与物》，莫伟民译，上海三联书店 2001 年版，第 505 页。

性主义的随笔》和《梅洛—庞蒂,兼论马勒伯朗士》(Merleau - Ponty and the Touch of Malebranche) 中,巴特勒指出像梅洛—庞蒂这样的现象学家,他们认为存在是一系列的行动,这破坏了身份先于本质的论点,这种观点对于女性主义自身的发展极具启发性,这个观点后来在《性别麻烦》和《身体之重》中得到详尽的阐述。同时,和破坏相比,巴特勒更为看重的是建构和转换的可能:

> 主体只能通过对自身的一种重复或重新表达,保持为一个主体,而且,这种主体为了一致性对重复的依靠也许建构了那种主体的不一致性和它的不完全的特征。因而,这种重复,或者更准确地说,重复性成为进行颠覆的"无地之地",成为对主体化的规范的重新表达的可能性,而这一规范可能会修改它的规范性的方向。①

因而,在巴特勒改写的询唤故事中,引用和命名存在结构性的失败。主体的同一性难以最终达成,因而产生再赋义 (re - signification) 的可能。巴特勒的这个概念又再次赋予索绪尔的"所指"概念以极强的主动性。在此之前,德里达的延异和拉康的能指链是对索绪尔的巨大修正,意义在能指当中无限延宕滑动,迟迟达不到所指,衍生出诸多意涵。而巴特勒的这个概念令所指具有颠覆性和生产性,这是一种特殊的以子之矛攻子之盾的反抗方式,"仅仅是通过占有那个有害的术语,并被它占有,我才能抵制和反对它,重新改造那个把我建构为我所反对的权力的权力"②。

在不断制造疆界的大众文化当中,这样的例子并不鲜见。以"酷儿"(queer) 的兴起为例,"酷儿"一词在 16 世纪就已出现,最初有奇怪和不合规范等含义,到了 20 世纪中叶,这个词完全用来指代与传统性别规范有异的人群,也为 LGBT 人士自身所用。当性少数群体自身使用这个称呼的时候,它诞生之初所具有的"怪异"这样的贬义性含义已经在使用过程

---

① [美] 朱迪斯·巴特勒:《权力的精神生活:服从的理论》,张生译,江苏人民出版社2009 年版,第 93 页。

② 同上书,第 98 页。

中被改写。在中文语境中，它被译为"酷儿"，由当下的流行词汇"酷"衍生而来，更令这个称呼具有先锋的味道。另外，在纳粹集中营里，衣服上的粉红色三角标志是男同性恋的标记。权力的强制性使这一符号的使用饱含暴力和屈辱，但是 LGBT 团体现在主动来使用这一标记，就对其原先的歧视性意义进行了改写，将其改造成为同道中人的标志，代表着他们的反抗和骄傲。巴特勒在接受比利时 Bang Bang 电台采访时指出，酷儿是对身份的诘问。在她看来，获得自身身份的称呼并不是终点，身份是不断建构和反建构的过程，酷儿般的再赋义就是一种有力的反抗方式。

在此可以看到，巴特勒述行理论如何沿着对主体的解构从而揭示身份认同的幻想：没有稳固的主体存在，也就意味着没有实在的主体，身份是意识形态的建构，而这种建构本身又包含着反抗和颠覆的因子。"没有一个政治立场是纯粹而没有权力渗入的，也许就是因为这样的不纯粹性，才能产生具有打破、颠覆管控机制潜能的能动性。"[1]

二 承认的悖论

在《性别麻烦》出版十年之后，巴特勒反思早年对颠覆的乐观态度。在早期著作中，巴特勒彻底地反普遍性反同一性，认为普遍性就意味着排除。在六个女性主义哲学家所写的《女性主义争论》一书中，杰西卡·本杰明（Jessica Benjamin）在与巴特勒的互动批评中就批判巴特勒的概念仅有排除而缺乏包含，而杰西卡认为只有包含才能提供一个位置。而实际上巴特勒后来对此进行了修正，在经过多年的学养积累和日常生活实践之后，巴特勒经过反思认为普遍性除了排除差异以外，其实也蕴含着文化交流的可能。我们既要质疑固有身份，也要在质疑的同时过可行的生活。因此从《消解性别》开始，她在反对身份界定的同时，开始提出寻求承认也是生存的必要之举。

对承认的反思与巴特勒的生活经历相关。巴特勒曾经在设于旧金山的

---

① [美] 朱迪斯·巴特勒：《性别麻烦：女性主义与身份的颠覆》，宋素凤译，上海三联书店 2009 年版，"序（1999）"第 20 页。

国际男女同性恋人权委员会理事会服务若干年，也参与了美国的"新政治运动"和一些同性恋团体的活动，在实践中她深刻意识到，反抗和质疑现有知识范畴固然重要，但单纯的颠覆在日常生活层次上对于性少数群体来说并不能导向一种可行的生活。"如果一种生活不被纳入被承认的范畴的话，它就不是可行的生活。"[①]

"承认"是黑格尔哲学的经典问题。第三代批判理论核心人物阿克塞尔·霍耐特（Axel Honneth）认为这是黑格尔在执教耶拿期间思考的核心问题，"那时，黑格尔坚持认为，主体之间为相互承认而进行的斗争产生了一种社会的内在压力，有助于建立一种保障自由的实践政治制度"[②]。

承认问题也是巴特勒在自己学术生涯早期就开始思考的问题。在耶鲁读研究生时，巴特勒开始通过阅读福柯来思考哲学和政治，承认和欲望的问题随之进入思考的视野，此后她的研究兴趣转向黑格尔，通过黑格尔来思考现代他者问题的源头，以及欲望和承认的问题。巴特勒认为在黑格尔的哲学传统中，欲望是承认的欲望，个人只有通过承认才能被社会所接纳，承认的规范提供和维持着我们的存在。在黑格尔的承认模式中，主人希求奴隶的承认，奴隶也希求主人的存在。黑格尔认为："一个人在自己的存在中生存的必要条件是必须要参与到对承认的接受和提供中去。"[③]不能被承认的存在，或者找不到可依据规范的承认，"在自己的存在中生存是不可能的，而我们的存在也丧失了可能性"[④]。到福柯那里，该问题被发展为承认可以制造和消解关于人的定义，对人进行分类，规定哪些是社会规范所不允许的行为，哪些生命值得保护、得到承认，哪些不被珍惜。

巴特勒深刻意识到承认对于可行生活的必要，但在此基础上她反思承认可能造成双重后果。承认固然重要，比如对于性少数群体来说，不被承认意味着更加艰辛的生活，难以正常享受公民应有的权利。然而承认也可

---

① ［美］朱迪斯·巴特勒：《消解性别》，郭劼译，上海三联书店 2009 年版，第 8 页。
② ［德］阿克塞尔·霍耐特：《为承认而斗争》，胡继华译，上海人民出版社 2005 年版，第 9 页。
③ ［美］朱迪斯·巴特勒：《消解性别》，郭劼译，上海三联书店 2009 年版，第 31 页。
④ 同上。

以成为权力制造差异的场所，对可承认不可承认所进行的分类，这无疑又是一次福柯意义上的意识形态排除，就像意识形态对人的询唤，只要回应就逃不出意识形态的掌控。因而一个人要想在社会制度中生存，就不得不考虑一个问题：颠覆也可能仍然是在权力框架中运行。巴特勒就看到同性恋当中的 T/P 角色分类其实又是对异性恋的复制。这引发了另一个问题，如何利用现有制度来过一种可行的生活？巴特勒举的一个典型例子就是同性恋婚姻。在她看来，同性恋婚姻企图利用国家法律和异性恋规范进入合法化当中，然而，"对普遍承认的欲望就成了一种对拥有普遍性、在普遍性中具有可变性、消除未批准的关系所具有的孤独性以及，也可能是最重要的，在与国家的那种想象的关系中获得位置和神圣化的欲望"[①]。但这个问题福柯已经指出其局限性，福柯认为，得到承认的身份是单一的和受损的。沿袭福柯，巴特勒指出："从这个意义上说，我们所成为身份政治的东西，是被国家生产出来的，而国家只能把认可和权利分配给被建构它们的原告地位的这种特性所总结的主体。"[②] 所以从这个角度来看，非法者欲求承认是一种幻影，并且要求承认还可能令国家权力延伸到更广阔的领域，最终也难免造成另一种伤害。

通过巴特勒的思考，我们可以看出社会规范存在两面性，但正如福柯所说，哪里有权力哪里就有反抗，普遍性、权力等这些范畴在其自身之内包孕着可资反抗者利用的因子。另外，颠覆本身也可能被权力所收编。但正如同黑格尔悲壮的永远行动永远失败的主体，愿望固然总未达成，但主体在这个过程当中一步步成长。所以巴特勒利用承认来探讨如何利用规范，如何在规范之中反对规范，通过这种努力来过一种更好的、更可行的生活。这不是她对生活的妥协，乃是在反抗之后走向的更高一个阶段："我们不是要宣扬不一样，而是要确立更加宽容的、保护、维系生活的条件，来抵制各种同化模式。"[③]

---

①　[美] 朱迪斯·巴特勒：《消解性别》，郭劼译，上海三联书店 2009 年版，第 115 页。

②　[美] 朱迪斯·巴特勒：《权力的精神生活：服从的理论》，张生译，江苏人民出版社 2009 年版，第 94 页。

③　[美] 朱迪斯·巴特勒：《消解性别》，郭劼译，上海三联书店 2009 年版，第 4 页。

三　述行的论争

自奥斯丁从研究语言行为出发命名述行话语以来,"述行"这个概念就不断被广泛借用并被赋予新意,现已远远超越人文学科的范畴,如英国社会学家安德鲁·皮克林（Andrew Pickering）与法国学者米歇尔·卡农（Michel Callon）将其用于科学史及经济学领域的研究。巴特勒也随着《性别麻烦》及述行理论的传播被视为酷儿理论的先驱及性别研究翘楚。

虽然巴特勒本人并没有直接参与酷儿运动,但是她的研究对象深深影响了酷儿们,世界范围包括中国的酷儿群体都把她的理论作为维持自己合法性的力量。因为在她的文本中涉及了大量的酷儿群体,一些学者据此将巴特勒的研究仅限于性别研究领域,这无疑是对酷儿和巴特勒的双重误读。

首先,在酷儿理论家们看来,酷儿运动的冲击领域和研究范围并不仅仅限于性别,更不仅仅是 LGBT 等性少数群体。酷儿是充斥着异端观点的学科,酷儿思想家伊夫·塞奇维克（Eve Kosofsky Sedgwick）说:"酷儿是持续的时刻,是持续的运动,是永在发动的循环,是涡流,是**窘迫**（troublant）。'酷儿'意味着**跨越**（across）。"① 巴特勒在接受比利时 Bang Bang 电台采访中也谈到酷儿的意义在于它涵盖了变化、质疑既有的规范标准。

作为一位反犹太复国主义的犹太人,巴特勒对种族问题有高度的敏感性,她本人曾试图将述行理论用于种族问题的实践。但种族的建构不同于性别的建构,它涉及生物维度与社会文化维度之间千丝万缕的联系,以及更多的权力运作,要解构种族等级殊非易事。因此,巴特勒述行理论的适用范围被认为是有限的,即便在身份问题这一论域内,它往往更适用于性别问题,巴特勒在《言语,种族和忧郁症:朱迪斯·巴特勒访谈》中也谈到各个民族有各自不同的文化和礼仪,述行在讨论种族歧视和不平等这类问题时面临更大的困境,不过这并不能构成我们不讨论种族问题的理由。②

---

① Donald E. Hall, *Queer Theory*, New York: Palgrave Macmillan, 2003, p. 12. 黑体为笔者所加,原文为斜体。

② 参见 Vikki Bell, "On Speech, Race and Melancholia: An Interview with Judith Butler", *Theory, Culture & Society*, 1999, Vol. 16 (2), p. 166。

实际上现代人的身份焦虑是一个普遍的问题，在他人引导的社会里，人们对自我的定位往往仰赖于他者，这个他者往往具化为我们周遭的人。保罗·福塞尔（Paul Fussell）在《格调》中尽情嘲笑了中产阶级对身份持存的焦虑，作为一个晚近才诞生的阶级，它的身份危机最为严重。也许这从一个侧面也可以让我们看到酷儿的危机：因为在漫长的历史当中，他们虽然存在但是被遮蔽，因而在大写的历史当中他们是晚近才出现，才成为可视的人群。所以对于他们而言，试图打破历史和话语的束缚确立自己的身份至关重要。在此之前，他们首先要颠覆传统，而这个传统其实是因为话语遮蔽所形成的历史偏见。

有一些批评者将巴特勒视为"嬉皮领袖"，根据她的扮装理论认为她不过是给主体穿上另一套服装而已。① 在《性别麻烦》当中，巴特勒将扮装表演视为性别的戏仿策略，男演员们在舞台上身着女装立即显示出女性气质，戏剧性地展示了性别述行，批评者往往因此而认为巴特勒说服装的风格就可以颠覆性别身份。研究者萨拉·萨利指出："性别如果假定为穿衣服的话，那就是假定有先在的主体，这是违背巴特勒初衷的。"② 巴特勒既然已经反对先在主体、实存主体的存在，那么衣服就不可能套在一个不成形的主体之上。巴特勒则在《性别麻烦》1999 年再版序言中表示并没有将扮装作为颠覆的一个范例，并且指出批评者忽略了述行的重复机制是在强权之下的重复，身份表演是在强权的掌控当中进行，任何人都无法摆脱意识形态的影响而随意决定和表演自身的身份。正如电影《朗读者》（*The Reader*）中的女主人公汉娜，她是法西斯体系中一枚螺丝钉，她身上体现出阿伦特所说的暴民式"平庸的恶"，但在批判她的同时也不能忽略形成她身份的必要前提之一乃是法西斯政权的存在。

其次，巴特勒的述行理论与扮装、与戏剧之间也不乏相似之处。在《性别麻烦》1999 年再版序言中，巴特勒表示述行理论将言语行为作为权

---

① 参见 Geoff Boucher, "Judith Butler's Postmodern Existentialism: A Critical Analisis", *Philosophy Today*, Vol. 48, No. 4（Winter, 2004）: 355 - 369, p. 537。

② Sara Salih, *Judith Butler*, London and New York: Routledge, 2002, p. 51.

力话语的一个表征之后，述行同时兼具戏剧性和语言性的维度也随之凸显，① 社会角色的认同与扮演和戏剧舞台上的角色扮演有相通之处。但述行（performativeness）和表现（expression）之间存在关键区别：述行无先在身份，述行的身份是意识形态控制下的虚构，是一系列行动。比如说性别就不是一个角色，不能表现或伪装自我。而舞台上的角色是先在的设定，具有稳定性。巴特勒在《述行行为与性别建构：关于现象学和女性主义的随笔》中指出一个事实：舞台上的扮装表演引来笑声掌声，同样的人出现在公交车邻座上可能就引来旁人的恐惧和愤怒感，甚至引发暴力行为。②

因为对述行理论的强调，巴特勒的思想被人称作激进的福柯主义，它被认为是一种新的哲学行为论，其中没有实存（being），只有行为（doing），但恰恰是这一点在艺术界却得到了热烈响应。约翰·伯格（John Berger）在《观看之道》中指出，艺术的即时表演在今天普遍代替了永恒的欣赏凝视，英国艺术批评家盖文·巴特（Gavin Butt）正是用述行理论来解读实体艺术和即时表演，将其称为"述行艺术"（performantive art）。③这与述行理论在中国的传播和运用有一些相似之处，除了 LGBT 团体对述行的关注外，述行理论在中国公众视野中出现的场域主要是在文学和艺术界，这种情形类似于精神分析自诞生以来跃出心理学对文学和艺术的创作与研究所产生的巨大影响。不过正如加斯东·巴什拉（Gaston Bachelard）所说，任何科学工作，不论它的出发点是什么，除非它跨越了理论和实践之间的界限，否则它就不会令人完全信服。④

总之，述行理论既是巴特勒理论的工具，也是工具的理论。通过述行

---

① 参见［美］朱迪斯·巴特勒《性别麻烦：女性主义与身份的颠覆》，宋素凤译，上海三联书店 2009 年版，"序（1999）"第 19 页。

② 参见 Judith Butler, "Performative Acts and Gender Constitution: An Essay in Phenomenology and Feminist Theory", *Theatre Journal*, 40: 4（1988: Dec.），p. 527。

③ 参见［英］盖文·巴特《批评之后：对艺术和表演的新回应》，李龙、周冰心、窦可阳译，江苏美术出版社 2009 年版。

④ 参见孙婷婷《性别跨越的狂欢与困境——朱迪斯·巴特勒的述行理论研究》，《妇女研究论丛》2010 年第 6 期。

理论所展示的是权力话语对主体的言说及主体的被言说，这个过程并不是在一个封闭的体系当中展开，而是在强制性的言说机制当中不断走向否定之否定的过程。作为巴特勒最具创新意义和实践价值的理论，述行理论已被广泛用于文学艺术研究。实际上，它也是巴特勒重要的研究方法和策略，围绕主体建构和身份认同，巴特勒的述行理论几乎贯穿了她对性别、种族和国际政治等问题的思考。

第二章

性别的建构与消解

　　性是巴特勒思考身份问题的起点，她认为人受性的支配，并且由于性才能成为一个主体。她最早也是在研究性问题的过程当中提出述行理论，并将其用于性别问题的研究，此后才延伸到其他领域。性与性别问题在思想和文化史中历来至关重大，自古希腊哲人亚里士多德、柏拉图以降，男人女人的分野被他们用来阐述诸如身心二分论这样一些重要的哲学知识范畴。古典哲学家黑格尔不厌其烦地在男女对立的框架中讨论普遍性、特殊性。在近代社会学家那里，马克思和马克斯·韦伯（Max Weber）通过性别关系来谈论社会阶层的分化和重新洗牌。当代思想家福柯将性领域作为权力实施最为隐秘的场所，"性同时是进入身体生命和人种生命的通道"①。研究现代性的安东尼·吉登斯（Anthony Giddens）将现今的社会变革视为由性的变迁引发的自下而上的革命。今天在文化研究领域，与文化研究相关的斗争和谈判的四个主要领域是围绕着性别、"种族"、阶级和年龄这些身份概念而展开。性别建构与种族、阶级、族群、性和地域等范畴所建构的身份形态交相作用，在这些交会当中，性别被生产并得到维系。

---

① ［法］米歇尔·福柯：《性经验史》，佘碧平译，上海人民出版社 2005 年版，第 94 页。

巴特勒的性别研究首先是对第二波女性主义的修正，她认为第一波和第二波女性主义都是在二元对立的思维框架当中来谈论性别问题，譬如男/女、父权制/母权制。在巴特勒看来，他们无疑是在异性恋霸权管辖下的不平等的知识范畴之内要求平等。她要提出一套不同的框架，而不是做简单的话语倒转（reverse‑discourse）。因而，巴特勒首先要质疑异性恋霸权的稳固性和合理性，摧毁异性恋霸权系统当中的性别范畴。在传统的性和性别观念中，异性恋机制最强有力的基础在于生理性别（sex）、社会性别（gender）和性欲（sexuality）这三者之间的关系，一个人的生理性别决定了他的社会性别特征和异性恋的欲望。① 这种思维认为，解剖学上的身体决定了生理性别，社会性别像镜子一样反映生理性别，最后社会性别决定了性欲。身体在性别认同中起着至关重要的作用，所以对于巴特勒来说，动摇性别范畴的根基须从身体这里开始。

《性别麻烦》、《身体之重》和《消解性别》是巴特勒集中讨论性别问题的三本著作。在这几本系统研究性别的著作当中，她利用地形学考古的方式，由表及里解构和重构性别，首先是沿着第二波女性主义的道路质疑社会性别范畴的合理性，再深入考察生理性别的建构，最后在具有不可化约的物质性身体这里，发现话语建构的秘密。所以不管是生理性别还是社会性别，巴特勒都将其视为述行的产物。本章将对巴特勒的性别述行进行从身体到社会文化维度的逆向梳理，可以看到，她的性别述行就其理论资源而言是在传统问题的框架内，但在实践领域却极具先锋特征。

第一节　身体建构的地形学

在当代，社会性别是社会强加的两性角色这一观点已在学院内外被广泛接受。而生理性别也就是巴特勒所说的"物质性的性别"，与作为生理性别表征场所的身体建构密切相关。然而，身体本身所具有的肉体生命

---

①　参见李银河"译者前言"，载［美］葛尔·罗宾等《酷儿理论》，李银河译，文化艺术出版社 2003 年版，第 4 页。

（bodily life）在理论上是难以化约的，巴特勒如何来寻找权力话语作用的蛛丝马迹？在《身体之重》中，她指出性别的述行性建构与身体的物质性建构之间具有内在联系，联结二者的纽带就是生理性别和社会性别的分类。二元论者认为，生理性别由生物学和人体解剖学所决定，社会性别则像镜子一样反映生理性别。同样，第二波女性主义的性别建构论者也仅仅认为独立于生理性别的社会性别是文化的建构。"生理性别/社会性别的区分暗示了生理上性别化的身体和文化建构的性别之间的一个根本的断裂"[①]，因而挖掘身体的建构有助于反向梳理性别建构以及揭示生理性别的建构，从而使社会性别的建构也不攻自破。

一　身体的兴起

在哲学话语中，物质化的身体作为精神和灵魂的对立面，长期以来处于被贬抑的地位。自古希腊开始，哲学家就对身体持贬斥的态度。柏拉图在《裴多篇》谈到苏格拉底能够从容赴死，是因为哲学家一直都在练习死亡，只有死亡能够让灵魂得到真正的自由。因为"身体对于知识、智慧、真理来说，都是一个不可信赖的因素，身体是灵魂通向它们之间的障碍"[②]。基督教统治西方世界后，身体的次要地位变得更加严厉，甚至有苦修者通过折磨自己的身体来进一步接近上帝。在中国，情况稍有不同，古人有"身体发肤，受之父母"之说，以"骨肉"指代血缘关系，不过这样的身体仍然是被伦理化的，而非"自我"的身体。在西方传统哲学中存在"身体/灵魂"（body/soul）二分，在后来的精神分析那里成为"物质/精神"（physical/psychical）二分。

巴特勒指出，在这样的二元框架中，"精神不但征服了身体，还不时做着完全逃离肉身具化的幻想"[③]。在黑格尔式的主奴辩证法公式里，精

---

① ［美］朱迪斯·巴特勒：《性别麻烦：女性主义与身份的颠覆》，宋素凤译，上海三联书店2009年版，第8页。

② 汪民安、陈永国编：《后身体：文化、权力和生命政治学》，吉林人民出版社2011年第2版，"编者前言"第2页。

③ ［美］朱迪斯·巴特勒：《性别麻烦：女性主义与身份的颠覆》，宋素凤译，上海三联书店2009年版，第17页。

神与肉身的博弈显示为男性通过否定肉体来获得超脱肉身的普遍性，而女性被建构为一个被否定的肉体性存在和语言中的缺乏，这种建构支持着政治上和精神上的臣服和等级关系，男性代表了理性的身体，女性和儿童、牲畜一起代表物质性的堕落。这种划分与灵魂/身体、男/女这样的二元对立和等级划分有着直接关联，支持着政治上和精神上的臣服和性别不对称的关系。在人类学家那里，尤其是在结构主义当中，二元对立的等级结构则表现为文化和自然的对立。人类学学者玛丽琳·斯特拉森（Marilyn Strathern）和卡罗尔·麦克尔迈科（Carol MacCormack）指出，"自然/文化话语惯常把自然比喻为女性，需要文化的征服，而文化总是被比喻为男性的、主动的和抽象的"①。这种结构划分显然又将理性和精神赋予男性，而女性被当作被动的身体和自然，等待一个对立的男性主体来赋予它意义。

另外，因为女性与生育之间的天然联系，自古以来母亲都是重要的女性形象之一。按照马克思唯物主义的观点，历史的决定因素是生活的生产和再生产，生产又分为生活资料和人自身的生产。② 人自身的生产就是种族的繁衍和人口的增殖，女性在这个过程当中充当孕育生命的重要渠道。从生殖本身来看，"女人被认为是贡献了物质；男人则贡献了形式"③。因而，柏拉图在《蒂迈欧篇》中将女性视为容器，女人既是物质的本源，又是孕育生命的场所。巴特勒在《身体之重》里就从"matter"的语源来解释女性气质与物质性和母体的联系。从语言学上来讲，"物质"（matter）、"母亲"（mater）和"母体"（matrix）有着共同的词源。在希腊语和拉丁语乃至马克思的阐释中，都将"matter"视为事物的本源，其与女性特质息息相关。在这样的思维框架当中，女性就被全面地身体化了，成了身体的表征。福柯在《性经验史》当中通过对 19 世纪以来性经验机制发展研

① ［美］朱迪斯·巴特勒：《性别麻烦：女性主义与身份的颠覆》，宋素凤译，上海三联书店 2009 年版，第 51 页。

② 参见［德］恩格斯《家庭、私有制和国家的起源》，中共中央马克思、恩格斯、列宁、斯大林著作编译局译，人民出版社 1999 年版，第 3 页。

③ ［美］朱迪斯·巴特勒：《身体之重：论"性别"的话语界限》，李钧鹏译，上海三联书店 2011 年版，第 8 页。

究，指出定义性的三种方式与将女人歇斯底里化的过程是一体的："作为共同属于男人与女人的性；或者作为属于男人而女人缺乏的性；还有，作为只构成女人身体的性，它把女人的身体整个地纳入生育功能之中，不停地借助这种功能的结果来干扰女人的身体。"①

在当代的视觉文本中，女性的身体化又出现了新的表征。美国学者桑德拉·李·巴特基（Sandra Lee Bartky）将大众文化对现代女性身体规训的信条总结为三条："以产生具有一定尺寸和普遍外形的身体为目的的实践；由这个身体产生出特定姿势、手势和行动的全部技能的实践；把这个身体展示为一种装饰性外观的实践。"② 女性用品的广告，包括香水、服饰和护肤产品等，将女性身体当作是有缺陷的，需要进行改造。同时，在这些大众文化文本背后或隐或显地存在着男性凝视的目光，显示出女性改造自身身体乃是"为悦己者容"。巴特基指出问题的根源就在于在异性恋被制度化的社会体制中，"妇女必须使自己成为男性的'客体和猎物'：只是为了男人，女人的眼睛才是平静的深潭，脸颊才如肌肤般光滑"③。与波伏瓦在《第二性》中所谈的一样，当代女性的身体化并未停止，而是在大众文化之中以另一种方式出现。

这样一些身体化的女性，巴特勒认为是处于危机中的具象，令女性限制于身体的物质性，而男性则承载了表面上的彻底自由，拥有被全盘否定的身体。④ 这种二元对立的逻辑蕴含着深刻的不平等，人为地将事物划分为整齐划一的稳固对立因素，男人所拥有的理性身体令他们将本来无法化约的身体去物质化，却"要求女人和奴隶、儿童和动物成为身体，履行它自己所不具备的身体功能"⑤。这正类似于后来巴特勒在《权力的精神生活》当中谈到的主人和奴隶身体的关系，在这里，主人令奴隶成为主人自

---

① ［法］米歇尔·福柯：《性经验史》，佘碧平译，上海人民出版社 2005 年版，第 99 页。
② ［美］桑德拉·李·巴特基：《福柯、女性气质和父权制力量的现代化》，陈翠平译，载［美］佩吉·麦克拉肯主编《女权主义理论读本》，广西师范大学出版社 2007 年版，第 290 页。
③ 同上书，第 299 页。
④ 参见［美］朱迪斯·巴特勒《性别麻烦：女性主义与身份的颠覆》，宋素凤译，上海三联书店 2009 年版，第 16 页。
⑤ 同上书，第 31 页。

身的身体，奴隶在拥有了这个工具化的身体后，为主人从事生产活动，为主人提供物质。① 性别话语对女人身体的运作过程与主奴辩证法具有惊人的相似性，女人在这个二元体系中被等同于身体，身体与女人在这里共处于被贬低的地位。并且最终的话语运作过程被遮蔽，身体和女人的卑下地位便很容易被当作是一个自然化的过程，如同主人对奴隶的诫命：

> 事实上，对于奴隶的诫命由下面的表述组成：你成为我的身体，但不要让我知道，你所是的身体就是我的身体。指令和契约就在这里以这样一种方式被执行，而这保证了指令和契约的实现立即被掩盖和遗忘。②

但并不是所有人都会坦然接受这个自然化的等级划分。巴特勒在《性别麻烦》中就指出，以波伏瓦为代表的第二波女性主义继承肉身具现论，广泛而深入地思考了身体与女性的联系。在下一个小节讨论现代性的身体观念建构时，我们将会具体来谈反叛身心二分的肉身具现论。这里首先要指出的是波伏瓦试图通过对身体的珍视来改变身体被贬低的局面。女性被局限于身体，而男性在否定身体后获得了超脱肉身的普遍性，这在波伏瓦看来只是表象，实际上男性作为非物质的存在，只获得了表面的自由。因此波伏娃提出"女性身体应该是女人获享自由的情境和媒介，而不是一个定义与限制的本质"③，巴特勒也在著作中一再指出，对身体物质性的珍视是女性主义重要的遗产之一，这有利于促使女性主义冲破传统哲学的束缚向前发展。

然而，以波伏瓦为代表的第二波女性主义一方面坚持社会性别建构的观点，另一方面却难以摆脱对无法改变的女性身体的厌恶，波伏瓦在《第二性》中就对女性生育哺乳等自然行为表达了强烈的反感。这被珍视女性

---

① 参见〔美〕朱迪斯·巴特勒《性别麻烦：女性主义与身份的颠覆》，宋素凤译，上海三联书店 2009 年版，第 34 页。

② 同上书，第 35 页。

③ 同上书，第 17 页。

身体特性反对社会性别定位的第三波女性主义视为是厌女症的明确表征。女性自身的厌女症是"少数人"（minority）特征的表征，就像凯特·米利特（Kate Millet）所说："群体自我憎恨和自我厌弃，对自己和对同伴的鄙视，造成这种结果的根源是对女性卑下观点的反复宣扬，无论这种宣扬是多么含蓄，最后，女性对此也信以为真。"①

　　波伏瓦肉身具现论的矛盾性，在巴特勒看来其根源就在于并未真正摆脱身心二分的笛卡儿式框架。对于一向坚持质疑知识范畴就要质疑运作知识范畴的话语制度的巴特勒来说，要改变身体的地位，就要彻底质疑身体概念及生产身体概念的整个制度。

二　现代性的动态身体

　　巴特勒的身体概念主要来自尼采哲学和梅洛—庞蒂等人的现象学。巴特勒的两篇论文《福柯和身体铭刻的悖论》（*Foucault and the Paradox of Bodily Inscriptions*）和《梅洛—庞蒂兼论马勒伯朗士》清晰地表明了这种思想渊源。现象学"回到事物本身"的主张，令他们将身体视为鲜活的物质经验，而继承了尼采衣钵的福柯视身体为话语建构的产物，将身体看作权力话语实施的重要场所。这些观点令巴特勒看到鲜活的肉身不可能永远以稳固的状态将自己安放在话语的掌控当中。

　　对身体地位的重新思考始于现代思想家对形而上学的反抗。早在斯宾诺莎那里，他就提出身心平行论，以身心共处反笛卡儿的二元对立，他建议科学和哲学开辟新的方向。斯宾诺莎说我们整天喋喋不休地谈论意识和精神，但我们居然不知道身体能做什么，它具备何种力量以及为何要积蓄这些力量。重估一切价值的哲学家尼采认定"肉体的健康乃是灵魂健康的先决条件"②，将灵魂、意识与精神作为主体性的等同物，高呼以肉体为准绳，亮出肉体及感官的多样性和生成性，来反抗主体性及先验论，他为身体唱赞歌："根据智者的观点，身体这一整体现象高于意识和精神，高

---

① ［美］凯特·米利特：《性政治》，宋文伟译，江苏人民出版社 2000 年版，第 65—66 页。
② ［德］弗里德里希·尼采：《权力意志：重估一切价值的尝试》，张念东、凌素心译，中央编译出版社 2000 年版，第 121 页。

于我们有意识的思维、情感和意志，就像代数高于乘法表"①，试图克服存在与意识、主体与客体之间的对立。尼采将叔本华的"意志"理解为权力意志，认为人的动物性存在就是身体化的，就是权力意志。尼采并非第一个身体哲学家，但是他首先明晰地把人的身体和动物性提出来取代了传统哲学中人的形而上学的理性位置。

德勒兹和福柯是尼采哲学在欧洲复兴后的两大继承人，德勒兹将其权力意志理解为欲望，福柯则理解为权力。而权力不管位居何处，最终的实施是在人的身体本身，即最终回归到生命权力（biopower），其具体的实施策略就是肉体政治技术（biopolitics）。因而在事物的体系中唯一不可化约的就是人的身体，因为那是一切压制的形式最终都被记住的"场所"。通过对权力话语的考察，福柯建立了身体谱系学，其思想的独创性之一在于，他强调人体是最细微和局部的社会实践与权力的大规模组织相联结之所在。"他声称已经分离了权力借以运演的机制：权力的微观仪式；他声称找到了权力借以集中的方式：肉体政治技术；他声称已经表现了权力动力学：权力微观物理学。"②

梅洛—庞蒂的来自现象学传统的具身（embodiment）认知则对女性主义尤其是第二波女性主义产生了巨大的影响。巴特勒在论文《梅洛—庞蒂兼论马勒伯朗士》中勾勒了梅洛—庞蒂的知觉现象学如何从 17 世纪尼古拉·马勒伯朗士（Nicolasde Malebranche）的基础上建立起来。作为笛卡儿的信徒，马勒伯朗士通过对奥古斯丁与笛卡儿的吸收与修正来构建自己的哲学。首先，针对笛卡儿的"我思故我在"所呈现的主体与意识的同一，马勒伯朗士补充对理念的理解需要感知经验，因为感知更接近我们自身的存在。其次，面对笛卡儿对身体与灵魂的二分，马勒伯朗士认为感知与精神之间的关联由肉身的持续行动所决定。巴特勒看到马勒伯朗士为梅洛—庞蒂提供了思考身体作为可感知场所的契机，身体在这里作为行动的

---

① ［法］吉尔·德勒兹：《尼采与哲学》，周颖、刘玉宇译，社会科学文献出版社 2001 年版，第 62 页。

② ［美］L. 德莱弗斯、保罗·拉比诺等：《超越结构主义与解释学》，张建超、张静译，光明日报出版社 1992 年版，第 150 页。

场所及形成感觉与认知的基础，显露出超越自身的无限潜能。梅洛—庞蒂对这一潜能进行了深入探究，他质疑仅将身体视为活动性的空间场地这种观点，而主张肉体实际上是各种因果关系交织的场所，在其间上演主体间性与瓦解主体中心地位的场景。在这个动态的身体之网中并不存在先在的主体，肉体之网不可被化约为主体单边施展实践的场所，主体与身体一起随时处于生成状态。因而梅洛—庞蒂的肉身具现主张意识是通过身体的感知而产生的，他的知觉现象学正是仰仗身体的感知来重返事物本身。萨特、波伏瓦、梅洛—庞蒂等人都倾向于把理念的身体描绘为肉身具现的模式，"它保留了具有意指能力的非物质性，与身体本身的物质性之间外在的、二元的关系"①。

　　虽然梅洛—庞蒂将身体视为自然范畴，但巴特勒更倾向于将其视为充满可能性的历史范畴，②因为在肉身具现论中，身体只是被当作一个工具或媒介，一整套的文化意义跟它只属于外在的联系，肉体被贬低的地位并没有得到根本改变，而只是变为媒介而已。与此类似，福柯在权力之网中的肉体是"驯服的肉体"，如吉登斯所说是在"道德奴役和组织权威双重影响下沦落到消极状况下的肉体"③。被动的肉体在吉登斯看来是福柯反本能的成功策略，而巴特勒则遗憾地指出此举危害到身体的物质性，实际上将身体置于从属地位，④沦为"在权力之压下有待书写的白纸"⑤，这与福柯宣称的"灵魂是身体的监狱"背道而驰。同时按照巴特勒一贯坚持批判先在主体的逻辑，巴特勒认为福柯这里依然预设了一个先在的肉体，等待被打上权力的印记，坚称身体的物质性不可化约的巴特勒认为这也从一个侧面暴露出福柯哲学体系的哲学本体论本质。

---

　　①　[美] 朱迪斯·巴特勒：《性别麻烦：女性主义与身份的颠覆》，宋素凤译，上海三联书店 2009 年版，第 12 页。

　　②　参见 Judith Butler, "Performative Acts and Gender Constitution: An Essay in Phenomenology and Feminist Theory", *Theatre Journal*, 40: 4 (1988: Dec.), p. 521。

　　③　[加拿大] 查尔斯·泰勒：《现代性之隐忧》，程炼译，中央编译出版社 2001 年版，第 128 页。

　　④　参见 Judith Butler, "Foucault and the Paradox of Bodily Inscriptions", *The Journal Philosophy*, Vol. 86, No. 11, Eighty - Sixth Annual Meeting American Philosophicial Association, Eastern Division, Nov., 1989, p. 606。

　　⑤　Ibid., p. 604.

与他们相比，巴特勒更愿意将身体视为述行的场所，身体是历史情境，是做事、戏剧化和再生产历史情境的方式。在巴特勒看来，性别述行与身体述行是一体的进程，社会性别的建构条件就是行为和身体（act/body）。在《述行行为与性别建构》中，巴特勒运用行动理论来分析波伏瓦关于"女人是变成的"观点，推导出性别是风格化和程式化的动作重复，依靠身体的风格化动作来建构不同的性别，在成为它自身性别的过程中，身体经过了一系列不断对自身更新、改造和巩固（renewed/revised）的行为。①

无独有偶，女性主义者也批判福柯的身体观念实际上抹杀了性别，从女性主义角度来说，身体是积淀的遗产而不是本质。彼得·迪尤斯（Peter Dews）指责福柯缺少关于"力比多身体"的理论，巴特基对福柯的批评是其他女权主义者均提出的一点：对福柯来说，所有的身体都是一样的，他不承认性别差异。② 巴特勒借精神分析为福柯的身体添加力比多的维度，她认为身体被强制实施规训，但身体基本的自发冲动和快乐冲动很可能使身体成为反抗之所。

巴特勒主张物质化身体也在述行过程中所建构。在《身体之重》中，巴特勒将这个过程总结如下：（1）重塑身体为动态力场，令身体的物质性从权力的控制（regulatory）中脱离；（2）述行不是由主体执行的行动，而是由话语来重复生产规范和限制，（3）在生理性别建构为文化规范的过程中物质化的身体被抹除；（4）主体作为言说的我（speaking I）来参与整个过程；（5）异性恋规范在生理性别的形成及身份认同（identification）过程中起着重要作用，并最终将非异性恋的性别身份排除出去。③ 在这里巴特勒清晰地表明了她对身体的看法，身体不是先在而是在动态过程中所建构，同时性别和身体的建构是一体的过程，在建构的过程中生理性别及

---

① 参见 Judith Butler, "Foucault and the Paradox of Bodily Inscriptions", *The Journal Philosophy*, Vol. 86, No. 11, Eighty - Sixth Annual Meeting American Philosophicial Association, Eastern Division, Nov., 1989, p. 523。

② ［美］桑德拉·李·巴特基：《福柯、女性气质和父权制力量的现代化》，陈翠平译，载［美］佩吉·麦克拉肯主编《女权主义理论读本》，广西师范大学出版社 2007 年版，第 314 页。

③ 参见 Judith Butler, *Bodies that Matter*, New York and London：Routledge, 1993, p. ii。

社会性别也被建构。

三　身体的述行

巴特勒认为，生理性别和社会性别的分类有效地将自然化身体的生产与自然化性别的再造联结在了一起。生理性别（sex）和社会性别（gender）是性别研究中的两个重要范畴。社会性别（gender）来自语法领域的性属范畴，1955 年，英国心理学家约翰·威廉·马尼（John William Money）建议将社会性别作为社会角色范畴与生理性别区分开来。巴特勒认为，二元社会性别体系的假定暗含了社会性别与生理性别是某种模拟（mimetic）关系："社会性别像镜子一样反映生理性别，或者从另一个方面来说被它所限制。"① 在这里，社会性别作为话语和文化的工具，通过这个工具，"'生理性别化的自然'或者'自然的生理性别'得以生产，并且被建构为'前话语的'、先于文化的，成为一个政治中立的表面，任由文化在其上施行作为"②。

沿着福柯思考性话语的道路，巴特勒对性别分类进行谱系学考察。在《性经验史》中，福柯通过对 19 世纪以来性经验机制发展的考古，发现"性"有着自身内在的属性和法则，它是一种"不同于身体、器官、躯体定位、功能、生理解剖系统、感觉、快感"③ 的东西，它被权力和知识话语所生产和繁衍。通过福柯，巴特勒看到身体经由性别分类机制的运转而被生产的过程，因而"身体的物质性不应被视为理所当然，在某种意义上，它是通过形态学的发展而被获取、构筑的"④。巴特勒明确指出，身体的物质性是权力的产物和重要后果，同时生理性别也基于一系列的暴力成为"最终被强行物质化了的理想建构"⑤。性别的管制规范物质化了身

---

① ［美］朱迪斯·巴特勒：《性别麻烦：女性主义与身份的颠覆》，宋素凤译，上海三联书店 2009 年版，第 8—9 页。
② 同上书，第 10 页。
③ ［法］米歇尔·福柯：《性经验史》，佘碧平译，上海人民出版社 2005 年版，第 99 页。
④ ［美］朱迪斯·巴特勒：《身体之重：论"性别"的话语界限》，李钧鹏译，上海三联书店 2011 年版，第 52 页。
⑤ 同上书，"导言"第 2 页。

体的性别与性别差异，生产了可理解的有生命的身体，并且最终这个过程被话语所遮蔽，将被建构的身体呈现为非建构的、自然化的身体，因而身体是非先在的。

然而要理解身体物质性的建构殊非易事，社会强加于社会性别的规范显而易见，与生理性别的建构过程一起发生的身体物质性建构却极为隐蔽。性别话语能够成功隐蔽身体建构的一个原因，很大程度上是由于它通过知识的运转来进行。医生在婴儿出生时所宣布的"这是一个男孩"或"这是一个女孩"，就是医学话语对性别的询唤，"这种询唤将婴儿从'它'转换成'她'或'他'，而在这个命名过程中，女孩被'女孩化'了，通过对性属的询唤，她被引入语言与亲缘的界域"①。巴特勒批判依据性器官来确定性别的行为其实是将身体碎片化了，"把阴茎、阴道、乳房等命名为性器官，不仅把身体的性感带局限于这些部位，同时也造成了身体这个整体的分裂。生理性别范畴强加于身体的'统一性'，事实上是一种'不统一'，是一种分裂与区分，是对情欲的生发的一种简化"②。

在《性别麻烦》中，巴特勒通过阴阳人赫尔克林·巴尔宾（Herculine Barbin），令我们看到哪怕是跨性别者，医学话语也不遗余力地将他们纳入二元性别体系之内。福柯在1978年编辑出版了赫尔克林的日记，名为《赫尔克林·巴尔宾：新近发现的十九世纪阴阳人回忆录》。赫尔克林是一个天生的性别不明者，兼具男性和女性的解剖学特征，在出生的时候被判定为女性，但是在二十岁出头的时候，在对神父告白了她/他在修道院中与修女之间充满情欲的关系后，被迫将性别改为男性。在这里，通过赫尔克林所欲望的对象的性别，医学话语在她/他身上寻找对应的性器官，以此判定性别。然而两次认定的性别并未令赫尔克林获得身份的归属感，"赫尔克林的日记以多愁善感和感伤的语调，叙述了一种永恒的危机感"③，拥有社会

① ［美］朱迪斯·巴特勒：《身体之重：论"性别"的话语界限》，李钧鹏译，上海三联书店2011年版，"导言"第8页。
② ［美］朱迪斯·巴特勒：《性别麻烦：女性主义与身份的颠覆》，宋素凤译，上海三联书店2009年版，第149页。
③ 同上书，第129页。

性别，然而身体的解剖学特征无法在二元体系当中找到归属之地，因而她/他终其一生都处于形而上学无家可归的状态当中，这种极度孤寂最后演变为对整个世界的愤怒，赫尔克林以自杀而终。

在赫尔克林的故事中，医学话语试图利用二元体系对她/他强行分类，然而因为分类体系与生俱来的排除性暴力，事实上封闭的分类体系无法容纳异质元素，因而引发了赫尔克林无所归依的悲剧。医学话语的话语暴力在分类这里，往往体现为将既有的分类体系无法容纳的对象病理化。巴特勒在《消解性别》当中举过一个例子，当某种性别的人显示出另一种性别特征或是想要以另一种性别生活时，DSM IV（即《精神失调诊断及统计手册》第四版）将其视为心理紊乱，称为"性别不安"（gender dysphoria）。巴特勒指出，这是将异性恋的性别模式强加于人，将异己者视为疾病看待。

在当下的医学话语中，这种建构也出现了一些变通的情况。据2010年3月英国《每日电讯报》消息，移居澳大利亚的英国男子诺里梅韦比成了第一个被澳大利亚官方认可的中性人。诺里梅韦比出生在英国，7岁时移居澳大利亚，现年48岁的他出生时是男性，28岁做变性手术，1个月后又后悔，再次手术去掉女性性特征，目前经医生诊断，诺里梅韦比被确定为"雌雄难辨中性人"，其心理鉴定亦为中性。诺里梅韦比向新南威尔斯省政府申请，请求法律文件不要标注其性别，终获核准。目前其护照、出生证明等个人信息文件上的性别栏标注为"非特定"，他也因此成为第一个被澳大利亚官方认可的中性人。①

在上一章已经讨论论过，话语无论承认与否都是在进行身份的生产。在这里，知识对真理的操控显而易见，它直接作用于身体。对这个问题的深入思考，巴特勒受益于福柯。福柯认为，医学话语的询唤、精神分析的病理化都是通过科学话语进行权力统治，身体就是话语审查机制运作的场所。福柯在《临床医学的诞生》当中批判医学话语对躯体可见不可见、可述与不可述的区分是"临床经验在西方历史上第一次使具体的个人向理性

---

① http：//blog. huangjiwei. com/？ p＝4721 2010－3－23.

的语言敞开"。① 在围绕身体的权力关系中，性范畴是知识和权力机制最为着力的要素，对性的掌控为其他统治手段提供支撑点和连接点。福柯具体指出18世纪以来性的知识和权力机制是四种伟大的战略集合——"女人肉体的歇斯底里化"、"儿童的性的教育学化"、"生育行为的社会化"、"反常快感的精神病学化"。②

　　利用福柯的框架，巴特勒提出了身体建构的系统主张。在巴特勒看来，性别和身体的建构是同一的，"性别化的身体是操演性的，这表示除了构成它的真实的那些各种不同的行动以外，它没有什么本体论的身份"③。而话语将这种表面的身体的生产在性别认同中置换为心理的内在，并且身体的建构还表现为将身体作为理想化身体的建构以及统一的整个的身体建构。因而巴特勒主张将身体视为可变的疆界，而不是一种存有。

　　通过物质性的性别建构研究，巴特勒呈现了性和身体的地形学建构过程。身份作为地形学式的沉淀，这意味着从时间的角度而言，身体与性之间的关系表现为主奴辩证法式的相互依存关系，身体的物质性在性话语当中积淀而成，没有先在的身体；从空间角度来看，物质性的身体和性之间是一种福柯式的域外关系。"域外"（dehors）这个福柯提出的概念包含了两层含义：首先，一些知识范畴在空间上并不同存于一个位置，它们互为外在但互相影响；其次，域外可作为一种思想策略，我们对事物的探究可从外部进入内里，通过对可见物的考察来探寻不可见物。身体正是性的域外，是性的外部和可见场所。

　　因而，巴特勒将性别视为身体的述行，它通过重复行动产生了身体的风格，然而永远不可能被身体具化，因为它一直处于行动中。生产身体的机制就是异性恋矩阵（heterosexuality matrix）：

---

　　① ［法］米歇尔·福柯：《临床医学的诞生》，刘北成译，译林出版社2001年版，"前言"第7页。
　　② 参见［法］米歇尔·福柯《性经验史》，佘碧平译，上海人民出版社2005年版，第68页。
　　③ ［美］朱迪斯·巴特勒：《性别麻烦：女性主义与身份的颠覆》，宋素凤译，上海三联书店2009年版，第178页。

我用异性恋矩阵这个词来指称文化理解的坐标图，通过它，身体、社会性别与欲望获得自然化。我援用莫尼克·维蒂格"异性恋契约"（heterosexual contract）的概念，其中一少部分也援引了艾德丽安·瑞奇（Adrienne Rich）"强制性异性恋"（compulsory heterosexuality）的概念，来描述用以理解社会性别的一种霸权性的话语/认知模式，这个模式假定身体要有一致性、要有意义，就必须有一个稳定的社会性别来表达稳定的生理性别（阳刚表达生理上的男人，阴柔表达生理上的女人）；而社会性别是通过强制性异性恋的实践，以二元对立、等级的方式来定义的。①

巴特勒主张将性别看作一种身体风格，它是具有意图和述行性质的"行动"，是戏剧化地、因应历史情境的改变所做的意义建构。无独有偶，莫尼克·维蒂格也把社会性别理解为"生理性别"运作的结果，"生理性别"是加诸身体的一道指令，强制身体变成一个文化符号，遵照历史所限定的可能性使身体本身具化成形；而且这种行动是一项持续和重复的身体志业。但巴特勒认为，这样一来就意味着在行动背后有一个根本意志在运转，因而她主张性别是暂时的策略："作为在强制性体系里的一个生存策略，性别是一种具有明显的惩罚性后果的表演。"② 表演的实践最终将性别维持在二元框架当中，这个过程不是由主体来进行，而是在这个过程中同时创建并巩固主体，所以"性别不应该被解释为一种稳定的身份，或是产生各种行动的一个能动的场域"③，性别的基础是脆弱的，性别规范最终是幻影，不可能被身体所具化。

总之，可以看出，通过对身体和生理性别述行过程的考察，朱迪斯·巴特勒的述行理论框架越来越明晰，她通过揭示生理性别的建构过程展示出将生理性别与社会性别区分的荒谬性，正是这种区分支持了异性恋的二

---

① ［美］朱迪斯·巴特勒：《性别麻烦：女性主义与身份的颠覆》，宋素凤译，上海三联书店 2009 年版，第 7 页。
② 同上书，第 183 页。
③ 同上书，第 184 页。

元体制。

第一节 社会性别述行论

现象学、尼采及其追随者为巴特勒提供了身体和生理性别建构的思考维度，对于社会性别建构的思考，巴特勒从质疑异性恋式的二元对立性别建构入手，精神分析围绕俄狄浦斯情结所构想的性别认同为巴特勒提供了思考性别建构的独特视角。精神分析虽然属于菲勒斯①逻各斯中心主义，但他们把身体和性身份之间的联系打破了，这启发了女性主义和巴特勒解构与重构性别身份。

一 性别的主奴辩证法

我们已经看到，巴特勒从福柯权力话语的角度来探讨身体述行，从而探讨生理性别与身体的一体化建构。而这些外在力量如何变成内在性的禁令，从而深刻影响社会性别的建构，巴特勒则在精神分析这里寻找答案，运用弗洛伊德和拉康的理论让身份去自然化。

（一）弗洛伊德：忧郁的异性恋

无论是弗洛伊德还是拉康的性别认同理论，都将俄狄浦斯情结视为性别认同的重要机制。俄狄浦斯情结关系到两个禁忌：乱伦禁忌与同性禁忌，菲勒斯则充当了性别认同的重要身体器官。弗洛伊德设想所有人都有一样的性器官——菲勒斯，因而男孩出现阉割恐惧，女孩有阳具妒羡。在前俄狄浦斯阶段，女孩认为母亲也有菲勒斯，当她意识到母亲没有菲勒斯之后就把爱恋对象转向父亲，进入俄狄浦斯阶段。男孩在前俄狄浦斯阶段仇恨父亲依恋母亲，进入俄狄浦斯阶段则开始以父亲自居。当青春期接近尾声之时，男孩寻找到爱恋的对象才能走出对母亲的依恋。弗洛伊德以达·芬奇为例，指出男同性恋的出现就是因为未找到爱恋对象从而导致

---

① 本书依惯例将精神分析这里兼具物质和语言性质的"phallus"译为"菲勒斯"，解剖学意义上的男性生殖器"penis"则译为"阳具"。

性别忧郁症的产生，"以一个被抛弃或丧失了的对象自居，把自己当作那个对象的替身，即通过内向投射而将它投入自我"①，性别忧郁症让性别认同出现偏差，因而才寻找同性为爱恋对象。这无疑将同性恋精神病学化了，因此福柯在《性经验史》中批判俄狄浦斯情结是"赋予性以法律原则——联姻的法律、禁止血亲通婚的法律和父亲——君主的法律，简言之，用旧的权力秩序来规范欲望"②。

巴特勒认为，精神分析的乱伦禁忌和同性禁忌恰好假定了乱伦欲望和同性恋欲望的存在，这两种欲望在女性主义者和巴特勒看来最终都和同性欲望相关，在下一章关于乱伦禁忌的分析中将会进一步阐释。在这里，由于同性欲望在俄狄浦斯阶段受到抑制，因而出现了忧郁症的情形。巴特勒指出，俄狄浦斯情结作为内在性的法律让性别认同成为"一种形式的抑郁心理，其中被禁的客体的性别被内化为一种禁律。这个禁律支持、管控截然区分的性别化身份以及异性恋欲望的律法"③，同性欲望受到压制直到最后失去，在此基础上新的性别认同即异性恋才产生。性别认同的过程通过禁忌的实施来形成，巴特勒认为这样一来，性别身份就表现为一个抑郁结构，她通过弗洛伊德的忧郁症结构得出身份是"合并"（incorporation）的结论，即将他者与自我合并，将客体与主体合并，将对客体的欲望与自己合并。巴特勒从同性恋的角度，反叛性地提出这是"忧郁的异性恋"："显然，对一个无法想象异性恋欲望的同性恋者来说，他/她同样大可以通过一种合并的抑郁结构——与那既不被承认，也没有经历哀伤过程的爱欲对象认同，并以身体将之具化——以维系那异性恋情欲。"④

萨拉将这个过程总结为一个具有情节性的故事：女孩欲望母亲，但触犯了乱伦禁忌，因而忧郁；通过精神分析的合并与母亲的性别身份认

① ［奥］西格蒙德·弗洛伊德：《群体心理学与自我的分析》，张敦福译，载［奥］西格蒙德·弗洛伊德《论文明》，国际文化出版公司 2000 年版，第 195 页。

② ［法］米歇尔·福柯：《性经验史》，佘碧平译，上海人民出版社 2005 年版，第 97 页。

③ ［美］朱迪斯·巴特勒：《性别麻烦：女性主义与身份的颠覆》，宋素凤译，上海三联书店 2009 年版，第 85 页。

④ 同上书，第 93 页。

同之后，女孩否认了自己的同性恋欲望，产生女性气质，最后成为忧郁的异性恋。①

巴特勒指出，这个忧郁的异性恋模式下的性别身份最终被保存在身体的表面：

> 根据上面所说的模式（弗洛伊德忧郁症），性别身份需要通过否认丧失来建立，这丧失深深隐藏于体内，并且实际上决定着活着与死去的身体的对比。将失去的客体内化于自身，无论是在形而上的客体还是实际上的身体。②

巴特勒的这个洞见显示了在弗洛伊德忧郁的性别认同结构当中，保存性别身份的身体实际上并不是那么稳定，它表现为心理结构影响生理结构，梅洛—庞蒂也指出了这一点："在弗洛伊德看来，性器官不是生殖器官，性生活不是生殖器官作为其场所的过程的单纯结果，性本能不是一种本能，即不是先天地朝向确定目的的活动，而是心理生理主体置身于各种环境、通过各种体验确定自己和获得行为结构的一般能力。"③ 这里就显示出了弗洛伊德思想的奇特之处：一方面，他坚持菲勒斯—逻各斯中心主义，坚持异性恋霸权；另一方面，当他们具体解释性别差异时，他们似乎不主张生理决定论，弗洛伊德从心理的角度来解释性别差异，在《性学三论》中他宣称"无论从心理学或生物学的意义上看，纯粹的男性或女性是根本不存在的。相反，每一个体都是两性特征的混合体，并兼有主动性与被动性，不管这些特征与其生物学特征是否相吻合"④。而这正是精神分析对于女性主义者来说最具理论价值的观点：仅仅靠解剖学无法确定一个

---

① Sara Salih, *Judith Butler*, London and New York: Routledge, 2002, p. 56.
② [美] 朱迪斯·巴特勒:《性别麻烦：女性主义与身份的颠覆》，宋素凤译，上海三联书店 2009 年版，第 92 页。
③ [法] 莫里斯·梅洛—庞蒂:《知觉现象学》，姜志辉译，商务印书馆 2005 年版，第 209 页。
④ [奥] 弗洛伊德:《性学三论》，宋文广译，载 [奥] 西格蒙德·弗洛伊德《弗洛伊德文集》第二卷，车文博主编，长春出版社 1998 年版，第 572 页。

人的性身份，同时性差异也无法仅仅归结为文化因素。萨拉认为借用弗洛伊德忧郁症的概念置换为忧郁的异性恋，这成为后来巴特勒对酷儿理论的最大贡献。①

（二）拉康：菲勒斯的辩证法

拉康的性别认同则主要通过菲勒斯的主奴辩证法来实现。如果说菲勒斯在弗洛伊德那里更多指涉生物学意义上的"阳具"（penis）的话，那么拉康则更多转向了语言指涉。菲勒斯在拉康这里是兼具物质性和语言性的优位能指，它和阳具之间的关系在巴特勒看来是黑格尔意义上的主人和奴仆之间相互依存的关系："没有阳具，菲勒斯就什么也不是。就菲勒斯本身之构成不了阳具这一点来说，菲勒斯之身份包含了阳具，也就是说，它们之间存在一种等同关系。"② 并且，拉康的菲勒斯是作为普遍的能指而存在，它"不是一个身体部位（而是整体），不是一个想象物（而是一切想象物的起源）"③。在以菲勒斯取代弗洛伊德的俄狄浦斯情结之后，弗洛伊德性别认同的乱伦禁忌和同性恋禁忌在拉康这里就成为积极的欲望法则，拉康的"欲望不是去欲望他者，而是欲望他者的欲望"④，因此男性幻想"拥有"（having）菲勒斯以令女性听从他的幻想，女性则希望"成为"（being）菲勒斯来激发男性的幻想。在爱恋的关系中，女人为了成为菲勒斯，即成为男性的欲望的能指，"希望成为她所不是的那个来被欲求来被爱"，从这个意义上说女人不存在。⑤

在《性别麻烦》中，巴特勒详细剖析了拉康的菲勒斯主奴辩证法。女性作为阳具的功能与男性拥有阳具，这二者之间具有黑格尔式主奴之间相互依赖和无法平等互惠的关系，巴特勒认为这无疑"暗示了权力是掌握在这个不具有阳具的女性位置这一方，同时也暗示了'拥有'阳具的男性主

---

① 参见 Sara Salih, *Judith Butler*, London and New York：Routledge, 2002, p. 9。

② ［美］朱迪斯·巴特勒：《身体之重：论"性别"的话语界限》，李钧鹏译，上海三联书店 2011 年版，第 70 页。

③ 同上书，第 69 页。

④ ［法］弗朗索瓦·多斯：《从结构到解构：法国 20 世纪思想主潮》（上），季广茂译，中央编译出版社 2004 年版，第 127 页。

⑤ 参见［法］拉康《拉康选集》，褚孝泉译，上海三联书店 2001 年版，第 597 页。

体需要这个他者的肯定，才因而成为'延伸'意义上的阳具"①。女人反映或者再现主体，男人与女人之间"拥有"阳具与"成为"阳具的区分，以及两者之间的交流，皆由以父系律法为代表的象征秩序所建立。那么女人如何"成为"阳具？根据拉康的说法，这通过伪装（masquerade）来达成。女人像参加假面舞会一样戴上双重的面具（mask）：一个男人只能假扮成一个女人，而只有一个女人可以假扮成一个假扮女人的男人，因为只有一个女人才能假扮成她所是的女人。拉康将其比喻为：

> 这就是在面纱掩盖下的女人：正是阳具的缺席使她成为了菲勒斯，成为了欲望的客体。通过一种更加确切的方式，让她在一条别致的裙子下戴一个性感的假阳具，这种缺席就被唤起了，而你，确切地说是她，将有很多东西要告诉我们。②

巴特勒指出，拉康的假面机制与弗洛伊德的性别忧郁症都是性别认同的相同机制，二者作用方式相同，"假面 mask 是抑郁心理机制的整合策略的一环，亦即接收失去了的客体/他者的属性，而在此丧失感是爱受到拒绝的结果"③。拉康自己也明确表示，女同性恋的性取向来自一种失望，这失望强化了对爱的需求的那一面，这个过程与弗洛伊德通过达·芬奇提出的男同性恋的产生相类似。但拉康的男性中心和异性恋化的视角暴露得更加彻底，他既假定性欲结构为异性恋式，同时彻底否定了女性自身的欲望。因而巴特勒提出了猛烈批评："拉康的父系律法绝对的权威使得他的理论必须以奴隶道德来理解"④。卡勒也批评拉康表现出十足的男性自恋："妇女不是成为恐惧或嫌恶的对象，便如'那喀索斯主义'所示，干脆就

---

① ［美］朱迪斯·巴特勒：《性别麻烦：女性主义与身份的颠覆》，宋素凤译，上海三联书店 2009 年版，第 60 页。

② Jacques Lacan, *Ecrits*: *A Selection*. Alan Sheridan, tr, New York: W. W. Norton & Company, 1982, p. 310.

③ ［美］朱迪斯·巴特勒：《性别麻烦：女性主义与身份的颠覆》，宋素凤译，上海三联书店 2009 年版，第 66 页。

④ 同上书，第 77 页。

是一优越的、自足的存在。本身十全十美，一分不多，一分不少。两种可能都威胁到男人。故有关妇女的性和阳具妒羡的理论，实是控制妇女的一种方式：妇女越是妒羡阳具，男子的阳具便越见完美无缺，从而的的确确是'优等的器具'。"①

巴特勒认为，拉康的性别认同机制注定是"带着喜剧意味的失败尝试，然而它们不得不表达，也不得不一再重复上演这个不可能达成的行动"②。这个失败的互惠模式，其可笑之处部分在于男性和女性位置都是在能指的位置，而能指属于象征秩序，充其量只能做到一种象征形式而已。吕西·伊里加雷（Luce Irigaray）③ 则对此批评道："拉康理论中的性差异不是一个简单的、保留了实在形而上学作为其基础的二元体系。男性'主体'是一个虚构，是由禁止乱伦、并且强行以一种异性恋化的情欲对它进行无限的移置的律法所生产的。"④ 结合前面所谈过的，巴特勒述行理论坚持主体永远处于生成的状态，拉康的男人"拥有"和女人"作为"阳具的行动自然不可能达成。

但拉康的遗产和弗洛伊德的一样，虽然支持二元对立，但已经把身体以及性别身份之间的必然联系打破了。巴特勒评论到，虽然拉康的伪装否定了女性欲望，但"伪装可以理解为对一个性别本体的操演生产，它是表象，却让人相信它就是一个'存有'"⑤。琼·里维埃尔（Joan Riviere）在《作为伪装的女人特质》中则指出拉康的伪装"能够建立某种不属于男性主体管辖的异己性，并揭示男性的必然挫败"⑥。所以拉康也令我们看到性别是历史偶然性的结果。

因而对于巴特勒来说，精神分析的遗产尤其是拉康的遗产显示了性别

---

① ［美］乔纳森·卡勒：《论解构》，陆扬译，中国社会科学出版社 1998 年版，第 153—154 页。

② ［美］朱迪斯·巴特勒：《性别麻烦：女性主义与身份的颠覆》，宋素凤译，上海三联书店 2009 年版，第 63 页。

③ 又译"伊瑞格瑞"、"伊里格瑞"等，本书按照法语发音译为"伊利加雷"，引文沿用原文。

④ ［美］朱迪斯·巴特勒：《性别麻烦：女性主义与身份的颠覆》，宋素凤译，上海三联书店 2009 年版，第 38 页。

⑤ 同上书，第 64 页。

⑥ 同上书，第 65 页。

建构的可能，同时也因为其所秉持的菲勒斯—逻各斯中心主义而暴露了这种建构的脆弱基础。巴特勒批判性地继承拉康的遗产，也不乏对拉康的高度评价："与福柯的管控性实践的概念，或是维蒂格对异性恋压迫的唯物论诠释的情况比起来，拉康理论里的原初禁制（primary prohibition）①在运作上要更强力，而历史随机性则较低。"②拉康的理论在巴特勒看来在运作上更强力，相对来说也更容易找到反抗的突破口。它是富有开放性的理论，其理论具有德里达所说的翻转可能："肯定平等并不能摧毁等级。唯有当它包括一种转换或颠倒之时，解构才有机会来置换等级结构。"③所以巴特勒将精神分析既作为理解性别建构的理论资源，也作为解构性别建构的重要突破口。

二　二元异性恋的消解

巴特勒主要采用了两种策略来消解二元对立式异性恋性别建构：一是着眼于对精神分析的批判，提出"女同性恋菲勒斯"（the lesbian phallus）的概念来进行颠覆；二是解构女性主义的主体。巴特勒认为，女性主义的主体是律法之前的主体，如果女性主义对这个被制造的主体全盘接受的话，那只是回应了询唤而已。由此观之，解构女性主义主体是颠覆现有性别秩序的根本策略。

（一）女同性恋的反叛

精神分析的遗产对于性别研究而言充满悖论，因为它兼具父权制和异性恋的性质，然而它们具有转换的可能，对巴特勒最具启发意义的就是拉康对弗洛伊德和索绪尔的双重改造。拉康首先借助索绪尔改造弗洛伊德，拉康视语言为造物者，认为主体是语言的产物，主体通过他者的镜像来识别自身，因此身份"不过是想象性识别而已"④。将语言视为造物者也是

---

①　指乱伦禁忌和同性禁忌。

②　［美］朱迪斯·巴特勒：《性别麻烦：女性主义与身份的颠覆》，宋素凤译，上海三联书店 2009 年版，第 38 页。

③　［美］乔纳森·卡勒：《论解构》，陆扬译，中国社会科学出版社 1998 年版，第 150 页。

④　［法］弗朗索瓦·多斯：《从结构到解构：法国 20 世纪思想主潮》（上），季广茂译，中央编译出版社 2004 年版，第 129 页。

巴特勒在思考性别问题时的出发点和落脚点："语言与物质性并非水火难容，因为语言既具有物质性，又指涉物质性，且物质之物从未彻底脱离意指过程。"① 而拉康针对索绪尔的所指优先提出能指链的概念，赋予能指以优先地位，将所指视为能指的结果。这样直接的后果便是作为普遍能指的菲勒斯"不仅流动地进行穿越，它还可以是一种空缺的、中性的或被贬低的性别互换的本原"②，巴特勒看到"菲勒斯在意指的同时，也总是被意指和再意指"③，因而性别的真实"就会在这种建设性的重复中出乎意料地跨越男性和女性的二元界限"④。但拉康的菲勒斯饱含恐同（homophobia）和厌女症（misogyny）的意味，女性和同性恋位于菲勒斯—逻各斯结构之外，所以巴特勒根据拉康菲勒斯的再意指功能提出"女同性恋菲勒斯"来颠覆精神分析的异性恋和父权制的双重霸权，女同性恋作为可能的欲望场域是对异性恋"性别差异的霸权性象征体系的移置，以及对构成动欲快感域的其他想象形相的关键的释放"⑤。

　　巴特勒提出"女同性恋菲勒斯"这个概念的契机与莫尼克·维蒂格以女同性恋来反叛异性恋有颇多相似之处。维蒂格在《异性恋思维》当中指出，从异性恋思维来思考的话，同性恋其实也就是异性恋。维蒂格认为，女人和同性恋无法在异性恋的言说系统当中取得言说主体的位置，因而她将女同性恋视为超越性别范畴的唯一概念，通过这种方式来反抗异性恋霸权。巴特勒认为维蒂格此举为"男同性恋和女同性恋，以及其他独立于异性恋契约的位置，提供了推翻或者扩增性别范畴的契机"⑥。在巴特勒看来，维蒂格此举假定了异性恋机制的完整性，她反抗的方式是重建另一个

---

　　① ［美］朱迪斯·巴特勒：《身体之重：论"性别"的话语界限》，李钧鹏译，上海三联书店 2011 年版，第 51 页。

　　② 同上书，第 90 页。

　　③ 同上书，第 76 页。

　　④ ［英］伊丽莎白·赖特：《拉康与后女性主义》，王文华译，北京大学出版社 2005 年版，第 91 页。

　　⑤ ［美］朱迪斯·巴特勒：《身体之重：论"性别"的话语界限》，李钧鹏译，上海三联书店 2011 年版，第 78 页。

　　⑥ ［美］朱迪斯·巴特勒：《性别麻烦：女性主义与身份的颠覆》，宋素凤译，上海三联书店 2009 年版，第 37 页。

完整的体系来反抗这个完整体系，"从这样一种绝对化的异性恋权力的观点，只能产生两种政治选择：一、彻底的服从；或者，二、彻底的革命"①。但另一方面，维蒂格对异性恋和同性恋的截然分割，又是另一种二元分立，她在这里依然复制了异性恋二元思维。巴特勒批评这是虚妄的，因为同性恋和异性恋之间存在着相互包容的情况。巴特勒对维蒂格的批判是中肯的，有意思的是这些批判恰好也指出了她的"女同性恋菲勒斯"这个概念的虚妄性。

巴特勒对维蒂格的批判主要集中在《性别麻烦》一书和《维蒂格的物质性实践：少数派观点概述》（*Wittig's Material Practice：Universalizing Minority Point of View*）一文里，而女同性恋菲勒斯的概念主要是在写作时间处于中间段的《身体之重》一书当中，是巴特勒理论发展历程中少见的历史性倒退。因为实际上在《性别麻烦》一书里，在对维蒂格和第二波女性主义进行批判的过程中，巴特勒对异性恋机制就提出了更为有力的批判，那就是质疑女性主义主体的存在。

（二）解构女性主体

在《性别麻烦》里，巴特勒就指出维蒂格以女同性恋来反抗异性恋霸权的策略显示出她坚持有一个统一的本体领域的存在，这个本体就是作为主体的女人。维蒂格认为，"言说要求所有事物必须要有一个完整无缺的身份，并且对此加以调用"②。这在巴特勒看来是在追求大写的存有和在场，是跑到哲学追求的传统话语里寻求解脱，其实德里达的解构主义已经令我们看到了这种追求的虚妄。但维蒂格的观点代表了第二波女性主义普遍的身份诉求，维蒂格认为，文学作品可以提供一个整体来进行运作、来炮轰性别的等级划分，这与不少女性主义者宣称女性自己的书写和语言体系来反抗男性的统治有相通之处。巴特勒还着力批判朱莉娅·克里斯蒂瓦（Julia Kristeva）"把母性身体及其本能的目的论描绘为始终如一的、坚持不懈的形而上学原则——一种集体的、特定性别的生物建

---

① ［美］朱迪斯·巴特勒：《性别麻烦：女性主义与身份的颠覆》，宋素凤译，上海三联书店 2009 年版，第 159 页。

② 同上书，第 154 页。

构的返古主义——是建立在一种单义的女性性别的设想上"①。与此同时，第二波女性主义坚持作为女性主体的妇女范畴是排他性的，并且这种政治身份的假设通常伴随着这样的概念："对妇女的压迫有某种单一的形式，可以在父权制与男性统治的普遍或霸权结构里找到。"② 因而反对稳固身份的巴特勒也反对稳固的女性主体，进而，巴特勒推导出性别应该是持续且不断重复的述行。

巴特勒从三个方面来说明这个问题：从坚持异性恋和父权制霸权的精神分析的观点来看，女性主体在男权话语当中是他性的存在；就女性主义自身的视角而言，女性主义的主体其实是分裂和不稳固的存在；最后，巴特勒坚持认为身份的分类具有排除性的暴力，呼吁多元的性别身份建构。在最后这个问题上，巴特勒坚持身份是多元动态建构的观点启发并推动了酷儿理论的发展。

受拉康启发，巴特勒认为在男权话语当中，女性主体是他性存在。在拉康看来，镜像阶段是主体自我想象的产物，在性差异系统当中的男性则是虚构的主体。不少女性主义者都揭示了女性作为他者的处境。伊里加雷的《镜，另一个女人》当中，女性的他性被化解为镜子般的关系，只是柏拉图洞穴当中的投影而已。伊里加雷批判了波伏瓦及其追随者的观点，她们认为只有女性是受到标记的，男性则承担了普遍的人性。伊里加雷批判这是在一个体系中谈论性别问题，她认为女人甚至是不可再现的，是语言的不在场。

在巴特勒看来，波伏瓦的"女人不是天生的"这一观点所引发的对生理性别和社会性别的划分有着保守的一面，但也包含着激进的后果。实际上划分生理性别和社会性别，已经造成一个分裂的主体。一方面，它指出了社会性别是社会强加的两性区分这样的事实。但另一方面，二者的区分令生理性别成为他者，"文化和自然的二元关系助长了一种等级关系，在其中文化任意地把意义'强加'于自然之上，使得自然成为一个'他

---

① ［美］朱迪斯·巴特勒：《性别麻烦：女性主义与身份的颠覆》，宋素凤译，上海三联书店 2009 年版，第 121 页。

② 同上书，第 4 页。

者’，而对它极尽掠夺挥霍之能事，并且也在一个统治的模式上维护了能指的理想形式与意指的结构”①。只有生理性别、社会性别和性欲三者是一个整体经验，才能形成稳定的性别范畴，但无疑这三者是分裂的。

巴特勒认为，"坚持妇女范畴具有一致性与一体性，实际上是拒绝承认那些建构各种各样具体的‘女人’的文化、社会与政治等交叉成因所具有的多元性"②，这就显示出后来女性主义与酷儿在发展过程中合流的趋势。巴特勒在《性别麻烦》1999 年序言中谈到成书的缘由是试图根除异性恋思维，而对异性恋霸权和二元对立的质疑方式之一就是坚持差异必须存在，以建构多元性来反对二元对立。正是在主张多元性的基础上，最后巴特勒走向了打破性别范畴的激进实践，巴特勒设想性别"将是开放性的一个集合，容许多元的交集以及分歧，而不必服从于一个定义封闭的规范性终极目的"③。

三　消解性别：酷儿与述行理论

在第一节当中，我们看到了巴特勒对生理性别范畴的质疑，主张将其视为身体的述行。而就社会性别而言，在巴特勒看来，要打破性别的等级范畴最彻底的做法就要摧毁性别这个属性本身。如果不打破性别，那么一切都只是在二元对立的框架进行讨论。她主张将性别视为即兴的可能性，而不是一个稳定的能指，"性别在霸权语言里以一种实在（substance）的面貌存在，从形而上学来说是始终如一的一种存有。这样的表象是通过对语言以及/或者话语的操演扭曲而达成的，它掩盖了‘生而为’（being）某个生理性别或社会性别基本上是不可能的这个事实"④。

巴特勒认为，女性主义的局限，就在于只谈论妇女的压迫。⑤ 女性主义发展到第二波，其理论的推动性和局限性都日益明显。在 20 世纪 80 年

---

① ［美］朱迪斯·巴特勒：《性别麻烦：女性主义与身份的颠覆》，宋素凤译，上海三联书店 2009 年版，第 51 页。

② 同上书，第 20 页。

③ 同上书，第 22 页。

④ 同上书，第 25 页。

⑤ ［美］朱迪斯·巴特勒：《消解性别》，郭劼译，上海三联书店 2009 年版，第 9 页。

代，不少女性主义就在质疑女性主体是稳定自明的实体，诸如盖尔·鲁宾（Gayle Rubin）①、塞奇维克等人都在质疑"妇女"、"生理性别"和"社会性别"（woman/sex/gender）这些知识范畴。麦金农则提出拥有性别意味着进入异性恋的询唤，进入到性别的臣服关系当中。维蒂格也主张打破性别，她认为异性恋统治的范畴中只有女性一个性别，男性代表的是普遍性。伊里加雷认为只有一种性别：男性，通过生产"他者"来打造自身。

在女性主义之外，福柯在同一时期也提出反对性别定位的主张，他认为性别范畴是性欲管理机制的产物。在美国旧金山一次同性恋团体聚会中，西蒙·瓦德来到福柯跟前感谢福柯的思维方式使同性恋的解放有了可能，但福柯谢绝了这种恭维，而强调"我认为'同性恋者'这个词已经作废了……因为我们关于性的认识发生了变化。我们看到我们对快感的追求在很大程度上被一套强加给我们的词汇限制住了。人既不是这种人也不是那种人，既不是同性恋者也不是异性恋者。我们称之为性行为的东西有一个无限广阔的范围"②。

在主张消解性别主体的呼声当中，酷儿运动兴起了。20 世纪 80 年代末期，不同的圈子开始接纳"酷儿"这个词来代替女同性恋和男同性恋这两个术语。在《消解性别》前言中，巴特勒赞扬酷儿运动的出现整合了性别研究的资源，为女性主义的发展提供了重要的方向。学界普遍认为，巴特勒的性别述行理论深刻影响了酷儿理论的发展，不少人因此将巴特勒视为酷儿运动的理论先驱。

巴特勒在同样反对身份分类管制的酷儿理论当中看到酷儿理论与述行理论之间具有共同的哲学基础。在第一章当中，我们将"酷儿"的称呼作为再赋义的一个例子。巴特勒在《身体之重》一书中，将酷儿视为一次勇敢的再命名，"借助于称谓的魔力塑造自我"③。源于羞辱的这个称谓，通

① 又译作盖尔·卢宾。本书均采用"盖尔·鲁宾"，引文沿用原文。

② ［美］詹姆斯·米勒：《福柯的生死爱欲》，高毅译，上海人民出版社 2005 年版，第 350 页。

③ ［美］朱迪斯·巴特勒：《身体之重：论"性别"的话语界限》，李钧鹏译，上海三联书店 2011 年版，第 227 页。

过羞辱的询唤反倒生成一个充满抗争力量的主体，一改这个称谓本身所蕴含的谴责、病态化、侮辱。

　　酷儿理论对于巴特勒来说，最具启发性的是对身份保持永久的质疑，它涵盖了变化、质疑既有规范标准。这也是不少学者普遍认同的观点，保罗·吉尔罗伊（Paul Gilroy）在《黑色大西洋》（The Black Atlantic）中就指出，酷儿不是稳固的身份定义，而是转换、多元和反同化，所以身份不是一个人的"根"（roots）而是"路径"（routes）。塞吉维克在《趋势》（Tendencies）当中，将酷儿描述为持续的运动和涡流，从词源上看，"'酷儿'这个词意味着'穿越'（across），它的词根是印欧语的'twerkw'，也和德语'quer'（意为'横贯'）同源，还有拉丁语'torquere'（意为'扭曲'），英语'athwart'……它有着强烈的关系性和怪异性。"①

　　巴特勒认为，酷儿理论本身将自己的关注扩展到所有的性活动和性身份：

　　　　酷儿理论更多关注的是对人所不欲的身份法规的反对，而仅仅是身份的可变性或是其倒退地位。毕竟，酷儿理论及运动之所以取得政治成功，是因为它坚持认为，反恐同运动可以和任何人有关，不论此人的性取向如何，而且身份标志不是政治参与的必要条件。同样，酷儿理论反对那些对身份进行管制或对某些身份的人确立认识优先权的人。②

　　所以巴特勒期望人们在涉及性别问题时，能够接受更宽广的语汇，进一步去识别性别的真相。实际上酷儿运动自身的发展，其基本的理论资源也正是来自女性主义对性别暴力的反抗，而它对身份彻底的反击，从某种程度上说其实也促使女性主义来深入思考女性主体身份的暂时性，所以巴特勒对酷儿给予了很高的期许，认为"'酷儿'这个词本身已经成为新一

---

　　①　Eve Kosofsky Sedgwick，Tendencies，London and New York：Routledge，1994，p. xii. 引文保留原文斜体。

　　②　［美］朱迪斯·巴特勒：《消解性别》，郭劫译，上海三联书店2009年版，第7页。

代男女同性恋者、女同性恋的介入或双性恋与异性恋者在话语上的召集点"①。她期望在反对不平等的性别秩序过程中，女性主义能够放弃二元对立的框架，与像酷儿运动这样反对身份暴力的理论一起结盟，"女性主义一直反对针对妇女的性暴力或非性暴力，这应该作为与其他运动结盟的基础，因为针对身体的因恐暴力（phobic violence）正是将反恐同、反人种歧视、女性主义、变性及双性兼具运动联系起来的因素之一"②。盖尔·鲁宾为身份自由的社会做了这样的预想："我觉得最能鼓舞人的梦想是建立一个雌雄一体、无社会性别的（但不是无性的）社会，在这个社会中，一个人的性生理构造同这个人是谁、是干什么的、与谁做爱，都毫不相干。"③

　　总而言之，巴特勒通过对社会性别建构的剖析，认为社会性别并非只是反映生理性别的镜子，同时一个稳固的被建构好的社会性别身份也同生理性别一样只是述行进程中的产物。基于对性别身份流动性的考察，巴特勒得出消解性别的激进观点。

第三节　身体的颠覆

　　自《性别麻烦》问世以来，巴特勒对性别的解构在学院内外引起热烈反响。作为一位哲学出身的学者，以晦涩文风闻名的作家，其作品和理论之所以能够在公众中广泛传播，其中一个重要原因是她将本来关注纯语言或宏大政治实践等的述行理论引入微观实践层面，令其理论体现出极强的实践特征。她的性别述行理论既产生于对大众文化文本的研究中，同时又将其运用于对大众文化文本的具体分析。她对大众文化文本的研究主要集中在身体所表现（expression）和再现（represent）出的性别印记上，具体

①　［美］朱迪斯·巴特勒：《身体之重：论"性别"的话语界限》，李钧鹏译，上海三联书店2011年版，第229页。
②　［美］朱迪斯·巴特勒：《消解性别》，郭劼译，上海三联书店2009年版，第9页。
③　［美］盖尔·卢宾：《女人交易：性的"政治经济学"初探》，王政译，载［美］佩吉·麦克拉肯主编《女权主义理论读本》，广西师范大学出版社2007年版，第73页。

表现为她对扮装与酷儿等身体表达所蕴含的跨性别特质的解读。同时，熟谙辩证法转换之道的巴特勒，深知消解性别也非身份问题的终点，这是一条没有尽头的反叛路途。运用述行理论为工具，巴特勒在这些身体印记中看到颠覆的可能性及其局限性并存的悖论性局面。

一 身体的戏仿狂欢

巴特勒认为，性别的述行性生产通过身体来进行，"如果将性别看作肉体风格，那它就是意向性和述行性的。述行性自身就包含'戏剧性'和'无指涉性'两方面的含义"①。在《性别麻烦》中，巴特勒为了让身体和性别范畴去自然化，采取了戏仿策略，扮装就是巴特勒最知名的戏仿范例。

扮装是一种古老的文化现象，北美印第安莫哈伏人部落（the Moha-ve）拥有制度化的"男女扮装"，允许人从一个性别变为另一个性别。②在戏剧史上，长久以来由于女性不得登台，因此无论东方的京剧还是西方的莎士比亚时代都经历了男性扮演女性的阶段，即角色本身就是女性，由男性演员在舞台上暂时放弃性别来展现女性的性征进行表演，其中尤以中国男旦和日本歌舞伎中的女形艺术影响最为深远。扮装早期多指男性穿女性衣服，后来泛指男女在服装上互换角色。巴特勒指出酷儿的历史应当包括男女换装、化装舞会等表演性很强的内容。③在巴特勒的语境中，扮装还用来表示同性恋以男女服装风格来区分主动和被动角色。俚语往往也通过服装和身体风格来区分同性恋及其性别角色，比如称呼男同性恋为"fag"，女同性恋为"dyke"，女同性恋中扮演主动角色的"butch"通过男性化的象征标记自身：短发，肌肉胳膊，粗嗓门，喉结，平底鞋靴子，眼神接触的方式等等。④

从扮装这个维度出发，巴特勒的述行理论在 20 世纪 90 年代被广泛运

---

① Judith Butler, "Performative Acts and Gender Constitution: An Essay in Phenomenology and Feminist Theory", *Theatre Journal*, 40: 4 (1988: Dec.), p. 522.

② 参见［美］盖尔·卢宾《女人交易：性的"政治经济学"初探》，王政译，载［美］佩吉·麦克拉肯主编《女权主义理论读本》，广西师范大学出版社 2007 年版，第 54 页。

③ 参见 Sara Salih, *Judith Butler*, London and New York: Routledge, 2002, p. 96。

④ 参见 Donald E. Hall, *Queer Theory*, New York: Palgrave Macmillan, 2003, p. 15。

用。争议女星麦当娜·西科尼（Madonna Louise Veronica Ciccone）从20世纪90年代开始走红，在她拍摄的一系列MV和写真当中，就出现了在今天看来未必颠覆但在当时实属惊世骇俗的同性恋者和一些扮装表演。麦当娜尽情展现身体的愉悦性，以在舞台上打破陈规的表演，追求文化多元性的实体展现，女性主义者们盛赞这是对性别规范的大胆挑战。学界对麦当娜的诸多讨论在90年代甚至结集成书（*The Madonna Connection: Representational Politics, Subcultural Identities, and Cultural Theory*），认为她大胆的表演是对女孩文化的庆祝，有力对抗了父权制。一些学者用福柯的"面具"概念分析麦当娜离经叛道的行为正表明这样一个事实：没有稳定的身份存在。也有不少研究者直接运用述行理论来对麦当娜的表演进行解读，认为她表演中的男女换装以及与同性恋同台是对异性恋规范的挑战。

但欢呼扮装就是颠覆，这是盲目的乐观，巴特勒指出，"承认扮装的颠覆性就是认为性别是个人的行为，但是性别从来是社会性的，一个人并不能够单独制造性别"[①]。同时，巴特勒认为戏仿需要表演情境，"就其本身而言并不构成颠覆"。[②] 她强调按照弗雷德里希·詹姆逊（Fredric Jameson）对"戏仿"（parody）和"拼贴"（pastishe）的区分，她的策略称为"拼贴"更加合适。因为戏仿是对原件的模仿，詹姆逊指出"一个好的或者伟大的戏仿者都必须对原作有某种隐秘的感应，犹如一个伟大的演员必须有能力将他/她自身带入所模仿的人物之中"[③]，而拼贴却是"模仿已死的风格"[④]，它意味着因禁过去和新事物的必然失败。巴特勒认为，性别的拼贴恰好揭露了其所模仿的"原件"本身就是"对一个幻影般的理念进行'仿制'的失败之作，因为没有哪个对理念的仿制是不会失败的"[⑤]。

---

① ［美］朱迪斯·巴特勒：《消解性别》，郭劼译，上海三联书店2009年版，第1页。

② ［美］朱迪斯·巴特勒：《性别麻烦：女性主义与身份的颠覆》，宋素凤译，上海三联书店2009年版，第182页。

③ ［美］弗雷德里克·詹姆逊：《文化转向》，胡亚敏等译，中国社会科学出版社2000年版，第5页。

④ 同上书，第7页。

⑤ ［美］朱迪斯·巴特勒：《性别麻烦：女性主义与身份的颠覆》，宋素凤译，上海三联书店2009年版，第44页脚注。

　　巴特勒指出，扮装虽然揭露了所谓性别"真实"的脆弱本质，即性别并不像我们所认定的那样一成不变，以此来对抗性别规范所施行的暴力，[①]但扮装并不是一个反叛的乌托邦。男人穿女人衣服或者女人穿男人衣服，所表现出的并非就是性别的真实面貌。另外从某种程度上讲，它也是在异性恋框架中的行为，虽然扮装是主动/被动同志身份的身体化演绎，但这种对同性恋角色的人为划分仍是传统的二元性别建构。权力不仅通过压制实现，同时也通过划分"反对和违反的可能界限"来对各种反抗与颠覆进行询唤。如果认为扮装就算是颠覆的话，这种思维方式跟维蒂格以同性恋来反对异性恋的思维方式就相类似，也是试图建立另一套稳固的身份状态来反对现有制度，就像女性主义曾经的反抗方式是以女性的崛起来反对男性一样。这在巴特勒看来都是在现有制度框架内谈颠覆，或者说是对现有制度的复制，这样的颠覆存在极大的缺陷。而且，既然现有的主体是生成的，如何保证确立的下一个主体能够稳固？

　　在《身体之重》当中，巴特勒借助对詹妮·利文斯顿（Jennie Living-ston）《巴黎在燃烧》（*Paris Is Burning*）的剖析来说明这一点。影片展示纽约哈莱姆区的扮装走台秀，一群非裔、拉美裔男性身着女装华丽登场。对于扮装，巴特勒认为它无疑"彻底颠覆了内在和外在心灵空间的区分，有力地嘲弄了表达模式的性别论点，以及真实性别身份的概念"[②]，男演员们在舞台上身着女装立即显示出女性气质，戏剧性地展示了性别述行。另外，当欢呼舞台上的男性气质与女性气质可以被打破的同时，很容易忽略这个过程依然是在二元对立的异性恋框架当中进行，也就是"异性恋文化制造了自己的扮装"[③]，它是对异性恋模式的僭用与颠覆，但结果仅仅只是释放。就像同性恋角色的"Butch/Femme"之分，同性恋的一方扮演男性角色，另一方扮演女性角色，性别角色定位依然难以摆脱异性恋的影

---

　　① ［美］朱迪斯·巴特勒：《性别麻烦：女性主义与身份的颠覆》，宋素凤译，上海三联书店 2009 年版，"序（1999）"第 17 页。
　　② 同上书，第 179 页。
　　③ ［美］朱迪斯·巴特勒：《身体之重：论"性别"的话语界限》，李钧鹏译，上海三联书店 2011 年版，第 114 页。

响。所以巴特勒在这里通过扮装展示性别认同的双重幻象：没有稳固的性别，颠覆也不能够逃脱话语的掌控，二元的稳固性别和同性恋对异性恋的颠覆都是幻象。

巴特勒推崇的女性主义理论家贝尔·胡克斯也在《真实之旋》（Reel to Real）中批判《巴黎在燃烧》，认为某些男同性恋扮装表演表现出厌女症。这种说法也不无根据，因为舞台表演的厌女症传统古已有之。在古希腊，认为男性在舞台上表现得女性化具有喜剧效果，阿里斯托芬在《得墨忒尔节》中将阿迦同在柏拉图《会饮篇》中庆祝胜利的场景搬上舞台，诗人着女装，手拿里拉琴和长剑，借此不男不女的造型取得极佳的喜剧效果。正如巴特勒所说，异性恋文化为自身生产了易装的形式，并对之进行嘲讽和诋毁。在巴特勒看来，这种颠覆并非毫无意义，它是再赋义（re - signification）行为，与德里达认为在引用过程中原本意义会被改变相类似。

巴特勒的性别述行理论在传播过程中被简化为扮装说，她也因此被称为"嬉皮领袖"。尽管她强调扮装与颠覆没有必然联系，但一些批评者还是将扮装作为颠覆的范例，认为巴特勒对性别规范的跨越过于乐观，将述行视为一个主体自由掌控的行为，而她着重强调的"强迫"被有意无意地忽略了。这些批评虽失之偏颇，但在某种程度上指出了巴特勒性别述行理论的局限，即以服装作为批判文本是生动的，同时也是冒险的。因为作为大众文化狂欢不可或缺的元素，服装除了由历史、文化传统等维度建构外，也受到商业运作与个人选择等因素的影响。巴特勒单纯将服装作为性别表征，罔视了服装作为文化商品的复杂蕴涵。

影片《巴黎在燃烧》涉及美国的社会阶层鸿沟，如"管理人员"和常青藤大学联盟学生的符号，以及性别问题和通过非洲裔美国人或拉丁美洲人等表现出来的种族差异等。对于第三世界国家和少数民族族裔妇女而言，身份的问题从来都关涉种族和性别两个方面。作为一位反犹太复国主义的犹太人，巴特勒对种族问题有高度的敏感性，她本人试图将述行理论用于种族问题的实践。但种族建构不同于性别建构，它涉及生物维度与社会文化维度之间存在的千丝万缕的联系以及更多的权力运作，要解构种族远非易事。因此，巴特勒述行理论的适用范围被认为是有限的，即便在身份问题这一论域内，它往往更适用于性别问题，而在讨论种族问题时则存在很大障碍。但巴特勒的理论对于我们思考身份的开放性仍具有一定的启发意义，英国学者苏珊·弗兰克·帕森斯（Susan Frank Parsons）评价到，巴特勒的性别戏仿揭示了"'把身份遵守为政治上微不足道的建构的幻觉式效果'，这样使性别表现为'既不是真的也不是假的、既不是真实的也不是明显的、既不是起源性的也不是衍生性的"①。

二　跨性别者的隐秘反抗

如果说扮装者只是文化意义上的跨性别者的话，那么双性人（bisexual）不管在身体维度还是社会维度上都更大程度地呈现出跨性别者的特征。比起同性恋的性别建构，双性人的历史境遇更加隐秘，也遭受更多的性别暴力。福柯编选的赫尔克林·巴宾的回忆录曾被巴特勒一再引用。赫尔克林生来具有两性性征，这个游离于秩序之外痛苦生存的人，让福柯看到了性别乌托邦的身体化实现的可能，福柯称之为"快乐的无身份化外之地"。福柯认为赫尔克林是在实践领域出现的、消解了一切身份樊篱的人，权力尽管强制性地认定了赫尔克林的性别，但是却无法在两性人的身体上找到权力的实际支点，为强加给他的律法"提供一个自然化自身的场域"。在福柯看来，在赫尔克林身上权力被身体打败了。

加拿大变性者大卫·莱默则是另一种情况。大卫在出生时是具有 XY 染色体的男性，8 个月大时因手术意外被切除了外生殖器，父母听从医生建议做变性手术后获得女孩"布伦达"的身份。然而在大卫 8 岁时，开始产生自己不是女孩的意识，开始喜欢手枪等男孩喜欢的玩具，拒绝许多所谓的女孩行为，所以大卫在十几岁时选择重新变成男性。在大卫看来，他天生就是一名男性，只是被医疗机构切除了阴茎，又被精神病学界变成了女性，最后才又得以回复到他自己，在这个过程当中，大卫一直受到医

---

① ［英］苏珊·弗兰克·帕森斯：《性别伦理学》，史军译，北京大学出版社 2009 年版，第 94 页。

学话语的监视和质询。在 38 岁的时候，大卫选择了结束自己不断逾越规范的生命。

与福柯不同，在赫尔克林和大卫这些人的例子当中，巴特勒更多看到主人公所面临的巨大痛苦和他们身处的危险境地。史书中也早有对两性人施加暴力的描述，根据普林尼和普鲁塔克等人的记载，民众认为双性人是灾星出现，多将其溺水而死，有一些则被残忍地烧死在城内。巴特勒认为，如果只是为这个无身份的彻底颠覆而拍手称快，像福柯对赫尔克林那样的话，那是罔视了无身份者的痛苦，这个过程其实充满无家可归的辛酸。无身份的化外之地并不是世外桃源，他们被他人质询，也自我质询。在赫尔克林的例子中，实际上律法的效力远远大于他的个人经验，他无法通过自身的身体具化律法。权力只生产能在自身统治范围内的主体，同时也将主体的反抗限定在自身范围内，但赫尔克林这一类人并非这样的主体，他/她外在于律法，法律试图强制将其拉入自己的管辖范围内，却没有合适的话语框架，如此一来反抗也便没有方向和目标。赫尔克林在重重矛盾中孤身享受疏离的快感，最终自杀身亡。所以巴特勒认为，赫尔克林在这个社会上无所归依的悲剧性处境只是展示了身份自由流动的属性，他/她"不是一个'身份'，而是一个身份在性别上的不可能性"①。

从对二元对立的性别模式的解构，到主张性别的消解，乃至思考两性人这一独特群体遭遇的暴力，巴特勒的性别述行理论将研究领域由女性拓宽到更多因性征而遭到贬抑的人群。她在访谈中指出，当一个人生活在现成的章法之内时，往往无须辩护，而一旦越出规范就备受挑战，必须自圆其说为自己拓展生存空间，保护自己。所以那些越界者们，他们必须寻求理论话语的支持，"使那些局部的、不连贯的、被贬低的、不合法的指示运转起来，来反对整体理论的法庭"②。

巴特勒的性别述行理论回归到哲学传统，进行主体的解构与重构。同时继承启蒙现代性的批判精神，从性的角度对权力话语进行批判性质疑。

---

① ［美］朱迪斯·巴特勒：《性别麻烦：女性主义与身份的颠覆》，宋素凤译，上海三联书店 2009 年版，第 32 页。

② ［法］福柯：《不正常的人》，钱翰译，上海人民出版社 2003 年版，第 8 页。

然而，巴特勒的性别述行理论虽然重视建构性的可能，但其质疑的锋芒仍然胜过建设的强度。尽管如此，因为其理论重视将传统问题与社会实践的结合而具有的实践特征，以及她一贯坚持的犹太知识分子传统——知识分子就是说真话的人，所以对于所有的性少数群体——女性（在人数上是多数，但在性别等级序列上却具有少数人的特征）、LGBT 等人群来说，这样的理论是他们争取合法权益难能可贵的资源，这也是巴特勒的理论能够拥有如此生命力的原因之一。

第三章

安提戈涅:亲属与家庭的越界之殇

女性主义者盖尔·鲁宾认为,不能将性的制度孤立起来理解。因为"对某个社会中的妇女或历史上任何社会中的妇女作大规模的分析,必须把一切都考虑进去:女人商品形式的演变、土地所有制、政治结构、生存技术等等。同样道理,经济和政治的分析如果不考虑妇女、婚姻和性文化,那是不全面的"①。

马克思主义对这个问题的研究颇富启发性。马克思主义对性制度的研究结合了整个社会的商品政治制度,尤其注重与婚姻制度的结合。马克思将家庭视为男权压迫的最终场所,福柯也和马克思一样将家庭视为一个特殊的体制,将家庭视为权力机制实施的最细微场所。大部分女性主义者也持相同的观点,认为性和婚姻的结合形成更加深厚的性别压迫,胡克斯就指出"家庭的存在是一种空间,在里面我们从出生开始便社会化地接受和支持压迫的各种形式"②。

此外,家庭是体现及保存"异性恋规范"(heteronormativity)的场所,异性恋规范生产并维持二元对立的思维模式,将异性恋之外的性关系排除

---

① 〔美〕盖尔·卢宾:《女人交易:性的"政治经济学"初探》,王政译,载〔美〕佩吉·麦克拉肯主编《女权主义理论读本》,广西师范大学出版社 2007 年版,第 77—78 页。

② 〔美〕贝尔·胡克斯:《女权主义文论:从边缘到中心》,晓征译,江苏人民出版社 2001 年版,第 44 页。

在外。巴特勒理论研究者塞缪尔·A. 钱伯斯（Samuel A. Chambers）和特勒尔·卡弗（Terrell Carver）在其著作《朱迪斯·巴特勒和政治理论：麻烦中的政治》（*Judith Butler and Political Theory：Troubling Politics*）中指出，福柯和巴特勒及一些性研究者都认同这样的观点："异性恋规范不仅建构了异性恋实践与异性关系，这个建构过程伴随着对其他性欲望、性关系和性身份的诋毁和贬低——尤其是同性恋和一些特殊的'家庭成员'。"①

在《消解性别》中，巴特勒明确提出解构异性恋家庭。巴特勒结合谱系学方法和人类学的研究成果发现，异性恋婚姻和家庭从根本上巩固了异性恋的统治，令亲属关系只能表征异性恋婚姻关系，因而巴特勒认为"只要婚姻关系依然是建立性与亲缘关系的唯一形式时，在性少数人群中构建可行亲缘关系和持久社会纽带就存在着变得难以被承认、难以存活的危险"②。所以要让性别身份真正得以解放，只揭示性别范畴的建构还远远不够，还必须揭示异性恋家庭和亲属关系的建构。

因而，巴特勒在质疑了社会性别和生理性别之后，继续深入家庭进行性身份的考察。索福克勒斯的《安提戈涅》是巴特勒用以分析家庭和亲属关系的重要文本。来自乱伦家庭、具有双性气质的安提戈涅身上表征了多重越界性，巴特勒用她来表征各种可能性。本章主要从几个方面展开论述：家庭作为排除非异性恋的机制如何运作；传统亲属关系对非异性恋的排除及当代亲属关系的悄然变化；安提戈涅反抗异性恋制度的可能性及其越界的悲剧处境。

第一节　解构异性恋家庭

今天，关于家庭在性别角色的限制和区分中所起到的重要作用，我们已经取得了一定共识。女性主义者认为，家庭限制了女性的生存空间，并通过添加一系列的道德需求来固化女性自身的性别角色。恩格斯认为"妇

---

① Samuel A. Chambers and Terrell Carver, *Judith Butler and Political Theory：Troubling Politics*, London and New York：Routledge, 2008, p. 121.

② ［美］朱迪斯·巴特勒：《消解性别》，郭劼译，上海三联书店 2009 年版，第 5 页。

女解放的第一个先决条件就是一切女性重新回到公共的事业中去"①,这个主张也为大多数人所认可。在文学和文化文本当中,"娜拉出走"式的行为依然是解放的重要戏码,一些学者认为这种方式可以有效打破传统的男女定位。

在巴特勒看来,呼吁女性通过走出家庭获得解放这依然落入了在不平等框架中讨论平等的套路。仅仅离开家庭是不够的,还必须重构家庭。因为传统的婚姻制度本身并不是建立在两性平等的基础上,旧式的婚姻依从"父母之命,媒妁之言",女性在其中作为被交换的物品并不具备自主性。在这样的婚姻和家庭关系中,以古希腊为例,按照阿伦特的说法,女性在古希腊城邦当中的地位与孩子、奴隶等同。两性关系在结构上的不对等促使巴特勒在思考社会对性别的生产之后继续深入思考家庭机制对性别的生产。基于盖尔·鲁宾和塞吉维克的研究,巴特勒发现,被物化的女性在家庭和婚姻关系当中只能表征他人的关系,即男人之间的关系。也就是说,家庭固然固化了性别的二元对立,同时异性恋家庭在某种程度上也表征了男性之间的关系。

一 家庭生产异性恋话语

目前在大多数国家,法律认可的婚姻是异性恋婚姻,在异性恋婚姻基础上建立的家庭形式是异性恋家庭。婚姻形态局限于异性,这令同性恋等其他亲密关系形式更加边缘化。基于此,巴特勒在解构性别范畴的过程中认识到,异性恋矩阵的运转不仅生产出二元对立的性别,同时通过婚姻更有力地将其他性少数群体排除在外,从而形成异性恋霸权的统治局面,并造就二元对立的思维模式,巴特勒将二元对立视为异性恋的表征。

在我们的话语系统中,支持异性恋二元对立的话语方式比比皆是。并且,无论是哲学当中源远流长的身心对立,还是"自然"与"文化"的对立,都习惯于利用男女的性别二分来解释和加强这种对立。在《性别麻

---

① [德]恩格斯:《家庭、私有制和国家的起源》,中共中央马克思、恩格斯、列宁、斯大林著作编译局译,人民出版社 1999 年第 3 版,第 76 页。

烦》中，巴特勒犀利地指出了二元对立的具体运作方式："文化和自然的二元关系助长了一种等级关系，在其中文化任意地把意义'强加'于自然之上，伸得自然成为一个'他者'，而对它极尽掠夺挥霍之能事，并且也在一个统治的模式上维护了能指的理想形式与意指的结构。"① 本书第二章在考察巴特勒身体观念的过程中，具体分析过巴特勒对这个等级序列的批判。还须进一步指出的是，用二元对立解释男女的性别二分或者反之用男女的性别二分来解释二元对立，都是在生产与维护这个等级话语的自然性与合理性，而巴特勒批判的目的不是做等级的翻转，她要深刻质疑这个体系本身的合理性。

在《安提戈涅的请求》中，巴特勒深刻批判了将男女两性的关系设想为个人性与普遍性相对立的思维方式。在黑格尔的著作中，我们可以看到二元对立的多次表述。在他的公式中，男人代表城邦，女人则代表家庭。女人代表个人性，男人代表普遍性，这些二元对立的元素，其关系难以调和。在《精神现象学》中，黑格尔主要通过对安提戈涅的分析来说明这个问题，黑格尔采用的文本是索福克勒斯《忒拜三部曲》当中所塑造的安提戈涅形象。安提戈涅是俄狄浦斯家族当中的又一个悲剧人物，由俄狄浦斯与拉伊俄斯乱伦所生。在《忒拜三部曲》最后一部《安提戈涅》当中，她的两位长兄波吕尼刻斯和厄忒额克勒斯争夺王位，双双战死。厄忒额克勒斯以保护城邦的身份战死，所以得到厚葬，而波吕尼刻斯因为领导七将攻忒拜，犯下叛国之罪而被摄政的克瑞翁下令不得埋葬。安提戈涅反抗克瑞翁的禁令埋葬了自己的长兄，并主动承担后果。在戏剧当中，安提戈涅与克瑞翁有数次言辞交锋，最后安提戈涅自杀而亡。

黑格尔将围绕安提戈涅的一切事件以及人物性格的冲突视为互相依存的两组元素，在两组元素之间存在辩证关系：一是按照神律，安提戈涅认为人死后当得到安葬，这与城邦的律法产生了冲突；另外，安提戈涅代表家庭，而克瑞翁代表城邦。这两组对比关系，黑格尔做了性别化的处理，

① ［美］朱迪斯·巴特勒：《性别麻烦：女性主义与身份的颠覆》，宋素凤译，上海三联书店 2009 年版，第 51 页。

即城邦属于男性，而女性的居所在家庭。城邦之法是男性之法，安提戈涅遵守的神律则是未经书写的女性之法。[①]

从城邦和家庭的对立，黑格尔引申出个体性和普遍性的问题。在黑格尔那里，人的个体性属于家庭，普遍性归于城邦，公民在家庭中享受快乐，而在城邦中则遵从公认的普遍秩序，过德行的生活。男女两性分别归属于城邦和家庭，从而代表不同的伦理性质。女性按其规定来说，是个别性的，但又始终保有普遍性。男性的个别性与普遍性则相互分离，其公民身份具有普遍性，但在家庭中与妻子的关系则混杂着个别性。两种关系之间既有相互勾连的可能，但又存在界限，城邦所表征的公民普遍性是超越于家庭的存在，如果逾越界限，那么封闭的家庭系统就会处于瓦解状态。[②]

巴特勒认为，将家庭和国家作为两个对立要素，无疑固化了男女的二元对立系统。家庭在这里作为性别身份述行的重要场所既固化了性别结构，也固化了异性恋的存在。黑格尔将女性的空间局限于家庭，同时将她们所遵奉的律法视为自然之法，认为女性与原始自然相联系，而男性则承担着现实生活的重大责任，黑格尔的这个论断将女性打回了远古社会。从某种程度上说，西方称为男性气质（masculinity）与女性气质（femininity）的二分与此密切相关。传统性别话语对男性气质的定义是孔武有力和充满力量，古罗马历史学家西塞罗认为，男性气质的核心是勇气，女性则拥有神秘的直觉、柔弱的体格和感性的心灵。同时，因为生育是女性的重要功能，所以母性是女性气质的主要表征，总的来说，女性气质与家庭活动密切关联。性别气质的二元定位具有天然的不平等结构，但却产生了深远的影响，正如珍·贝克·米勒（Jean Baker Miller）在《关于妇女的新心理学》（*Toward a New Psychology of Women*）当中指出的"性别差异的一个属性是结构上的永久不平等。在这种结构中，女人被等同于

---

① 参见 Judith Butler, *Antigone's Claim*: *Kinship between Life and Death*, New York: Columbia University Press, 2000, p. 38。

② 参见 ［德］黑格尔《精神现象学》（下），贺麟、王玖兴译，商务印书馆 1997 年版，第 18 页。

儿童，但与儿童的区别之一就是儿童一定会长大成为家长，但妻子不会长大成为丈夫"①。

　　黑格尔对安提戈涅的解读及其所提出的家庭与城邦的背离、个人性与普遍性等观点影响深远，不少女性主义学者也沿袭黑格尔将安提戈涅视为以女性力量来对抗国家权威的模范。对伊利加雷而言，安提戈涅以女性之身、作为亲属关系的维护者来反抗城邦的法律和克瑞翁的权威。同样，辛西莉亚·索约何姆（Cecilia Sjöholm）2004 年出版的解读安提戈涅的专著《安提戈涅情结》（*The Antigone Complex*）也是采用二元对立的方式思考安提戈涅的行为。而巴特勒提醒我们注意家庭和城邦两个要素之间重要的关联，它们并不是完全可以割裂开来的，没有家庭支撑的城邦是不存在的。②或许，福柯将家庭作为社会机制重要组成部分的考察，更容易说明这个问题。福柯认为，家庭与社会是社会总体体系中的两个部分，是对社会进行双重调节的两个机制。通过对权力机制的考察，福柯认为，当代的权力已经变成为令人活而不是让人死的生命政治学，而性的机制正是生命政治学的核心。性的家政学是微观权力的重要策略，其施加的场地正是在家庭当中："家庭机制因为它对其他权力机制的独立性与异态性，可以支持那些为了马尔萨斯式的生育率控制、人口论者的煽动、性的医疗化和它的不育形式的精神病学化而使用的重要'手段'。"③

　　尽管黑格尔的二元对立公式存在问题，但是这样的异性恋思维模式已经深刻渗透进对性别的各种认知当中。弗洛伊德虽然打破了生物决定论，但仍然坚持二元对立，他在《性学三论》中说："'男性'和'女性'的含义至少有三种用法：有时指'主动'和'被动'；有时指生物学含义；有时指社会学含义。第一种含义最为基本，也常为精神分析所用。"④

---

　　①　［美］伊芙·科索夫斯基·塞吉维克：《男人之间：英国文学与男性同性社会性欲望》，郭劼译，上海三联书店 2011 年版，第 222 页。

　　②　参见 Judith Butler, *Antigone's Claim: Kinship between Life and Death*, New York: Columbia University Press, 2000, p. 5。

　　③　［法］米歇尔·福柯：《性经验史》，佘碧平译，上海人民出版社 2005 年版，第 65 页。

　　④　［奥］弗洛伊德：《性学三论》，宋文广译，载［奥］西格蒙德·弗洛伊德《弗洛伊德文集》第二卷，车文博主编，长春出版社 1998 年版，第 572 页。

二元对立的异性恋模式具有强大的渗透力。巴特勒在早期的研究中指出，最悖论的是同性恋自身也在对异性恋的模式进行复制。例如，前面谈过的扮装即为对同性恋主动和被动角色在体态和服装上的区分，莫不是在异性恋的框架当中进行，因而必须考察生产异性恋话语方式的家庭如何建构。

二　家庭是同性关系的文化表征

巴特勒是一个兼收并蓄的学者，他人的理论对于她而言，无论是批判其错漏抑或认同其学说，皆可成为她前进的重要基石。女性主义的理论尤其如此，可以说，巴特勒是在批判第二波女性主义的过程当中获得今日"性别研究女王"的声名。正是通过对第二波女性主义缺陷的批判和修正，巴特勒获得了自身理论的生长点。前面我们多次谈到巴特勒对女性主义二元框架的批判，实际上，巴特勒从女性主义的发展当中受益良多。巴特勒在与盖尔·鲁宾关于《性的交易》的访谈中曾感谢鲁宾借用人类学的方法，为巴特勒的性别研究中找到了"一条在精神结构与社会结构的关系当中理解前者的途径"[1]。其中，两位人类学家的研究对女性主义的发展具有深远的影响。首先是路易·亨利·摩尔根（Lewis Henry Morgan）对古代社会形态的研究，正是在他的基础上，恩格斯写出了《家庭、私有制和国家的起源》，为性别研究者探究古代的联姻制度提供了重要的材料。第二是克洛德·列维—斯特劳斯（Claude Lévi - Strauss）对亲属结构的研究。

巴特勒运用人类学的方法，发现异性恋婚姻关系其实表征了男性间的社会关系和欲望。正如塞吉维克所说："我们不能认为同性社会关系是以异性恋为代价的；相反，同性社会关系（与同性恋不同）正是通过异性恋关系表达出来的。"[2] 首先，按照马克思主义的生产观点来看，女性作为人口再生产的重要工具在男人之间流通。马克思主义将历史的决定因素归为直接的生活的生产和再生产，主要有两种形式，"一方面，是生活资料即食物、衣服、住房以及为此所必需的工具的生产；另一方面，是人自身

---

① ［美］朱迪斯·巴特勒、盖尔·卢宾：《性的交易：盖尔·卢宾与朱迪斯·巴特勒》，载［美］佩吉·麦克拉肯主编《女权主义理论读本》，广西师范大学出版社 2007 年版，第 463 页。

② ［美］朱迪斯·巴特勒：《消解性别》，郭劼译，上海三联书店 2009 年版，第 142 页。

的生产，即种的繁衍"①。生产受到劳动和家庭的制约，妇女在人的生产当中起着关键作用，"作为妻子，女人不止确保了姓氏的再生产（功能性的目的），也实现了不同男性宗族之间象征性的结合"②。

在这样的制度当中，女人被当作礼物在父系宗族之间流动。巴特勒认为，女人在这样的交换当中被物化了，她们作为人的身份被抹除，而"只是一个关系条件，区分不同的宗族"③，女人将两个宗族结合在一起，但是既不能代表自己所出生的父系宗族，也不能代表她去联姻的那个宗族。在列维—斯特劳斯的研究中，亲属的称谓也显示了这一点。

巴特勒认为，异性恋婚姻关系不仅通过女性的交换表征男性的社会关系，同时也表征男性的同性欲望：

> 事实上，父系宗族之间的关系是建立在同性社群（homosocial）欲望（伊里格瑞一语双关地称之为"男/同性爱"［hommosexuality]）的基础上：它是一种被压抑、因而也是被鄙视的情欲；它是男人之间的关系。归根结底是关于男人之间的结盟，然而这却是通过异性恋制度对女人的交换和分配进行的。④

首先，不同宗族之间的联姻是通过交换女人以将男人结盟在一起。虽然摩尔根等一些人类学家从人种学的角度对此的解释是"没有血缘亲属关系的氏族之间的婚姻，生育出在体质上和智力上都更强健的人种；两个正在进步的部落混合在一起了，新生代的颅骨和脑髓便自然地扩大到综合了两个部落才能的程度"⑤。但巴特勒认为，在这种交易当中，女人被物化

① ［德］恩格斯：《家庭、私有制和国家的起源》，中共中央马克思、恩格斯、列宁、斯大林著作编译局译，人民出版社1999年第3版，第3页。

② ［美］朱迪斯·巴特勒：《性别麻烦：女性主义与身份的颠覆》，宋素凤译，上海三联书店2009年版，第53页。

③ 同上。

④ 同上书，第55—56页。

⑤ ［德］恩格斯：《家庭、私有制和国家的起源》，中共中央马克思、恩格斯、列宁、斯大林著作编译局译，人民出版社1999年第3版，第46页。

了，交换的主体其实是两个父系宗族，具体到两个男人之间。女人姓氏的由来正表明了这种情形。在西方的文化传统中，女人先被冠以一个父系姓氏，然后再改为丈夫的姓氏。在中国，不少底层妇女甚至没有自己的名字，而仅仅是顶着父亲和丈夫的姓氏就活过一生。

根据女人的这种低下地位，巴特勒说:"男人之间建立的互惠关系所形成的情况是，男人和女人之间极度非互惠的关系，以及女人之间彼此联系的断裂。"① 也就是说，通过被物化的女人为工具来进行交换，男人之间形成更紧密的联盟。

其次，从同性禁忌的历史来看，对男同性恋与女同性恋的社会容忍度也不尽相同。一方面存在明确的同性禁忌，《圣经》云:"不可与男人苟合，像与女人一样这本是可憎恶的。"② 巴特勒赞同鲁宾对同性禁忌的论断，即同性禁忌之所以存在是因为同性恋与婚姻和家庭的结构格格不入，并且同性恋与乱伦一样阻止了男人间交换女人。但如果对这个问题再深入思考就会发现，男性同性欲望的表达在一定范围内能够被社会接受。在《性经验史》当中，福柯钩沉了古希腊男性之爱的历史图景，苏格拉底及其弟子之间的关系等历史资料显示男性之爱在古希腊被宽容对待，因为它在男孩到男人的成长历程中扮演了重要的社会角色。K. J. 多弗（K. J. Dover）在其著作《希腊同性恋》（*Greek Homosexuality*）中也提供了相关资料，证实男同性恋在古希腊文化中是合法的，其广泛存在且深具影响。所以，巴特勒认为，从心理动因上来考察，交换女人的婚姻制度其实表征的是男性结合的强烈欲望。

巴特勒表示，塞吉维克对男性同性欲望的研究对她具有重要的参考意义。塞吉维克在著作《男人之间:英国文学与男性同性社会性欲望》当中，通过对文学文本和作家生平的解读深入探讨过男性同性欲望。塞吉维克的基本分析方法来自雷内·伊阿（René Girard）的"情欲三角"（erotic

---

① ［美］朱迪斯·巴特勒:《性别麻烦:女性主义与身份的颠覆》，宋素凤译，上海三联书店 2009 年版，第 56 页。

② 《圣经》新标准修订版，简化字和合本，中国基督教三自爱国运动委员会，中国基督教协会 2000 年版，第 18 页。

triangles)。伊阿通过分析感情三角关系，看到"在任何情欲敌对中，将两名敌手相联系的纽带和将敌手中任何一人与爱的对象相联系的纽带一样炽烈、有力"①。塞吉维克运用这个三角分析英国的文学作品，看到在男性作家们所书写的爱情故事中，"对每个女人而言，伴随着这些性叙事而来的就是，她不再能积极找寻以她为主体的权力，取而代之的是一个已经构建好的男性之间的象征权力交易，她的被歪曲，她的目的意识，最终证明她只是被指定的客体"②。譬如，在分析威廉·威切利（William Wycherley）的戏剧文本《乡村太太》（*The Country Wife*）当中交错的男女关系时，塞吉维克发现了这样一个现象：女性要获得自己异性伴侣的肯定，首先要得到他的男伴的认同，这是一个微妙的现象。"给人戴绿帽"是更极端的行为，塞吉维克认为这其实应当是一个男人施加于另一个男人的性行为。

巴特勒对家庭结构反映异性关系的质疑，具有双重的效果：既指出异性结构其实表征了男性之间的关系，同时因为在这种结构当中男女的极度不对等，再次说明了女性主体的虚妄。

三 反父权制的起源表述

巴特勒解构家庭的策略主要在于质疑家庭具有异性恋的排除结构，但同时却表达了男性之间的同性关系。而其他一些学者研究男性霸权的主要策略则是通过追寻男权制的起源来探寻两性不平等的起因，进而质疑男权制存在的合理性。

人类学或者历史学的考古发现为我们呈现出了不少相应的证据。列维—斯特劳斯在《结构人类学》中为我们呈现了男主打猎、女主采摘果实的生产方式造成了社会地位分化，解释了性别的二元对立是在长期的经济生产和社会生活的分工中所形成，由于男女两性在分工上对社会经济生产的贡献不同，最终导致了男女两性的不平等。

---

① ［美］伊芙·科索夫斯基·塞吉维克：《男人之间：英国文学与男性同性社会性欲望》，郭劼译，上海三联书店 2011 年版，第 27 页。

② 同上书，第 198 页。

马克思主义对家庭起源和变迁的研究影响更为深远。马克思和恩格斯都认为,社会财富的增加及相应地由公有转为私有给了母权制家庭一个强有力的打击,"财富一方面使丈夫在家庭中占据比妻子更重要的地位;另一方面,又产生了利用这个增强了的地位来废除传统的继承制度使之有利于子女的原动力"①。所以,母权制必须被废除,也因此被废除。这便导致了女性具有世界历史意义的失败,此后丈夫在家中掌握权柄,妻子被贬低为丈夫淫欲的奴隶和进行人口再生产的工具。

马克思主义的观点从社会经济发展的角度解释了父权制产生的必然性,女性主义者基于此认为父权制有其开端自然也会有终结,所以要致力于寻求母权制的蛛丝马迹作为建立未来女性乌托邦的潜在资源。所以,中国人类学研究者蔡华研究纳西人的论文在法国甫一发表,就在人类学和性别研究领域引起热烈讨论,西方学者认为这为他们提供了母权制存在的鲜活范例。

在第一章中谈过,巴特勒对历史的分析采用了谱系学方法。谱系学质疑起源,因为一切对起源的解释都可能会犯倒果为因的错误。巴特勒认为,马克思主义者等对父权制起源的解释正是犯了这样的话语错误,经过他们的话语阐释之后,父权制成为人类不可避免的历史方向。女性主义者则试图在这个框架当中寻找母权制存在的根据,并且最终要根据这个过去的母权制历史构建一个女性统治的乌托邦未来。在巴特勒看来,追溯男权制起源无疑承认了男权制的合理性及其存在的历史性,这与巴特勒一贯坚持用谱系学质疑历史合理性和不可避免性的主张背道而驰。

巴特勒借助德里达对卡夫卡小说《在法律门前》的解读来说明起源的虚妄。德里达认为,就像康德所说的道德没有历史一样,"法被授予绝对权威,它一定是没有历史、没有起源或任何衍生体的"②。德里达的这一说法与谱系学同气相求,谱系学坚持历史是破碎的并且没有起源。巴特勒

---

① [德]恩格斯:《家庭、私有制和国家的起源》,中共中央马克思、恩格斯、列宁、斯大林著作编译局译,人民出版社1999年第3版,第55页。

② [法]雅克·德里达:《文学行动》,赵兴国等译,中国社会科学出版社1998年版,第128页。

据此批判所谓父权制的起源及其历史是被建构的产物，进而得出结论：
"诉诸这个法律之前的时代而对这个法律做出批判，也同样是不可能
的。"① 也就是说，既然我们所看到的父权制起源及历史是人类单一化书
写的结果，它是否吻合所谓历史的真实就有待商榷，由此一来试图追溯父
权制产生之前的母权制，这就是站在虚空之中寻求虚空的行为，因而巴特
勒认为对母权制的追寻只是一种乡愁式的回归。

　　同时，巴特勒指出，试图根据母权制的理想来打造未来女性乌托邦的
想象，这无形中拒绝了性别多元共存的可能性，"这样的理想不仅往往流
于为文化上的保守目标服务，也在女性主义阵营里形成一种排他性的实
践，反倒加速造成了这个理想原本一心想克服的分裂问题"②。对于主张
打破二元对立、坚持性少数群体联盟的巴特勒来说，这是女性主义最大的
缺陷之一。女性主义在发展历程中，要求妇女团结起来反抗男权的革命性
主张曾经一度引领女性主义及其社会运动向前发展，这些主张包括女性书
写自身的历史和形象等内容。这对于唤醒女性意识的觉醒具有重大作用，
但是一味强调男女的差异，以及将性别解放事业局限于女性自身也难免故
步自封。巴特勒批判这样的思维方式并未从根本上摆脱异性恋霸权和男性
霸权的影响，甚至有可能导致女性主义走向自身的封闭。

　　总之，巴特勒对异性恋家庭的解构深刻揭示了异性恋模式对二元对立
思维的影响，但这种思维模式本身却也可以相互转化。巴特勒运用谱系学
对父权制历史彻底的解构虽然具备策略上的合理性，但其现实性及合理性
却有待商榷。尽管如此，她激进的思维方式有力解构了二元对立的视角，
这对我们思考多元并存富有极大的启发意义。

第二节　俄狄浦斯家族与多元亲属表征

　　巴特勒认为，婚姻包含了异性恋的性关系，而亲属关系则通过异性恋

---

　　① ［美］朱迪斯·巴特勒：《性别麻烦：女性主义与身份的颠覆》，宋素凤译，上海三联书
店 2009 年版，第 49 页脚注。
　　② 同上书，第 50 页。

的婚姻关系来传承和复制，这种复制具体以人口再生产的方式进行。因此，在异性恋的婚姻制度中，婚姻和亲属关系之间存在必然的联系。亲属关系是其他诸多关系的重要关联点，"要把亲缘关系和财产关系（把人想象成财产）分开，和有关'血缘'的虚构分开，以及和维系这些血缘的国家和种族利益分开，是不可能的"①。

在古代社会，亲属关系是联系人际关系最强的纽带，同时亲属关系的结构规定了每个人在家庭当中的具体位置，确立了家庭成员的性别差异。巴特勒认为，这是异性恋建立单一文化、单一文化又来复制异性恋的典型，古往今来，这种单向、稳固复制的亲属结构事实上一直潜藏着涌动的暗流。在当代社会，随着人工生殖技术的出现，以及全球化带来的人口流动等社会语境的变化，今天仅仅依靠婚姻形式已经难以解释亲属关系的现状。人类学领域对此最为敏感，发展出"后亲属关系"（postkinship）的相关研究。

通过对亲属关系的考古，巴特勒认为，亲属也是微观权力的产物。同时，面对当代家庭破碎与重组、家庭形式已经开始出现非异性恋婚姻等多元化的趋势，巴特勒主张将亲属关系也视为一种述行，它是社会实践也反映社会实践。巴特勒结合对性别建构的研究，将亲属关系作为性机制中的重要运转环节来考察亲属的述行。

一　俄狄浦斯家族：亲属与血缘的背离

巴特勒认为，亲属关系是异性恋婚姻关系中的重要结构。巴特勒对亲属关系的研究表明，亲属关系在异性恋规范中主要起到两个作用：在家庭中规定家庭成员的位置，以这个位置为基础限定家庭成员的性别气质，主要表现为男性气质与女性气质；二是对血缘关系的管理。因而，和社会性别对生理性别的占有一样，亲属和血缘之间的关系也表现为社会因素对生物因素的占有。

（一）俄狄浦斯情结的编码

研究者塞缪尔·A. 钱伯斯和特勒尔·卡弗指出，巴特勒在《安提戈

---

① ［美］朱迪斯·巴特勒：《消解性别》，郭劼译，上海三联书店 2009 年版，第106页。

涅的请求》中展示了乱伦禁忌的功能，它有力地维持了异性恋并生产了家庭成员的结构。① 乱伦禁忌历来为性别研究所重视，精神分析将乱伦禁忌视为原初禁制，列维—斯特劳斯的结构人类学将乱伦禁忌视为人类普遍的文化原则。埃米尔·涂尔干（Emile Durkheim）和列维—斯特劳斯对原始社会的研究都有类似的资料表明，乱伦禁忌在人类社会当中具有普遍性。《旧约·利未记》里，耶和华对摩西有关淫乱的禁令，首当其冲的即为乱伦禁忌："你们都不可露骨肉之亲的下体，亲近他们"。② 在色诺芬（Xenophon）《回忆录》中，苏格拉底也发表过禁止父女、母子之间发生性关系的言论。

　　人类学学者和女性主义者通常会认为乱伦禁忌是对性欲的管理，假如乱伦存在的话就会阻碍人员的流通，主要会影响女人的交换：

　　　　我们所阐明的亲属关系的原子带有原始的和无法省约的特点，这个特点实际上直接来自于世界上普遍存在的乱伦禁律。这条禁律不外乎是说，在人类社会里，一个男人只能从另一个男人那里得到妻子，后者是以女儿或姐妹的形式向他出让的，除此以外别无他途。于是，我们就无须再解释舅父何以出现在亲属关系的结构里；他并非出现在那儿，而是那个结构的直接给定物，那个结构的存在条件。③

　　在巴特勒看来，保障女人的流通只是乱伦禁忌的功能之一，乱伦禁忌还体现了社会机制对家庭机制的管理和渗透。正如福柯所说："为了管理性，西方人依次地设想了两套庞大的法规体系——联姻法律和性欲秩序。"④ 乱伦禁忌和同性禁忌在这个体系中起到了为家庭成员编码的重要作用，既安

---

① 参见 Samuel A, Chambers and Terrell Carver, *Judith Butler an Political Theory*: *Troubling Politics*, London and New York: Routledge, 2008, p. 122。

② 《圣经》新标准修订版，简化字和合本，中国基督教三自爱国运动委员会，中国基督教协会 2000 年版，第 18 页。

③ ［法］克洛德·列维—斯特劳斯：《结构人类学》（1），张祖建译，中国人民大学出版社 2006 年版，第 49—50 页。

④ ［法］米歇尔·福柯：《性经验史》，余碧平译，上海人民出版社 2005 年版，第 26 页。

排了家庭成员的位置,也确立了性别差异。

巴特勒认为,俄狄浦斯情结有助于我们理解乱伦禁忌的功用。俄狄浦斯情结是精神分析的重要成果,精神分析的理论历来重视对乱伦禁忌的考察,俄狄浦斯情结既表明了乱伦的欲望,又是对欲望的禁止。弗洛伊德认为,对俄狄浦斯情结的管理最终促成家庭成员的定位和性别角色的分配:

> 乱伦的屏障 (the barrier against incest) 对孩子来讲最简单的方式就是选择自童年期起就用抑制的力比多去爱的人为对象。然而。由于性成熟的拖延,孩子们有时间去建立了反对乱伦的屏障和其他的性限制,道德戒律使孩子绝对不能选择与其有血亲关系又曾爱过的人为性对象。对这一屏障的敬重完全是社会的文明要求,社会绝不愿家族庞大到威胁更高级的社会组织的程度。对每一个体,尤其是成年男性,社会会竭尽所能松散其与家庭的联系,这种联系在童年期是唯一重要的。①

巴特勒认为,在这个结构中,父母的地位也是通过乱伦禁忌分化出来的:"母亲是儿子和女儿不能与之发生性关系的人,父亲也是儿子和女儿不能与之发生性关系的人,母亲是只能和父亲发生性关系的人等等。"②与此同时,性别的位置也被规定,即男人拥有父亲的位置,女人拥有母亲的位置,因而亲属关系的编码通过乱伦禁忌得以完成。

应当注意到,弗洛伊德对成年男性远离家庭的要求,与黑格尔的二元公式相吻合,即女性代表个人性,主要局限于家庭,男性由于代表普遍性而要生活在公众当中。在这样的公式中,男人会逐步选择通过脱离家庭来确立其男性的角色,女人则因为被置放在母亲的位置,承担着人口再生产的功能,而与家庭的联系越来越紧密。由于女性在孕育生命过程中起着关

---

① [奥] 弗洛伊德:《性学三论》,宋文广译,载 [奥] 西格蒙德·弗洛伊德《弗洛伊德文集》第二卷,车文博主编,长春出版社 1998 年版,第 575—576 页。

② [美] 朱迪斯·巴特勒:《消解性别》,郭劼译,上海三联书店 2009 年版,第 44 页。

键作用，女性甚至被直接等同于身体，被作为缺乏理性的表征，而男性则成为理性的代表。由于家庭对女性身份的限制性，恩格斯认为"妇女解放的第一个先决条件就是一切女性重新回到公共的劳动中去"①。

虽然人类学和精神分析的研究为我们解释了家庭和亲属关系结构的形成，但巴特勒却犀利地指出这两个禁忌实际上是幻想性的："这个禁忌存在，决不表示它就能够有效地运作；相反地，它的存在显示了欲望、行动。"② 并没有足够的证据表明乱伦是人普遍的欲望，相反，它可能从来没有犯过，是禁忌逆向生产了乱伦欲望之后再对之加以禁止。涂尔干的研究也显示，乱伦禁忌本身存在诸多矛盾。涂尔干认为，"人们之所以谴责乱伦，是因为乱伦在他们看来是应该谴责的。"③ 巴特勒指出，列维—斯特劳斯将乱伦禁忌定为普遍的文化事实，令人类学和精神分析之间建立了联系。列维—斯特劳斯假定人类有乱伦的欲望倾向，但其实这个禁忌是律法的结果，这与第二章所谈的精神分析性别抑郁结构相类似。精神分析所生产的异性恋情欲作为压抑律法被内化后，生产出相应的性别身份和异性恋情欲，与此同时将正常的欲望假定为异性恋，而将其他欲望病理化。巴特勒认为，这个运作机制极其强大："从谱系学的角度来看，这样的倒果为因，并且要把这个律法的结果通过话语运用而深刻固化在人类的原始社会，人类诞生之始。这样几乎就和基督教当中的亚当夏娃的原罪有异曲同工之处。"④

巴特勒抨击乱伦禁忌的幻想性，意在说明因为乱伦禁忌而形成的亲属关系其实生产了异性恋的欲望和两性性欲，而由于乱伦本身是幻想的产物，那么由此而形成的亲属关系及异性恋欲望的稳定性就应该遭到质疑，

---

① ［德］恩格斯：《家庭、私有制和国家的起源》，中共中央马克思、恩格斯、列宁、斯大林著作编译局译，人民出版社1999年第3版，第76页。
② ［美］朱迪斯·巴特勒：《性别麻烦：女性主义与身份的颠覆》，宋素凤译，上海三联书店2009年版，第58页。
③ ［法］爱弥尔·涂尔干：《乱伦禁忌及其起源》，汲喆、付德根、渠东译，上海人民出版社2003年版，第41页。
④ ［美］朱迪斯·巴特勒：《性别麻烦：女性主义与身份的颠覆》，宋素凤译，上海三联书店2009年版，第38页。

这个观点主要受到盖尔·鲁宾的启发。鲁宾认为，结构主义的亲属关系原则其实也显示了人类性欲组织的基本原则："这包括乱伦禁忌、强制性异性恋以及两性的不对称的划分。社会性别的不对称——交换者与被交换者间的差别造成了对女性性行为的束缚。"[①]

（二）挑战血缘的酷儿

福柯认为，"长久以来，血缘一直是权力机制及其表现和规则中的一个重要成分。它的价值就在于它的工具作用（能够输出血液）、它在符号秩序中的功能（有某一种血缘、是同一种血缘、愿意用自己的血缘来冒险）以及它的暂时性（易于扩散和干涸，在血缘混合方面非常敏捷，也容易快速堕落）"[②]。巴特勒在分析安提戈涅的过程中，注意到一个显而易见的事实：在生育后代的过程中，女人的身体担负着更重要的职责，从这个角度说女人才是血缘（blood）的延续者和生产者，但通常亲属结构体现的却是父系宗族的关系。因而，巴特勒开始追问：我们所谓的亲属关系，到底在多大程度上体现了血缘关系？

以安提戈涅为例，从黑格尔到拉康，安提戈涅都被认为是亲属关系的维护者。黑格尔将亲属关系视为社会伦理法则，认为安提戈涅的悲剧性就在于她将亲属关系视为高于城邦的法律。拉康则将亲属关系视为象征界的法律，它在结构层面上主导安提戈涅的行为。女性主义者也认同这样的观点，伊里加雷即认为安提戈涅反抗克瑞翁的力量来自她所表征的亲属关系和血缘关系。[③] 根据目前通行的界定亲属关系的基本条款，亲属关系起源于血缘、婚姻和收养人，安提戈涅由于与波吕尼刻斯有血缘关系，所以他们之间自然存在亲属关系，因而她的行为应当是在维护亲属关系。

巴特勒却发出疑问：安提戈涅能否表征亲属关系？作为俄狄浦斯与拉

---

① ［美］盖尔·卢宾：《女人交易：性的"政治经济学"初探》，王政译，载［美］佩吉·麦克拉肯主编《女权主义理论读本》，广西师范大学出版社2007年版，第55页。

② ［法］米歇尔·福柯：《性经验史》，佘碧平译，上海人民出版社2005年版，第95页。

③ 参见 Judith Butler, *Antigone's Claim：Kinship between Life and Death*, New York：Columbia University Press, 2000, p. 4。

伊俄斯生的女儿，安提戈涅与其家庭成员的血缘关系毋庸置疑。安提戈涅是乱伦而生的产物，她在亲属结构中是俄狄浦斯的女儿，但从血缘角度来看，俄狄浦斯身兼父亲与长兄的双重身份。俄狄浦斯家族纷繁复杂的成员关系在传统的亲属结构中难以表达。巴特勒认为，按照列维—斯特劳斯的结构主义亲属关系图表，乱伦被排除在亲属关系之外，因而安提戈涅在亲属关系中难以找到自身的位置。① 在精神分析那里，我们也多次看到性别角色和家庭成员是通过乱伦禁忌来定位，以乱伦禁忌为前提的定位事实上已经把乱伦的产物排除在外。安提戈涅在这样的系统中就是一个被排除的对象，所以由于安提戈涅在亲属关系中无处安放，巴特勒质疑她是否能够以维护亲属关系的姿态出现。

通过安提戈涅在亲属关系中的困境，巴特勒首先要批判的是亲属关系对血缘关系的强占，正因为如此才导致安提戈涅与家人有血缘却难以在传统亲属结构中定位的困境。安提戈涅的困境表明，表面上按照生物维度所确立的血缘关系，实际上也是话语的产物。这个过程如同生理性别对身体的强行占有，事实上是亲属关系生产了血缘关系，最后将生产的痕迹抹除，显现出来的现状却是亲属关系反映了血缘关系。巴特勒强调，无论是黑格尔将亲属视为伦理原则，还是拉康将其看作象征法律，"这些都说明亲属关系不是自动进入社会，而是社会通过暴力宣布将其据为己有"②。

目前，我们主要通过婚姻关系和血缘关系来确定亲属关系，而由于在大部分国家和地区，异性恋婚姻依然是唯一合法的婚姻形式，所以背后的潜规则就是异性恋婚姻的产物才能真正进入亲属关系的序列，这正是巴特勒解读俄狄浦斯家族乱伦关系的最终旨趣：批判受异性恋范畴管辖的亲属关系，而非解构乱伦禁忌。

巴特勒指出，男人和女人的位置保障了性交易的可能，并且保障了生殖纽带，并禁止了别的形式。"从这个观点来看，一个人的性别反映了性

---

① 参见 Judith Butler, *Antigone's Claim*: *Kinship between Life and Death*, New York: Columbia University Press, 2000, p. 19。

② Ibid., p. 3.

关系（这些关系中，有些是被禁止的，有些是被要求的）是如何规范并制造了社会主体的"①。亲属关系将那些难以定位的关系视为不可理解（unintelligible）的，从而拒绝对其言说，完全地排除在外，"一切没有被纳入生育和繁衍活动的性活动都是毫无立足之地的，也是不能说出来的（同性恋无疑是这样的）"②。福柯认为，对血统的狂热终于演变成了法西斯国家政治，酿成人类有史以来最大的屠杀。巴特勒在《消解性别》当中也谈到对维持血缘"可理解性"的狂热其实有变成种族主义的危险。

从巴特勒的视角来看，通过亲属观念来运作血缘关系，这对性少数群体产生了新的限制。禁忌是一种分类方式，它的存在既是一种禁律，也是一种认可。如同鲁宾所说："乱伦禁忌把性选择的世界，划分为允许的与禁止的性伴侣范畴。"③ 亲属关系的运作存在类似的结构："对于那些以列维—斯特劳斯的分析为基础的结构主义心理分析家来说，乱伦禁忌制造了异性亲缘关系，而且将与之不符的爱情形式排除在爱与欲的世界之外。"④ 巴特勒认为，亲属关系的管制具有双重效果：它规定了异性恋婚姻的合法性，也在这个层面上进一步限制了性少数群体的权利。目前，性少数群体的运动已经取得一定成果，在少部分国家和地区，同性恋婚姻已经取得艰难的认可。

但是，即便在这些宽容非异性恋婚姻形式的地方，却严格控制同性恋收养等权限。在巴特勒看来，此举是通过管制亲属关系来切断性少数群体进行再生产的社会纽带，"只要婚姻关系依然是建立性与亲缘关系的唯一形式时，在性少数人群中构建可行亲缘关系的持久社会纽带就存在着变得难以被承认、难以存活的危险"⑤。

巴特勒认为，从目前的社会运动状况来看，"与改变亲缘关系的前提、改变个人或多人生养或收养孩子或合法地共同抚养孩子的权利所必

---

① ［美］朱迪斯·巴特勒：《消解性别》，郭劼译，上海三联书店 2009 年版，第 48 页。
② ［法］米歇尔·福柯：《性经验史》，余碧平译，上海人民出版社 2005 年版，第 4 页。
③ ［美］朱迪斯·巴特勒：《性别麻烦：女性主义与身份的颠覆》，宋素凤译，上海三联书店 2009 年版，第 98 页。
④ ［美］朱迪斯·巴特勒：《消解性别》，郭劼译，上海三联书店 2009 年版，第 163 页。
⑤ 同上书，第 5 页。

需的前提相比,象征性地采用婚姻或婚姻式的结合形式是更容易让人接受的"①。在美国一些州,目前的限制方式是将承认家庭伴侣与双亲的权利分开。在法国,公民结合契约(PACS)对同性结合采取了较为开放的姿态,但却限制了孩子的联合领养权。诸如西维安娜·阿嘎辛斯基(Sylviane Agacinski)等学者支持限制性少数群体领养权,其理由之一是"文化本身规定一个男人和一个女人一起生一个孩子,而这个孩子以这一双重参照点进入象征秩序,同时,这个象征秩序有一套规则来控制及支持我们对现实和文化的可理解性的感觉"②。这里所显示出来的依然是对文化能否复制异性恋的担忧,即假如孩子不在一个异性恋的家庭当中成长,就难以在俄狄浦斯结构当中找到自己的位置,从而健康地成长。巴特勒认为,这种观点深受结构主义人类学将异性婚姻和亲属关系视为普遍的文化复制的影响。

其实在结构主义人类学的基础上,人类学研究已经做出了重大的革新,巴特勒指出"后亲属关系"(postkinship)的研究"已经扩展了亲缘关系的意义和可能形式,而且已经对亲缘关系是否总是定义文化的关键因素提出了质疑"③。弗兰克林和麦金农等也看到亲属关系的单义性和固定性已经开始遭到挑战,戴维·施耐德提出类似述行的主张:"亲缘关系是一种'做法'(doing),这种做法并不反映某种已有的结构,而只能被理解为一种被实施的实践。"④巴特勒明确主张将亲属关系扩展到异性恋关系之外,以开放的态度来看待亲属关系,这样才能实现彻底的性别解放。

(三)亲属多元建构的可能

马克思主义从社会经济的角度为我们寻求开放的亲属关系提供了有益的启示。通过摩尔根的研究,恩格斯已经认识到亲属关系是被动的要素:

家庭是一个能动的要素;它从来不是静止不动的,而是随着社会

---

① [美]朱迪斯·巴特勒:《消解性别》,郭劼译,上海三联书店2009年版,第107页。
② 同上书,第122页。
③ 同上书,第132页。
④ 同上书,第127页。

从较低阶段向更高阶段的发展，从较低的形式进到较高的形式。反之，亲属制度却是被动的；它只是把家庭经过一个长久时期所发生的进步记录下来，并且只是在家庭已经根本变化了的时候，它才发生根本的变化。①

所以，盖尔·鲁宾认为，恩格斯已经认识到性文化关系自身具有再生产能力，"性文化关系"能够而且必须同"生产关系"区分开来。盖尔·鲁宾意识到，性机制与社会其他机制一起运作，受其影响："在一整套组织安排中，人的性与生育的生物原料既被人与社会的干预所塑造，又在习俗的方式中获得满足，无论有些习俗是多么稀奇古怪。"② 可以看到，这个观点受惠于福柯所设想的性机制。福柯对权力机制的构想包括两大部分：社会和家庭的双重调节，家庭作为权力的末端，其调节机制隐秘而高效："家庭机制因为它对其他权力机制的独立性与异态性，可以支持那些为了马尔萨斯式的生育率控制、人口论者的煽动、性的医疗化和它的不育形式的精神病学化而使用的重要'手段'。"③

这里显示出了悖论：首先，正如我们本章开宗明义所强调的，性机制并不是独立运作的，对性机制的考察要与其他权力运作结合；其次，既要让性机制彻底从异性恋机制中解放出来，又要寻找性机制独立出来的可能，这样做的最终目的是要让生理化的、自然化的性能够重获自由。这是探寻权力反作用的努力，但未必就是虚妄。用福柯的话来说，权力的神经末梢通过家庭、婚姻、亲属关系到达性的领域，"家庭就是性经验机制中的水晶体：它看来是在传播一种实际上被它反射和衍射的性经验。通过它的可渗透性和这一向外界传递的活动，它对于这一机制来说最珍贵的策略要素之一。"④ 这个机制可以生产，也可以通过生产机制来反生产。

---

① ［德］恩格斯：《家庭、私有制和国家的起源》，中共中央马克思、恩格斯、列宁、斯大林著作编译局译，人民出版社 1999 年第 3 版，第 28 页。
② ［美］盖尔·卢宾：《女人交易：性的"政治经济学"初探》，王政译，载［美］佩吉·麦克拉肯主编《女权主义理论读本》，广西师范大学出版社 2007 年版，第 41 页。
③ ［法］米歇尔·福柯：《性经验史》，佘碧平译，上海人民出版社 2005 年版，第 65 页。
④ 同上书，第 73 页。

如同精神分析既兼具父权制和异性恋霸权，然而又包含转换性一样，巴特勒在亲属关系领域看到结构主义的亲属观念存在反叛的可能。列维—斯特劳斯认为，"一个亲属关系的系统的本质并不在于那种人与人之间在继嗣上或血缘上的既定的客观联系；它仅仅存在于人的意识当中，它是一个任意的表象系统，而不是某一实际局面的自然而然的发展"①。在巴特勒看来，列维—斯特劳斯在这里将亲属关系理解为文化和语言观念，这是具有历史意义的进步，因为将亲属从社会中分离是结构主义遗产中最反黑格尔的，这也为我们从建构的角度理解亲属关系指明了新的方向。②

不过列维—斯特劳斯虽然将亲属关系视为语言和文化的结构，但由于他的亲属结构仅仅只是反映现有的结构，所以它本身并没有建构性。就像盖尔·卢宾对拉康亲属结构的批评："在拉康的精神分析理论中，是亲属称谓指明了一个关系结构，而这个结构将决定俄狄浦斯戏剧中任何个人或物体的角色。"③ 如此一来，列维—斯特劳斯和拉康的亲属关系都具有非可塑的特点。

在《消解性别》当中，巴特勒提出了新的亲属关系主张。她认为，亲属关系不是完全独立的系统，并且主张将亲属关系视为述行的实践：

> 亲缘关系的具体实践应对的是人类依靠性的基本形式，这些形式可能包括生殖、抚养、有关情感依靠和支持的各种联系、各代人之间的纽带、疾病、弥留以及死亡（这些只是其中的一些形式）。亲缘关系既不是一个完全独立自主的领域，号称要通过某种定义似的法令与社群和友谊——或是国家法规——完全区别开来，也绝不是已经"结束"或"死去"了的东西。④

---

① ［法］克洛德·列维—斯特劳斯：《结构人类学》（1），张祖建译，中国人民大学出版社2006年版，第54页。

② 参见 Judith Butler, *Antigone's Claim: Kinship between Life and Death*, New York: Columbia University Press, 2000, p. 19.

③ ［美］盖尔·卢宾：《女人交易：性的"政治经济学"初探》，王政译，载［美］佩吉·麦克拉肯主编《女权主义理论读本》，广西师范大学出版社2007年版，第61页。

④ ［美］朱迪斯·巴特勒：《消解性别》，郭劼译，上海三联书店2009年版，第105页。

巴特勒的这个主张让我们看到，巴特勒的最终目的并非要摧毁异性恋家庭，而是延续她一直以来对身份范畴的质疑，要让知识范畴适应社会实践，而非强行控制社会变迁。

二　亲属关系的扩张实践

从当代社会亲属关系现状及人类学的一些研究成果当中，巴特勒为自己将亲属关系视为社会实践的观点找到了相应的依据。人类学研究表明，婚姻形态并非固定不变，而是随着社会变迁而改变。人类在旧石器时代后期盛行的是群婚，中国典籍《吕氏春秋·恃君览》记载："其民聚生群处，知母不知父，无亲戚兄弟夫妻男女之别，无上下长幼之道。"① 摩尔根认为，在群婚之后古代的家庭形式经历了血缘家庭、普那路亚家庭、对偶制家庭和专偶制家庭的变迁。血缘家庭里，兄弟姐妹的关系也包括相互的性关系，古希腊神话中宙斯和赫拉的结合即是血缘家庭的表征。普那路亚家庭则是一定的家庭范围内共夫和共妻，但将妻子的兄弟与丈夫的姐妹排除在外。对偶婚则进一步排除血缘关系，是不同氏族的同辈男女相互结合。对偶婚的男女长时期固定同居，便逐渐形成专偶制。恩格斯认为，这种家庭是"建立在丈夫的统治之上的"②。家庭的历史性变迁表明，家庭从来不是一个稳定的因素，与之相应的亲属关系必然也呈现出变化的态势。

人类学家对中国纳西人家庭制度的研究则为母系制度的存在找到了现实的依据。1997 年，法国大学出版社出版了中国学者蔡华的专著《一个无父无夫的社会：中国的纳西人》，在西方社会引起巨大反响。列维—斯特劳斯指出："在这个社会里，父亲的角色'被否认或贬低了'。"③ 巴特勒认为，中国纳西人的社会形态显示出另一种亲属形态，即亲属关系并非通过婚姻纽带进行传承，亲属关系的结构由母亲来决定而非父亲。

---

① 《吕氏春秋》，转引自张崇琛《中国古代文化史》，甘肃人民出版社 2005 年版，第 163 页。
② 恩格斯：《家庭、私有制和国家的起源》，中共中央马克思、恩格斯、列宁、斯大林著作编译局译，人民出版社 1999 年第 3 版，第 61 页。
③ ［美］朱迪斯·巴特勒：《消解性别》，郭劼译，上海三联书店 2009 年版，第 107 页。

　　实际上，早在 20 世纪 70 年代，国内学者詹承绪等在 1963 年到 1976 年间多次赴云南宁蒗县永宁区实地调查当地纳西人的婚姻状况，著作《永宁纳西族的阿注婚姻和母系家庭》是其科研成果之一，该著作运用马克思主义观点分析了纳西族母系家庭。参与调查的学者们发现，阿注婚姻的形态是"女不嫁，男不娶，各居一家，偶居期中所生子女概属女方，由女子负责教养，男子没有抚养教育的责任"①。因此，血缘关系依照母系计算，财产也按母系来继承。在这种婚姻形态下，由于女子结交男阿注众多，可能出现难以辨认子女父亲的情况，或者子女与父亲的关系淡漠："子不认父、父不认子的事例，在当地屡见不鲜。"②

　　学者们十余年的跟踪调查表明这种婚姻形态是混杂的，一方面它还存在群婚制残余，有一些家庭成员有"共妻"或者"共夫"的现象，但已经出现由对偶婚向一夫一妻制过渡的趋势，主要表现为"认子"习俗的产生，由于男方"认子"便随之产生了父亲的观念。另一方面，因为其所处的社会阶段不是在氏族社会而是长期在封建领主制度下发展，"因此它又和古典的初期对偶婚有所不同，在某些方面已经出现了显著的变异与畸形，打上了阶级社会中商品货币的印记"③。

　　纳西族阿注婚姻形式在西方的介绍主要对结构主义人类学和女性主义造成了重大影响：它冲击了结构主义人类学认为亲属关系由父系传承的观念，女性主义者则从中看到了母权制乌托邦的曙光。巴特勒对这个问题的认识是矛盾的，前面论及她反对女性主义重建母权制乌托邦的构想，但是在《消解性别》和《安提戈涅的请求》这两部主要探讨家庭和亲属关系的著作中，她对这种婚姻形态所表现出的女性主导地位又大加赞赏。

　　需要注意的是，巴特勒及西方一些学者仅仅将阿注婚姻制度视为女权的表达有失公允。调查资料显示，在 20 世纪五六十年代，永宁中心地区盛行阿注婚姻，周边地区则已经较早进入一夫一妻制。在社会生产发展方

---

① 詹承绪、王承权、李近春、刘龙初：《永宁纳西族的阿注婚姻和母系家庭》，上海人民出版社 2006 年版，第 9 页。
② 同上书，第 71 页。
③ 同上书，第 89 页。

面,中心地区商品经济极为落后,手工业和商业还依附于农业,社会经济文化的发展都落后于其他地区。由于商品匮乏,与周边地区形成鲜明对比,后来导致他们在结交阿注时开始重视金钱因素,有一些甚至令性关系在某种程度上直接沦为金钱交易。在经济和文化相对落后的情况下,这种自由的性关系还导致疾病的高发。"据 1958 年宁蒗县卫生院与永宁区卫生所普查的结果显示,中心区的忠实、拖支、开坪、温泉和洛水五乡,男女患性病者达总人数的 24%;处于亚热带气候的拉伯乡伯亚村,竟高达 54%。"① 这些数据令试图回到母权制社会重建乌托邦的构想黯然失色,反之则支持了巴特勒所提出的根据社会发展现状重构身份的主张。

从现代社会的发展来看,巴特勒在《消解性别》中指出:"(生殖)技术是一个权力场,在那里,和人有关的一切被制造和再造。"② 现代科技和医学的发展为性领域带来了深远的变革,随之引发一系列社会身份的变迁,导致远离性关系和血缘关系的亲属关系越来越多地涌现。巴特勒对这个问题的思考深受安东尼·吉登斯影响。吉登斯在《亲密关系的变革》中提出,避孕技术所带来的后果是与生育分开的性,吉登斯称之为"可塑性性征"(plastic sexuality)。吉登斯认为,这让性关系的双方在性和感情方面处在平等位置,"性和情感平等的纯粹关系使个人生活的大规模民主化成为可能"③,因而男女双方在其中都获得自治性,女性与男性能够达成纯粹关系,这种改变已经波及父子关系、亲缘关系等诸多方面。它赐予性一个远离亲属关系的空间,随之有可能带来传统亲属关系的崩溃;另一方面"同性恋在文化上的粉墨登场与具有可塑性的性生活的创造有很深的关系"④。鲁宾也认识到,由于避孕技术对女性的解放,因而在现代制度中,亲属制度作为一种结构的重要性已经降低了。

---

① 詹承绪、王承权、李近春、刘龙初:《永宁纳西族的阿注婚姻和母系家庭》,上海人民出版社 2006 年版,第 291 页。

② [美] 朱迪斯·巴特勒:《消解性别》,郭劼译,上海三联书店 2009 年版,第 11 页。

③ [英] 安东尼·吉登斯:《亲密关系的变革》,陈永国、汪民安等译,社会科学出版社 2001 年版,第 8 页。

④ [英] 安东尼·吉登斯、克里斯托弗·皮尔森:《现代性:吉登斯访谈录》,尹宏毅译,新华出版社 2001 年版,第 121 页。

因此，如果说马克思和福柯等思想家主要是在思想层面认识性机制的生产力，那么人类学的调查证据以及今天生殖技术的发展，则在物质层面为我们理解亲属关系的可变性和实践性打开了新的窗口。

三　多元亲属表述：美国历史及现状

美国作为一个移民国家，在其历史发展中充斥着文化的交锋和交融，美国人亲属关系的历史和现状也呈现出多元并存的局面。鲁宾认为，"就本国学者的界定而言，特别是像美国这种复杂的社会，亲属制度可以被简单地看作互助、亲密和持久联系的社会关系"①。

巴特勒从美国历史和现状出发深入探讨了亲属多元建构的可能。就美国短暂的历史来说，奴隶制至今还在产生持续的社会影响，亲属的确认就是其中之一。卡洛·斯泰克（Carol Stack）在《我们所有的亲戚》（*All Our Kin*）当中显示非裔美国人的亲缘关系"如何通过一个女性网络——其中有些是通过生物纽带联结的，有些则不是——就能很好运转"②，这种亲属关系的建构与白人社会存在差异。奥兰多·帕特逊（Orlando Patterson）在《奴隶制与社会死亡》（*Slavery and Social Death*）中探究了美国废奴前独特的家庭亲属关系。在奴隶制时期，奴隶主对奴隶家庭拥有绝对所有权，"他们可以作为家长强奸妇女，令黑人男人失去男子汉气概；那些奴隶家庭里的妇女不能被自己家的男人保护，黑人男人即便在家里也不能行使家长的权力，也保护不了自己家的女人孩子"③。巴特勒认为，倘若按照通行的亲属结构，女黑奴被奴隶主占有之后所生的孩子，无论是在奴隶家庭还是奴隶主家庭中，都难以归位。

巴特勒注意到，涉及人群更广的亲属认同困境存在于当代异性恋家庭中，异性恋夫妇的离婚及再婚给其家庭成员尤其是孩子带来亲属关系的巨

---

① ［美］朱迪斯·巴特勒、盖尔·卢宾：《性的交易：盖尔·卢宾与朱迪斯·巴特勒》，载［美］佩吉·麦克拉肯主编《女权主义理论读本》，广西师范大学出版社 2007 年版，第 482 页。

② ［美］朱迪斯·巴特勒：《消解性别》，郭劼译，上海三联书店 2009 年版，第 106 页。

③ Judith Butler, *Antigone's Claim: Kinship between Life and Death*, New York: Columbia University Press, 2000, p. 73.

大变化。全球化浪潮当中越来越多的移民以及战乱所产生的难民，类似这样的人口流动带来更多的家庭和亲属关系变迁，处于这些家庭的孩子们在家庭的变动中深深体会到了流浪之感：

> 从一个家庭到另一个家庭，从有家到无家可归，从无家可归又回归家庭，在心理上或者活生生地站在家庭的十字路口，或随着家庭的流转处于不同社会阶层的变迁中，可能有很多个女人来做过他们的母亲，很多个男人做过他们的父亲，或者根本就没有父母，也许他们能和自己同母异父或同父异母的兄弟做朋友。①

巴特勒认为，处于流动家庭中的孩子是亲属关系变迁中最受伤害的群体，不少坚决维护异性恋的学者和舆论也以孩子的权利为理由阻止性少数群体领养孩子。巴特勒反其道而行之，认为一味地阻止已经难以阻挡的潮流反而会伤害到孩子的权利。而且，即便是在异性恋亲属当中，孩子也可能因为家庭流动而受到伤害，异性恋因婚变所带来的亲属关系变化，已经有力证明了亲属关系的脆弱性、可渗透性及扩张性。

此外，不能生育的异性恋夫妇借助医学或其他渠道获得子女，在这种家庭里传统的亲属结构也面临新的挑战。目前在美国，可以通过领养及接受精子捐献或代孕等方式获得子女。巴特勒追问到：在这样的家庭中，对父母的界定是依据精子、卵子还是子宫？另外还有一些非自愿怀孕的情况，比如因为被强奸或者因一夜情而生育，那些生下的孩子如何指认父亲？那些提供了精子的男性是否有充当"父亲"的资格？在酷儿群体中，同性恋家庭领养的孩子在现有亲属结构中面临更大的亲属认同困境。现有亲属结构的缺陷已经让一些社会机构面临窘境，巴特勒以纽约的男同性恋健康诊所（Gay Men's Health Clinic）为例来说明这个问题。为了解决 HIV 感染者和艾滋病患者的治疗和丧葬费用及办理相关医疗手续，该医疗机构需要亲

---

① Judith Butler, *Antigone's Claim*：*Kinship between Life and Death*, New York：Columbia University Press, 2000, p. 22.

属的介入，但一些只有同性伴侣的患者，因为其伴侣或者领养的子女并不具备法定的亲属身份，所以造成有家人但没有法定亲属的尴尬局面。

美国的一些大众文化文本，如 NBC 电视台从 1994 年开播连续播出十年的情景喜剧《老友记》（Friends）在一定程度上反映了家庭和亲属关系的流动性。该剧主要讲述瑞秋·格林（Rachel Karen Green）、罗斯·盖勒（Ross Eustace Geller）、莫妮卡·盖勒（Monica Erin Geller）、钱德勒·宾（Chandler Muriel Bing）、菲比·布菲（Phoebe Buffay‐Hannigan）、乔伊·崔比安尼（Joey Tribbiani）六位朋友相识十年间的故事，六个人各自的家庭及其婚恋同时也向观众展示出千姿百态的亲属关系：罗斯的出生是借助医学技术，他与前妻苏珊生下一个男孩，但是苏珊后来与同性恋女友结婚，孩子被同性双亲抚养；罗斯与瑞秋的孩子艾玛是一夜情的产物，但是在生孩子时乔伊表示为帮助瑞秋，他愿意承担起父亲的责任；钱德勒的父亲与男仆私通，离婚后做了变性手术；菲比为同父异母的弟弟做代孕妈妈生下三胞胎，而与孪生姐姐关系冷淡；莫妮卡夫妇领养了一个未婚妈妈所生的孩子；乔伊做捐精者来解决暂时的经济困顿。因为播出时间长久，该剧从侧面对亲属关系的展示比较丰富。近年来，欧美不少影视作品当中都反映了类似的亲属关系悲喜剧，大众媒体开始以宽容和开放的态度来表现同类题材，这在一定程度上体现出新的亲属关系已经是不容忽视的社会问题。

巴特勒指出，应当降低亲属关系的制度重要性，确立亲属关系认同的新标准。如同凯丝·韦斯顿（Kath Weston）在《我们所选择的家庭》（Families We Choose）当中所主张的："应当将让以契约关系为基础的亲属关系代替血缘关系认同。"① 鲁宾也认识到，在列维—斯特劳斯所说的社会里，"婚姻和血缘关系是一种社会结构。它们要么组织几乎所有的社会生活，要么是最为重要和显著的制度性机制"②。但在当代社会中，亲属

---

① Judith Butler, *Antigone's Claim*：*Kinship between Life and Death*，New York：Columbia University Press，2000，p. 74.

② ［美］朱迪斯·巴特勒、盖尔·卢宾：《性的交易：盖尔·卢宾与朱迪斯·巴特勒》，载［美］佩吉·麦克拉肯主编《女权主义理论读本》，广西师范大学出版社 2007 年版，第 482 页。

制度在社会结构中的重要性已经降低了。巴特勒认为，今天随着人口流动的增强，越来越多的人涌入城市生活，社群关系正在代替亲属关系成为人与人交往的主要渠道，"把人和人联系在一起的亲属纽带很可能不比社群纽带强，可能是也可能不是建立在持续的或排他的性关系基础上，也可能涵括了过去的恋人、非恋人、朋友，以及社群成员"[①]。随着网络等新兴媒体的出现，越来越多的社群成员更可以通过虚拟世界加强联系，在麦克卢汉所说的"地球村"当中，无论男女老幼，走出家庭拥有公共生活都是可能的。

总之，巴特勒在性别述行理论的基础上，将亲属关系也视为述行的实践。与打破性别范畴的激进姿态相比，巴特勒对亲属关系的解构更具有现实的建设性意义，因为亲属关系的变动除了 LGBT 团体、女性等人群外，还涉及更多的社会群体，诸如离婚家庭、移民和难民等，这无疑深深体现了巴特勒在激进姿态背后所具备的人文关怀。

第三节　安提戈涅：越界者的域外言说

安提戈涅是巴特勒解构亲属关系的重要人物，巴特勒认为安提戈涅的悲剧表征了亲属关系的可变性。巴特勒并非第一个注意到安提戈涅的学者。自 19 世纪黑格尔等一批思想家讨论亲属关系以来，安提戈涅已经成为思想家的宠儿。在黑格尔、列维—斯特劳斯和拉康那里，她是亲属关系的表征；在女性主义者那里，她是勇敢反抗男权和城邦统治的英雄。在巴特勒这里，安提戈涅是她的赫尔克林。福柯将跨性别者赫尔克林看作无身份者的代表，在巴特勒这里安提戈涅则是越界者的表征。但与福柯欢呼赫尔克林的无身份乌托邦不同，巴特勒认为，安提戈涅的越界具有深刻的悲剧性。在著作《安提戈涅的请求》中，巴特勒深入剖析了安提戈涅的越界悲剧。

巴勒特的写作风格，在《性别麻烦》等早期的著作中是激进而热烈

---

① ［美］朱迪斯·巴特勒：《消解性别》，郭劼译，上海三联书店 2009 年版，第 26 页。

的，到了《安提戈涅的请求》开始转为沉郁。这从侧面表明，随着巴特勒思考的深入，她的写作也逐步走向成熟。在早年性别身份研究的相关著作中，巴特勒主要致力于彻底解构身份，她认为只有彻底打破才有解放的可能。虽然巴特勒至今依然没有改变这个看法，但当面对具体的研究对象时，巴特勒深刻意识到一定程度的合作对于边缘群体的解放是必要的。巴特勒在《安提戈涅的请求》中全面探讨了安提戈涅在亲属关系当中的越界特征，但与意大利学者皮尔保罗·安东内洛（Pierpaolo Antonello）及罗伯托·法内蒂（Roberto Farneti）的访谈中，巴特勒补充说，安提戈涅表征了被排除于公众话语之外的边缘群体依然以某种方式坚持言说的热情。①

安提戈涅这个人物出现在巴特勒的写作序列当中也暗示了巴特勒的思想转向。通过安提戈涅，巴特勒更深刻地追问颠覆者的生存困境，进而追问生命的价值等问题。安提戈涅的处境超越了亲属关系本身，巴特勒通过她所探讨的性问题，也已经触及生命的广度和深度。

一　瓦解异性恋的越界符号

巴特勒对安提戈涅的形象认识存在一个动态的变化过程。她最早也认为，安提戈涅通过代表和维护亲属关系，来对抗城邦和克瑞翁的权力。②这个观点最早来自黑格尔，在黑格尔对个人性和普遍性的阐述中，他认为家庭保存个人性，城邦则体现普遍性。男人应当走出家庭，在城邦的公共生活中实现其普遍性，女人则通过在家庭里维护亲属来表现个人性。一个男人活着的时候隶属于城邦，死后才回归家庭。人死后由家庭成员举行丧葬仪式，因而家庭能够令死亡成为一个精神事件，而不仅仅是自然现象。"死者屈从和受制于无意识的欲望和抽象本质的行动，家庭则使死者免受这种屈辱性行动的支配，而以它自己的行动来取代这种行动，把亲属嫁给永不消逝的基本的或天然的个体性，安排到大地的怀抱里：家庭就是这样

---

① 参见 Pierpaolo Antonello and Roberto Farneti，"Antigone's Claim: A Conversation with Judith Butler"，*Theory & Event*，Volume 12，Issue 1，2009。

② 参见 Judith Butler，*Antigone's Claim: Kinship between Life and Death*，New York: Columbia University Press，2000，p. 1。

使死了的亲属成为一个共体的一名成员。"①　黑格尔认为,安提戈涅正是在这个意义上担负起维护家人的任务。

但巴特勒质疑安提戈涅是否具有表征传统亲属结构的资格。前面通过对乱伦的分析,我们已经看到由于安提戈涅是乱伦的产物,所以根据结构主义的亲属观念,她是被排除在亲属关系之外的。从这个角度来看,巴特勒认为她仅仅能够代表血缘关系。另外,在安提戈涅心中,亲属结构存在远近亲疏的差别。在安提戈涅心中,兄妹关系远远高于夫妻和母子。安提戈涅在被囚禁之前唱道:"丈夫死了,我可以再找一个;孩子丢了,我可以靠别的男人再生一个;但如今,我的父母已埋葬在地下,再也不能有一个弟弟生出来。"②　黑格尔就此展开分析,他认为在家庭成员的关系里,夫妻的关系"不是在它自身中而是在子女中得到它的现实;子女是一种他物,夫妻关系本身就是这种他物的形成,并在此他物的形成中归于消逝。"③　因而,夫妻及其与子女间的关系混杂着他性,但出于同一血缘的兄弟与姐妹之间的关系则是纯粹伦理的关系,不混杂有欲望,表现出宁静的一般本质,"所以弟兄的丧亡,对于姐妹来说是无可弥补的损失,而姐妹对弟兄的义务乃是最高的义务"④。

但巴特勒认为,安提戈涅心中对亲属关系的排序另有深意。她的名字"Antigone"中的"gone"含有"生殖"(generation)之意,因而这个名字有"反生殖"(anti-generation)的意涵。⑤　也就是说,安提戈涅将亲属关系中具有再生产功能的父母子女等亲属排在了不可再生的兄弟姐妹之后。巴特勒认为,安提戈涅看待亲属关系的双重标准恰恰暴露了安提戈涅对异性恋亲属关系的拒绝。安提戈涅当时已经是克瑞翁儿子海蒙的未婚妻,但

① [德] 黑格尔:《精神现象学》(下),贺麟、王玖兴译,商务印书馆1997年版,第13—14页。

② [希腊] 索福克勒斯:《安提戈涅》,载埃斯库罗斯、索福克勒斯《罗念生全集第二卷·埃斯库罗斯悲剧三种·索福克勒斯悲剧四种》,罗念生译,上海人民出版社2004年版,第319页。

③ [德] 黑格尔:《精神现象学》(下),贺麟、王玖兴译,商务印书馆1997年版,第16页。

④ 同上书,第18页。

⑤ 参见 Judith Butler, *Antigone's Claim: Kinship between Life and Death*, New York: Columbia University Press, 2000, p. 22。

是在戏剧当中我们看到，安提戈涅对海蒙的存在几乎是无视的，她所有的行为丝毫没有考虑海蒙的处境，也未珍视海蒙对他的感情。在巴特勒看来，这表明安提戈涅不愿意进入异性恋的规范婚姻当中承担妻子和母亲的角色。由于现有的亲属结构通常只能在异性恋婚姻中被表征，并且安提戈涅对亲属关系有所选择，所以巴特勒认为，安提戈涅除了被亲属关系排除在外，她自己也在排斥异性恋亲属关系的建构。

另外，巴特勒认为，安提戈涅以死维护长兄的行为极大地超越了通常的兄妹之情。巴特勒指出，长兄这个称谓在俄狄浦斯家族当中大有深意。俄狄浦斯是他血缘上的父亲，但在亲属结构当中兼任了父亲和长兄的角色。在《俄狄浦斯在克罗诺斯》这部戏剧当中，在长兄和妹妹都缺席的情况下，年幼的安提戈涅坚持跟随父亲去流浪，照顾父亲直到他死去。在波吕尼刻斯的死亡事件中，安提戈涅做出了许多偏执的举动。按照神律，死者只要有沙土象征性覆身就算是执行了葬礼，可以得到神灵的护佑。但安提戈涅埋葬了长兄两次，而第二次完全没有必要。巴特勒指出，第二次葬礼有其象征意义，因为客死异乡的俄狄浦斯本想葬在忒拜的土地，所以安提戈涅第二次埋葬长兄是象征性地在故乡土地上将俄狄浦斯埋葬。①

安提戈涅也因为第二次埋葬行为而被带到克瑞翁跟前。安提戈涅姿态强硬地与克瑞翁争论，为自己的行为辩护，这些偏执大胆的行为将她一步步推向深渊。因此，巴特勒认为，固然安提戈涅的行为显示出其伟大之处，但她对父兄的感情之深已经令其丧失一定的理智和判断力，以牺牲自我的代价来维护家庭成员，所以安提戈涅对长兄的感情是否像黑格尔所认为的那样纯粹是存在疑问的。无独有偶，索约何姆在著作《安提戈涅情结》中提出"安提戈涅情结"这一概念，主要探讨了安提戈涅所表现出来的女性欲望。

由于安提戈涅作为一名被排除于亲属结构之外的家庭成员，同时她拒

---

① 参见 Judith Butler, *Antigone's Claim: Kinship between Life and Death*, New York: Columbia University Press, 2000, p. 61。

绝进入异性恋角色,以牺牲自我的方式来维护父兄,所以,巴特勒认为安提戈涅自身的处境令她成为瓦解异性恋家庭的符号,而非维护亲属关系的代表。然而,根据索福克勒斯的悲剧文本来看,安提戈涅在死前感叹自己"没有享受过婚姻的幸福或养育儿女的快乐"①,所以,巴特勒认为安提戈涅拒绝进入异性恋婚姻的论断缺乏足够的说服力。尽管如此,巴特勒的解读为异性恋家庭的解构提供了一个新颖的视角。

二 纯粹存在者的极性言说

"安提戈涅"的古希腊语为"Ἀντιγόνη",意为不屈服,不妥协。她在与克瑞翁的言辞交锋中展现出强硬姿态,与认为女人生来斗不过男人的伊斯墨涅形成鲜明对比。因此,女性主义者认为,安提戈涅是反抗男权的英雄,伊利加雷明确指出,安提戈涅是性别的胜利者。② 对伊利加雷而言,安提戈涅以女性之身,作为亲属关系的维护者勇敢反抗城邦的法律和克瑞翁的权威。悲剧中的人物似乎也持这样的观点,克瑞翁首先把安提戈涅的冒犯视为女性对男性的冒犯:"如果我们一定会被人赶走,最好是被男人赶走,免得别人说我们连女人都不如。"③

但安提戈涅能否代表女性,也遭到了一批学者的质疑。齐泽克指出,安提戈涅的创伤来自否定女性。④ 巴特勒也认为,安提戈涅所表征的亲属关系不容于现有亲属规范,同时她身上体现出来的性别特征,也不符合二元传统内对女性气质的定义。巴特勒指出:"安提戈涅除了死去的男人没有爱过任何男人,在某种意义上说她也是个男人。"⑤ 第一,她在剧中的语言方式具有男性特征。安提戈涅对伊斯墨涅(Ismene)宣布:"让我和

① [希腊]索福克勒斯:《安提戈涅》,载埃斯库罗斯、索福克勒斯《罗念生全集第二卷·埃斯库罗斯悲剧三种·索福克勒斯悲剧四种》,罗念生译,上海人民出版社2004年版,第319页。
② 参见 Judith Butler, *Antigone's Claim: Kinship between Life and Death*, New York: Columbia University Press, 2000, p. 1。
③ [希腊]索福克勒斯:《安提戈涅》,载埃斯库罗斯、索福克勒斯《罗念生全集第二卷·埃斯库罗斯悲剧三种·索福克勒斯悲剧四种》,罗念生译,上海人民出版社2004年版,第313页。
④ 参见 Judith Butler, *Antigone's Claim: Kinship between Life and Death*, New York: Columbia University Press, 2000, p. 68。
⑤ Ibid., p. 61.

我的愚蠢担当这可怕的风险吧，充其量这是光荣地死。"① 我们已经看到，传统的二元框架将男性的气质定义为勇气和担当责任，而安提戈涅作为女性充分表现出对责任的担当。当安提戈涅被士兵捉到克瑞翁面前时，安提戈涅与克瑞翁的对话针锋相对。巴特勒认为，安提戈涅其实是挪用克瑞翁的语言方式与之对话，也意味着安提戈涅是采用男性的话语方式来与克瑞翁争论。第二，安提戈涅在行动上的性别转换则更多体现在《俄狄浦斯在科罗诺斯》中。俄狄浦斯刺瞎自己的双眼后，一直由安提戈涅照料，行路由安提戈涅引导。俄狄浦斯说："这女孩儿的眼睛既为她自己又为我看路。"② 荷尔德林和海德格尔认为，俄狄浦斯因为失去了现世的眼睛而多了能够看到命运真谛的一只眼睛。这只真理之眼既来自俄狄浦斯对自身命运的思考，某种程度上说也来自安提戈涅的引导。巴特勒认为，这句话表明女儿除了照料父亲外，还在形而上的角度引导父亲。在剧中，俄狄浦斯感慨安提戈涅照顾父亲是在履行本应由儿子担当的责任："应当担负这种辛苦的人像女孩子一样待在家里，你们两个女孩子却代替他们，为我这不幸的人分担苦难。"③ 巴特勒指出，安提戈涅在照料家人这件事情上所体现出的忠诚，令她表现出十足的男人气概。第三，安提戈涅公然在公众当中哀悼自己的长兄，这有悖古希腊对女性生存空间的规定。法国学者妮可·罗劳（Nicole Loraux）在其著作《悲悼的母亲》（*Mothers in Mourning*）中指出，在古希腊哀悼本不是妇女的专项，但理论上应该在家中进行，妇女在公众中进行哀悼就是对公民秩序的威胁。④

在《精神现象学》当中，黑格尔批判安提戈涅视亲属关系高于城邦律

---

① ［希腊］索福克勒斯：《安提戈涅》，载埃斯库罗斯、索福克勒斯《罗念生全集第二卷·埃斯库罗斯悲剧三种·索福克勒斯悲剧四种》，罗念生译，上海人民出版社2004年版，第313页。

② ［希腊］索福克勒斯：《俄狄浦斯在科罗诺斯》，载埃斯库罗斯、索福克勒斯《罗念生全集第二卷·埃斯库罗斯悲剧三种·索福克勒斯悲剧四种》，罗念生译，上海人民出版社2004年版，第495—496页。

③ 同上书，第504页。

④ 参见 Judith Butler, *Antigone's Claim*: *Kinship between Life and Death*, New York: Columbia University Press, 2000, p. 85.

法的行为体现出强烈的个人化倾向。安提戈涅坚持依照神律埋葬叛国的长兄，这个要求有损城邦的公正基础，破坏了个体性与普遍性之间的关系，因而必然为伦理所不容。而且安提戈涅口口声声悲叹不公，却对自己及长兄的行为毫不反思，毫无愧疚地拥抱罪与死，这令安提戈涅犯下了伦理大忌。妮可·罗劳在著作《雅典的孩子：雅典公民观念和性别区分》（*The Children of Athena：Athenian Ideas About Citizenship and the Division Between the Sexs*）中提醒研究者注意，在古希腊城邦中女性并未被当作真正公民的历史事实，[①] 黑格尔对安提戈涅缺乏反思的批判固然有合理性，但考虑到安提戈涅边缘化的家庭，以及她作为女性在城邦中所处的边缘位置，安提戈涅在双重的边缘化中依然坚持发声，令这个形象显现出异样的光彩。

作为一个越界者，安提戈涅的极性处境最终将她引向了死亡。在巴特勒看来，安提戈涅作为被排除的边缘人，已经处于"社会死亡"（social death）的状态。因为她虽然有肉体生命，但其言说难以得到公众话语的承认，因而在公众生活中她的存在没有得到认可，在这个意义上她是"社会死亡"的存在，这个观点与拉康"两次死亡"的理论有相通之处。拉康认为，人有两次死亡：生物的真实死亡和符号性死亡。齐泽克据此分析道："在安提戈涅的情形中，她的符号性死亡，她的被排除在城邦的符号共同体之外，先于她的实际死亡，而且用崇高美浸透了她的性格。"[②]

从社会死亡的角度来看，安提戈涅的生命是悲剧性的存在。瓦尔特·本雅明（Walter Benjamin）认为，悲剧英雄的生命是从死亡那里展开的："死亡不是生命的终结，而是生命的形式。"[③] 正因为如此，巴特勒认为，安提戈涅的向死而生令她成为纯粹的存在。海德格尔则指出，因为死亡始终伴随，所以安提戈涅在赴死的过程中被免去了日常感受和焦虑，终究成

---

① 参见 Judith Butler, *Antigone's Claim：Kinship between Life and Death*, New York：Columbia University Press, 2000, p. 86。

② ［斯洛文尼亚］齐泽克：《意识形态的崇高客体》，季广茂译，中央编译出版社 2002 年版，第 186 页。

③ ［德］瓦尔特·本雅明：《德国悲剧的起源》，陈永国译，文化艺术出版社 2001 年版，第 85 页。

就不朽，"由于死的到来，死便消失了，终有一死的人去赴那生中之死。在死中，终有一死的人成为不死者"①。但安提戈涅虽然被免去日常焦虑，却在极性处境中不能从容赴死，不得不以抗拒的姿态去接受死亡。海德格尔认为，正是在这样的抗拒姿态中，"人的本质之莽苍境界得到直接而完满的证实"②。

在海德格尔的研究者马克·弗罗芒—莫里斯（Marc Froment‑Meurice）看来，安提戈涅对于海德格尔而言就是一个没有任何处所的所在，或者说她是极性的展示处所。"她代表了最高程度上的可怕性，这正是因为她不代表任何东西"③。拉康则从精神分析的角度指出，安提戈涅总是走到极限，"不在欲望的问题上让步"④，所以齐泽克也将她称为"意识形态的崇高客体"。

可以看到，巴特勒通过安提戈涅这个人物既看到解构的可能性，对其悲剧性也体会尤深。安提戈涅被传统家庭伦理抛弃却维护亲属，被城邦所放逐却维护神律。她以死维护的一切正是放逐她的一切，然而她却要在这里寻求认同。她的困境因而在巴特勒的整个作品序列当中具有普遍意义，深刻表征了巴特勒作品中跨越身份的群体。在《性别麻烦》出版以后，巴特勒就不断对自己早年的乐观进行了修正，也看到了这样的悖论性结局：对抗公共话语不公的同时也伴随着要求权力话语认同的需求。正如她在《消解性别》中谈到的，同性恋群体反抗现有的歧视性法律条款，而最终他们所要求的权利必须以法律的承认为前提才能够实现。反抗者反抗现行法规的最终目的是寻求法规的认同，这是目前性少数群体争取权利必经的一条悖论式途径，而安提戈涅在数千年前的困境，就隐含了这样的反抗与屈从的框架。

① ［德］海德格尔：《荷尔德林诗的阐释》，孙周兴译，商务印书馆2000年版，第203页。
② ［德］海德格尔：《形而上学导论》，熊伟、王庆节译，商务印书馆1996年版，第165页。
③ ［法］马克·弗罗芒—莫里斯：《海德格尔诗学》，冯尚译，上海译文出版社2005年版，第149页。
④ ［斯洛文尼亚］齐泽克：《意识形态的崇高客体》，季广茂译，中央编译出版社2002年版，第164页。

第四章

自我认同与表述

作为研究黑格尔主体性问题起家的学者，巴特勒虽然以性别研究作为自己的主要领地，但是，她质疑性别身份的最终目的是思考什么使得人的生活值得过，或者什么赋予人的个体生活以意义。这无疑回到了终极之问：我是谁？巴特勒赞同福柯将人视为知识范畴的观点：人同样是知识建构的产物。在福柯和阿尔都塞等人看来，通过话语或者语言，个人占据了主体的场所。所以从根本上来说，对人的思考离不开对主体性的思考，即作为主体的人如何立足于世。

对自我的反思是现代性的重要思想成果之一。巴特勒珍视现代性的传统，认为现代自我的觉醒令我们深刻认识到人之为人的尊严。在黑格尔对普遍性的描述当中，巴特勒看到，倘若人没有意识到自身的个体性，那么就会成为虚无的生命，造成的直接后果便是人虽存活于世，但人性已经死亡。所以，巴特勒在《自我的解释》当中宣称：人之所以为人，乃是因为自明（self‑defining）和自信（self‑asserting）。①

现代性自我崛起的重要思想基础为康德所坚信的人类理性的必然可靠性。从康德的工具理性到黑格尔的坚实主体，现代性致力于理性的一体

①　参见 Judith Butler, *Giving an Account of Oneself*, New York: Fordham University Press, 2005, p. 105。

化，同时将历史也视为一体化的理性进程。这样的现代性为我们带来了激进的革命进程和无所不能的权力体系，也令人性前所未有的张扬。但这种张扬倘若不加以合理的遏制，也会造成深重的个人主义灾难。

所以巴特勒认为，虽然"自我只有脱离了社会性才能真正拥有自己"，① 人对自我的觉察是认识人自身的首要条件，但是，我们必须意识到人作为社会动物立足于世，是被社会条件所生产和维持。在福柯那里，社会通过权力机制和司法体系进行人的生产，社会机制生产主体又再现主体。福柯的社会生产机制是一个强有力的模型，但是，巴特勒认为这个机制主要通过外部力量来运转，所以，巴特勒采用福柯的社会机制为外在框架结合精神分析和阿尔都塞的禁律生产，来探析处于社会关系网中的自我身份的生产与维持。

埃马纽埃尔·勒维纳斯（Emmanuel Levinas）、西奥多·阿多诺（Theodor W. Adorno）等犹太思想家们对自我身份的考察则倾向于重回犹太传统来思考道德戒律对人的生产。自 2002 年春天在阿姆斯特丹大学哲学系开设斯宾诺莎专题讲座起，巴特勒也回归犹太传统来深入思考自我的建构。在阿姆斯特丹的讲座与 2001 年秋季普林斯顿大学的人文研究委员会研讨会，以及 2002 年在法兰克福的阿多诺专题讲座，巴特勒从伦理学角度系统地探讨自我的生产，这些研究成果最后成为著作《对自我的解释》。

伦理学以"善"为讨论对象，达到这个问题的是两条线索："一条是探寻我们人性的本质，它提出这样一个问题：是什么使我们成为人？"② 另一条路径是探究事物的目的。巴特勒正是沿着伦理学的第一条道路来思考人的主体性身份。阿多诺则认为，伦理学不光考量自我问题，也包含对社会关系内涵的思考，所以，他在康德的意义上使用"道德哲学"来代替伦理学的概念。巴特勒受犹太传统影响，也将人置于社会关系网中来考察。要注意的是，巴特勒对自我的考察延续她一贯反本质的主张，因而，巴特勒以弃绝自我的本质性存在为前提来进行自我的探索，这个策略与伦

---

① ［美］朱迪斯·巴特勒：《消解性别》，郭劼译，上海三联书店 2009 年版，第 7 页。
② ［英］苏珊·弗兰克·帕森斯：《性别伦理学》，史军译，北京大学出版社 2009 年版，第 10 页。

理学的理论旨趣相一致："它不是那么关注我们本质上是什么，而是更加关注我们最终将成为什么。"①

　　本章将通过巴特勒对卡夫卡文本的解读，集中考察巴特勒对人的主体性身份的思考，主要围绕现代性自我的形成、社会机制及伦理道德对人的生产几个问题展开，厘清巴特勒的自我生产机制以及与他人共存的生存策略等几个问题。

第一节　自我的觉醒

　　外在的条件维持了我们自身的生存，我们也依赖于外在来确认自己的一切。但也正因为如此，黑格尔的精神之旅第一步就是自我意识的产生，拉康则指出"只要不把自我撕裂，不把它的外壳撕得粉碎，我们就不会走上自由之路"②。

　　对自我的追问是一个悖论，也是启蒙运动赋予我们的重要遗产。詹姆逊高度礼赞现代性自我所带来的个人风格："伟大的现代主义是以个人、私人风格的创造为基础的，它如同你的指纹一般不会雷同，或如同你的身体一般独一无二。"③福柯则像尼采一样持悲观的论调："人"作为一个知识范畴，它是伴随着启蒙现代性而出现的，有一天也将会像沙滩上的人脸一样被抹去。但无论如何，现代性自我的产生对于人类来说，是一个从面向上帝转向认识自我的史诗性时刻。

　　巴特勒认为，自我意识到自身是自我走向成熟的必经阶段。同时，自我也在述行的过程当中不断地生成。这个过程在巴特勒看来如同黑格尔的精神之旅，但在黑格尔旅程中的旅客只是意识，而巴特勒坚持身体是承载一切身份的重要场所，自我也在身体之上书写。

————————

　　①　[英]苏珊·弗兰克·帕森斯：《性别伦理学》，史军译，北京大学出版社2009年版，第12页。

　　②　[日]福元泰平：《拉康：镜像阶段》，王小峰译，河北教育出版社2002年版，第56页。

　　③　[美]弗雷德里克·詹姆逊：《文化转向》，胡亚敏等译，中国社会科学出版社2000年版，第5页。

一 批判的辩证法

萨拉指出，巴特勒和福柯一样认为自我的实践与建构通过批判而进行。2000 年在剑桥大学的"雷蒙·威廉斯专题讲座"中，巴特勒提交了论文《什么是批判：简论福柯美德观》（What is Critique? An Essay on Foucault's Virtue）。在这篇与福柯《什么是批判》同名的文章当中，巴特勒系统论述了她的启蒙批判观。

（一）福柯：批判性自我实践

在《什么是批判》一文中，巴特勒开宗明义指出："批判是对建制实践、话语、知识、制度等的批评，当它从运转中被抽离出来的时刻，批判就会失去它的品格，而仅仅成为普遍化的实践。"① 在巴特勒诸多的论著中，她并不主张将普遍性视为对个人性的排除，但她对批判的界定刻意拒绝了普遍性，同时强调"运转"（operation）的重要性，突出巴特勒视批判为自我实践的观点。

这个观点源自福柯。福柯于 1978 年 5 月在索邦大学发表演讲《什么是批判》。福柯在开篇即将批判界定为"探求某个未来或真理的工具、手段，但它并不了解，也不会碰巧成为这个未来或真理"②。福柯将批判视为工具，并且指出通过这个工具永远不会获得真理，这清晰地表明福柯将批判视为永远没有终点的实践。巴特勒认为，福柯通过批判所表述的是自我的形成。所以，巴特勒是在福柯的意义上使用"批判"这个概念，其包含"寻求自我"和"实践"两个层面。

福柯对批判的理解，则源自康德以来的批判传统。康德视批判为分析，批判即为通过纯粹思辨来考察理性。对于康德来说，纯粹理性为我们提供了一个全新的主客体关系，即我们所赖以认识客观世界的知识不是由客体决定，而是源自认知主体。所以，知识由我们自身的认识能力所决

---

① Judith Butler, "What Is Critique? An Essay on Foucault's Virtue", In Judith Butler and Sara Salih, eds. , *Judith Butler Reader*, Malden and Oxford: Blackwell Publishing, 2004, p. 304.

② ［法］米歇尔·福柯：《什么是批判》，严泽胜译，载汪民安主编《福柯读本》，北京大学出版社 2010 年版，第 135 页。

定。康德的批判观念具有划时代的意义，它调和了理性主义通过理性来认知及经验主义将经验视为知识的唯一来源这二者之间的矛盾。

在康德视批判为判断的基础上，现代思想家们发掘出批判的实践维度。巴特勒认为，福柯的"批判"（critique）概念、雷蒙·威廉斯（Raymond Williams）及阿多诺对"批评"（criticism）的阐释，都体现了对实践的重视。在威廉斯看来，批评的普遍意涵是"挑剔"（fault‐finding），潜在的意涵为"判断"。通常我们惯于将批评与"权威的"（authoritative）评论自然联系，威廉斯则主张批评需要被解释为一种特殊的反应而非抽象的判断。威廉斯声称批判是社会实践："在复杂而活跃的关系与整个情境、脉络里，这种反应——不管它是正面或负面的——是一个明确的实践（prac-tice）。"① 巴特勒认为阿多诺和哈贝马斯的批判观念更进一步，他们具体指出批判是对知识范畴的质疑，批判的目的在于令知识范畴去自然化。

可以看到，自康德以来的批判传统其核心旨在重视自我作为认知主体的独立思考、判断乃至实践的能力。就批判实践的展开而言，成熟且具有足够判断力的自我是保障批判有效性的必要条件。巴特勒认为，虽然诸多思想家都论及批判问题，但福柯对批判的思考才是最切中要害的，因为福柯的批判基于启蒙的传统、围绕自我的形成展开，这也正是巴特勒所关注的问题。

巴特勒指出，自我并不是在批判过程中主动形成，自我总是被迫去寻求自身。由于通过批判来探求真理使诸多不合法的领域显现，② 我们才不得不质疑现有规则，开始运用自己的理性作出判断，在这个过程中，自我开始形成，或者说是被迫形成。③ 显而易见，巴特勒对自我形成的描述源自康德的"启蒙"。康德认为，"启蒙运动就是人类脱离自己所加之于自己的不成熟状态"④，但这并不是一个轻松的过程，大多数人都难以主动

---

① ［英］雷蒙·威廉斯：《关键词：文化与社会的词汇》，刘建基译，生活·读书·新知三联书店 2005 年版，第 100 页。

② 参见 Judith Butler, "What Is Critique? An Essay on Foucault's Virtue", In Judith Butler and Sara Salih, eds., *Judith Butler Reader*, Malden and Oxford：Blackwell Publishing, 2004, p. 312。

③ Ibid., p. 321.

④ ［德］康德：《历史理性批判文集》，何兆武译，商务印书馆 1996 年版，第 22 页。

完成。

当人处于不成熟的状态，人缺乏主动运用自己知性的能力，因而，权威轻而易举就可施加控制。在外人看来权威的控制是强力干涉，但对于不成熟的人本身而言，这种强力控制却意味着有力的保护：因为有权威替你安排一切事情，做出一切决定，从而免除思考的重负。因而，缺乏勇气和决断的人宁愿过这样安逸而较少艰辛的生活，所以，康德感叹道："懒惰和怯懦乃是何以有如此大量的人，当大自然早已把他们从外界的引导之下释放出来以后，却仍然愿意终身处于不成熟状态之中，以及别人何以那么轻而易举地就俨然以他们的保护人自居的原因所在。"①

但康德认为，尽管艰难，但倘若允许公众有公开运用理性的自由，启蒙就可能实现。原因在于，启蒙的起点乃是在人自己手中。康德表示，启蒙首先意味着认识自我的勇气，所以，福柯坦言康德所谓的自由并不与服从君主相对立，因为"这与其说是我们或多或少勇敢地从事什么事情的问题，还不如说是我们对自己的认识及其局限有什么看法的问题"②。但人要克服自身的惰性，从而认清自我的局限，正是迈向独立之路最艰难的一步。古希腊人已经意识到认识自身的艰难，刻在德尔斐阿波罗神庙上的箴言"认识你自己"就被希腊智者反复阐释。据第欧根尼·拉尔修的记载，有人问泰勒斯世上何事最难为，泰勒斯回答说认识你自己。苏格拉底在市场中向众人发问证明自己的无知，却被认为是古希腊最智慧的人。浸淫于古希腊文化的尼采在《道德的谱系》当中，开篇就谈到离每个人最远的，就是他自己。古往今来，智者都熟知认识自我的艰辛。

但不能因此就放弃寻求自我的旅程。在黑格尔看来，"为做一件事，一个人必须个体化；普遍自由及反个体化都不能完成一种行为"③。更可怕的后果是没有自我的生命，乃是一片虚无。在《偶然性、霸权和普遍

---

① ［德］康德：《历史理性批判文集》，何兆武译，商务印书馆1996年版，第22页。

② ［法］米歇尔·福柯：《什么是批判》，严泽胜译，载汪民安主编《福柯读本》，北京大学出版社2010年版，第139页。

③ ［美］朱迪斯·巴特勒：《重新筹划普遍：霸权以及形式主义的界限》，载［美］朱迪斯·巴特勒、［英］欧内斯特·拉克劳、［斯洛文尼亚］斯拉沃热·齐泽克《偶然性、霸权和普遍性》，胡大平、高信奇、蒋桂琴、童伟译，江苏人民出版社2004年版，第13页。

性》中，巴特勒充分展示了当一个人的自我完全被抹除从而处于死亡状态的可怕景象：

> 不仅个人被虚无化并因此死亡，而且这种死亡同时具有字面意义及隐喻意义。个人在恐怖统治下很容易因"绝对自由"而被杀死，这是有据可查的。而且，有一些个人，他们虽然幸存下来了，但他们不再是任何标准意义上的"个人"了。不被承认，被剥夺了通过行为使自己外在化的能力，这样的个人成为无用之人，他们惟一的行动就是使曾使他们虚无的世界变得虚无。①

在黑格尔看来，这种幸存者的死亡状态是"所有死亡中最冷静最平常的一种"。② 所以，对自我的寻求是一条通往生命与自由之路。福柯以辩证的方式论证了自由与自我认知的关系，"我们的自由是至关重要的，因此，它不是让他人说'服从'，正是在这个意义上，一旦我们充分了解我们自己的认识及其局限，那么就可以发现自主原则"③。在福柯看来，批判就是自由地寻求自我的有效途径，拥有批判工具至少能让我们在权威面前保持自信和自我判断力，"不会因为权威告诉你们它是真的就承认它，而是相反，只在自己认为这样做的理由是充分的时候才会承认它"④。

经过福柯的阐释，康德用来进行理性分析的批判工具发展成为"不被统治到如此的艺术"⑤，因而，在巴特勒看来，批判是福柯用来对抗权力治理的有效策略，与此同时，通过不断的批判性反思，自我随之显现。巴特勒接受了经过福柯改造的批判框架，在巴特勒的身份图景中，各种各样的身份范畴正是权力话语运作的结果。此外，福柯强调批判并不能够成为

① ［美］朱迪斯·巴特勒：《重新筹划普遍：霸权以及形式主义的界限》，载［美］朱迪斯·巴特勒、［英］欧内斯特·拉克劳、［斯洛文尼亚］斯拉沃热·齐泽克《偶然性、霸权和普遍性》，胡大平、高信奇、蒋桂琴、童伟译，江苏人民出版社2004年版，第13页。
② 同上。
③ ［法］米歇尔·福柯：《什么是批判》，严泽胜译，载汪民安主编《福柯读本》，北京大学出版社2010年版，第139页。
④ 同上书，第138页。
⑤ 同上书，第135页。

真理本身，而只能通向真理，巴特勒的述行理论一贯坚持的身份建构性与
此一脉相承。

（二）卡夫卡：被遗忘的人性

无论是康德的启蒙，还是福柯及巴特勒勇敢地站在权威面前寻求自
我，寻求自我身份都意味着脱离过去的一切支柱让人直面自身进行反思。
康德将权威的统治理解为完全让别人来管理你自己的生活，因而自我意识
的觉醒就是要自己管理自己的生活。康德庄严地宣称，这个过程的终极意
义是令我们意识到人之为人的尊严，人不是机器而是人。①

康德自我认知的否定辩证法，与卡夫卡的写作策略具有结构上的相似
性。卡夫卡创造了诸多奇特的生命，巴特勒看到卡夫卡通过这些奇特的生
命探析的却是人性。巴特勒对卡夫卡人性世界的解读得益于阿多诺和瓦尔
特·本雅明（Walter Benjamin）的讨论。

阿多诺和本雅明都极为重视卡夫卡的作品，阿多诺在《棱镜》（*Prisms*）
和《文学笔记》（*Notes to Literature*）等著作中多次讨论卡夫卡的作品，本
雅明在 1934 年曾撰文《弗朗茨·卡夫卡》，对卡夫卡的世界进行剖析。阿
多诺和本雅明两人在多年的通信中也数次交换对卡夫卡的看法，两人虽有
分歧，但在一些根本问题上看法一致，即卡夫卡通过创造非人性的想象物
来挖掘人性。

本雅明认为，卡夫卡通过剥去人类传统支柱的方式来思考人性："读
卡夫卡的故事时，可能很久不会意识到它们根本不是关于人类的故事……
他剥去了人类姿态的传统支柱，然后让一个主体无休止地进行反思。"②
在卡夫卡所塑造的形象当中，"被遗忘得最深的异国他乡是人自己的身
体"③。卡夫卡笔下的动物会有短暂的思考机会，《地洞》中的生物都在
边挖洞边思考，但人却没有。卡夫卡作品当中所出现的人物，都受着最
深重的压迫，存在物质和精神上的危机。哪怕是还混合着人性和物性的

---

① 参见［德］康德《历史理性批判文集》，何兆武译，商务印书馆 1996 年版，第 31 页。
② ［德］瓦尔特·本雅明：《弗朗茨·卡夫卡》，陈永国译，载陈永国、马海良编《本雅明
文选》，中国社会科学出版社 1999 年版，第 243 页。
③ 同上书，第 252 页。

生物，由于他们身上人性尚存，因而都难以反思自己的处境。《变形记》当中的格里高尔在变成甲虫前是赚钱的工具，即便在变成甲虫之后，他依然满脑子沉浸在工作和生计的焦虑当中。在短篇小说《家长的忧虑》中出现的奥德拉德克，本雅明认为是"在卡夫卡作品中史前世界生下的最奇怪的孽种"①：

> 初一看，它像个扁平的星状线轴，而且看上去的确绷着线；不过，很可能只是一些被撕断的、用旧的、用结联结起来的线，但也可能是各色各样的乱七八糟的线块。但是，这不仅仅是个线轴，因为有一小横木棒从星的中央穿出来，还有另一根木棒以直角的形式与之连结起来。一边借助于后一根木棒，另一边借助于这个星的一个尖角，整个的线轴就能像借助于两条腿一样直立起来。②

通过奥德拉德克扭曲的存在，巴特勒看到的则是现代性的悖论："即便在现代性内部，个人在社会中的起源之时就已经为自身铺设了威胁之路。"③ 这个辩证的观点与巴特勒一贯的辩证策略一脉相承：生产主体的力量同时也可能摧毁主体，反之，那些破坏性的力量可能蕴藏生机。从这一点出发，巴特勒认为卡夫卡通过非人性来拷问人性大有深意："非人性"（inhuman）并非人性的反面，而是成就人性的必经之路，我们只有超越自身那些非人性的东西，才能成为真正的人。④ 本雅明和阿多诺在这个图景中则看到相反的一面：只要为人，就难逃权力的重压。本雅明指出，奥德拉德克扭曲的形象，是家长权力的重压所造就。在卡夫卡作品中，只要身上还残存有人性，就不能够脱离家庭的掌控。阿多诺则揭示个体的崛起与

---

① ［德］瓦尔特·本雅明：《弗朗茨·卡夫卡》，陈永国译，载陈永国、马海良编《本雅明文选》，中国社会科学出版社1999年版，第253页。

② ［奥］卡夫卡：《家长的忧虑》，洪天富译，载叶廷芳主编《卡夫卡全集》第一卷，河北教育出版社2001年版，第184页。

③ Judith Butler, *Giving an Account of Oneself*, New York: Fordham University Press, 2005, p. 62.

④ Ibid., p. 106.

权力的覆灭同步发生。①

　　虽然巴特勒与阿多诺、本雅明三人对卡夫卡笔下想象物种的看法大同小异，从以上分析我们能够看到，他们都沉迷于卡夫卡的辩证法。卡夫卡的辩证法不仅体现在卡夫卡的造物技巧，也体现于他的叙事策略。巴特勒最为关注的是卡夫卡对叙事者的选择。在《家长的忧虑》和《变形记》这一类通过想象物种来拷问人性的小说里，通常由第三者的声音来进行叙述。这些人性尚存的物种，他们没有反思自身，也不能讲述自身，如同自我只有脱离了自我的外壳才能了解自我这个悖论。只有类似《地洞》里的那些动物，它们才能既参与又叙述自己的故事。巴特勒盛赞卡夫卡的叙事策略具有形而上的深意，本雅明则击节称赞这种辩证法富有诗意。在本雅明看来，卡夫卡作品里能够完全逃脱权力法则的只有那些助手，堂吉诃德的桑丘·潘沙正是助手的代表，只有他们才能甩掉背上的包袱逃脱控制：

　　　　桑丘·潘沙——顺便提一句，他从不夸耀自己的成就——几年来利用黄昏和夜晚时分，讲述了大量有关骑士和强盗的故事，成功地使他的魔鬼——他后来给他取名为"堂吉诃德"——心猿意马，以致这个魔鬼后来无端地做出了许多非常荒诞的行为，但是这些行为由于缺乏预定的目标——要说目标，本应就是桑丘·潘沙——所以并没有伤害任何人。桑丘·潘沙，一个自由自在的人，沉着地跟着这个堂吉诃德——也许是出于某种责任感吧——四处漫游，而且自始至终从中得到了巨大而有益的乐趣。②

　　本雅明认为，这是卡夫卡关于旅行最完美的创作。桑丘·潘沙跟随魔鬼上演自己讲述的故事——这趟旅行循环往复，桑丘在与魔鬼的循环中永远摆脱了魔鬼对自身的纠缠。这当中显现出来的神话般的否定辩证

────────────

　　① 参见 Judith Butler, *Giving an Account of Oneself*, New York: Fordham University Press, 2005, p. 62。
　　② ［奥］卡夫卡：《桑丘·潘沙真传》，洪天富译，载叶廷芳主编《卡夫卡全集》第一卷，河北教育出版社 2001 年版，第 513 页。

法，与巴特勒的人性显现具有同样的循环结构："当'我'试图解释自身，它可以以自身为起点，但马上就会发现自我只能暂时地摆脱叙述的能力范围而在社会中短暂显现；甚至，当'我'试图解释自身，解释必须在它出现的情境当中进行，它必须，变成社会理论家，这是它解释自身的必备条件。"① 显然，在卡夫卡的人性辩证结构与巴特勒的批判性自我崛起之间，存在着意味深长的互文见义，巴特勒在阿多诺和本雅明那里找到并放大了这种内在关联，借卡夫卡笔下挣扎的人物，巴特勒为我们清晰地勾勒出自我崛起的景象。

二　自我的精神旅程

按照启蒙的观点，自我觉醒是走向自由之路的必需。但是，我们又不能忽略这样一个事实：完全脱离社会的自我难以立足于世。在社会的矩阵当中，"我"没有自己独立的故事，"我"总是在关系网中，在规范当中维持自身的存在。在巴特勒看来，自我之所以无法独立地讲述自己的故事，除了它难以摆脱外力掌控之外，根本原因在于它永远处于不稳定的生成状态，它不具备永恒的生命，因而在社会中只能拥有暂时的身份，于是只能演绎碎片而难以绘制全景。

巴特勒认为，自我只有在服从之后才能进入社会来占据主体的位置，"如果不是首先被支配或者被'征服'，个人就不会成为主体"②。所以，如果说自我意识到自身是自由之始，接下来对自我的解释就必须依赖其他社会条件才能进行，也就是说，自我只能"被"解释，而不能自我解释。正如福柯在探究囚犯的身份时所说："个人是通过他的被话语建立的犯人'身份'形成的，或者更确切地说，被这种'身份'阐明。"③

在第一章中，我们谈过主体的建构性。由于自我必须占据主体的位置

---

① Judith Butler, *Giving an Account of Oneself*, New York: Fordham University Press, 2005, p. 8.

② ［美］朱迪斯·巴特勒：《权力的精神生活：服从的理论》，张生译，江苏人民出版社2009 年版，第 10 页。

③ 同上书，第 80 页。

才能在社会环境当中显现，所以巴特勒对自我建构的思考，与她思考主体的框架相一致。首先，她坚持自我被叙述，自我通过不断地重复构建自身。"重复"作为巴特勒述行理论的关键词，贯穿了她对所有身份建构的考察，"主体只能通过对自身的一种重复或重新表达，保持为一个主体"①。在重复的过程中，主体与自我之间是博弈的关系，当主体拒绝依赖的时候，"我"出现了。但主体与生俱来的依赖性决定了它宁愿依赖空无也不愿无所归依，因而，自我不得不去克服这种依赖。

巴特勒强调考察自我必须以主体为基础。根据巴特勒的述行理论，语言是主体出现和维持的重要社会条件，语言约束和控制所有说话的存在物，主体和个人都在语言当中被建构和维持：

> 作为一种批评范畴的主体的谱系，表明了主体并不是严格地和个人联系在一起的，它应该被定义为一种语言的范畴，一个占位的符号，一个形成中的结构。个人最终占据了主体的场所，并且，它们拥有可理解性，仅仅在某种程度上说，或者说，它们首先是在语言中被建立起来的。主体是个人获得和再生产可理解性的语言的诱因，是它的存在和能动性的语言条件。②

在这段话中，我们看到主体是语言范畴，个人也在语言中被建构。在阿尔都塞的询唤公式里，人因为被命名从而回应了询唤，最后，能够占据主体的位置。巴特勒对阿尔都塞的询唤公式提出了修正。她认为，人不是因为被命名就被简单固定于一个位置，命名令人获得存在的可能，这种存在能超越命名本身，被询唤的主体同时也具有能动性："被称呼一个名字，一个人悖论性地也必然获得社会存在的可能性，被语言所启动的这个短暂生命将超过这个命名原先的设想。"③ 反之，语言既能言说，也能遮蔽，

---

① ［美］朱迪斯·巴特勒：《权力的精神生活：服从的理论》，张生译，江苏人民出版社2009年版，第93页。

② 同上书，第9—10页。

③ Judith Butler, *Excitable Speech: A Politics of the Performative*, New York: Poutledge, 1997, p. 2.

"那些被话语所生产之物常常也被言说蓄意地打乱"①。

所以，自我要塑造自身，身处于两重博弈当中：自我与主体的博弈；当自我占据主体位置之后，主体与语言的博弈。因而自我的重复建构并不是简单的重复自身，而必须在反复的多重斗争中实现自我。在这个重复过程中，自我成长起来。在巴特勒看来，这个过程与黑格尔的精神历程极为相似。巴特勒在《欲望的主体》中明确表示，黑格尔通向绝对知识的精神历程里其实隐含着主体成长的历史，主体在这个过程中不断自我否定和扬弃。萨拉认为，这个过程最终是为了抵达自身，认识真我的所在。②

黑格尔的精神历程具体表现为意识的变迁。当意识开始审视自己，"通过这种返回到自身，对象就成为生命"③，自我便开始觉醒。但通过独立思考，它很快就会发现"自身是二元化的、分裂的、仅仅是矛盾着的东西"④，这个时候就产生了苦恼意识。巴特勒指出，怀疑论者由于感受到了苦恼意识，因此通过不断的自我否定走向成长："对于怀疑论来说，自我是一种不断否定的行为，它否认任何东西的存在，将这作为自己的建构性的行为。"⑤ 黑格尔将这种否定看作孩童般的行为，"它事实上像大声争吵的任性的小孩，通过与他们自己顶嘴，为他们自己赢得相互不断争吵的快乐"⑥。

黑格尔饶有意趣地将意识的变迁视为漫长的旅途。巴特勒认为，黑格尔将行进于精神历程中的主体也视为虚构人物。⑦ 一些学者注意到了黑格尔的这个倾向，所以乔纳森·雷（Jonathan Rée）将黑格尔的精神之旅比作奥德赛的英雄旅程。萨拉则将精神历程比喻为德国教育小说主人公的成

① Judith Butler, *Giving an Account of Oneself*, New York: Fordham University Press, 2005, p. 51.

② 参见 Sara Salih, *Judith Butler*, London and New York: Routledge, 2002, p. 22。

③ ［德］黑格尔：《精神现象学》（上），贺麟、王玖兴译，商务印书馆1997年版，第138页。

④ 同上书，第165页。

⑤ ［美］朱迪斯·巴特勒：《权力的精神生活：服从的理论》，张生译，江苏人民出版社2009年版，第41页。

⑥ 同上书，第43页。

⑦ Judith Butle, *Subjects of Desire: Heglian Reflections in Twentieth-Century France*, New York: Columbia University Press, 1987, p. 20.

长史，诸如歌德《威廉·麦斯特的学习时代》，或者像查尔斯·狄更斯
（Charles John Huffam Dickens）的《远大前程》中皮普跌宕起伏的人生。
巴特勒也认为，黑格尔的旅程与启蒙过程具有内在的联系性，二者都是在
反思自身纠正错误之后抵达下一个阶段，这就是成长之奥义。在《自我的
解释》中，巴特勒援引阿多诺所说："真正的不公是我们认为对的总是自
己，错误都在他人。"① 按照这个观点，巴特勒指出，批判的功用正是要
我们认识自己的错误并加以修正，这样才能真正成长。

但与不少思想家将成长表述为伟大的悲剧历程不同，黑格尔的主体成
长史在巴特勒眼中带有喜剧性的荒谬色彩。在巴特勒看来，主体的旅程不
是奥德赛突破重重障碍的返乡之旅，反倒更像是欧洲流浪汉小说②或者公
路电影③，主人公在旅行中体味人生百态或者反思自我，在事实上或者精
神上永葆在路上的状态。与之相似，主体永远在行动当中，永不抵达自
身，因而主体的成长没有终结，这好比堂吉诃德的旅途，或者塞缪尔·贝
克特（Samuel Beckett）永远等不到的戈多。④ 在第一章中已经论及巴特勒
还将黑格尔精神历程中的主体比作脱线先生，经历重重险境却毫发无损，
其财富不增也不减，留给他自己的只有人生经历。

所以，巴特勒这里的主体更有几分后现代的解构味道，它永处于重复
的生成状态："这个'生成'并不是简单的或者连续的事件，而是一种不
稳定的重复和危险的实践，它必须如此而始终不能完成，并同时在社会存
在的边界上摇摆不定。"⑤ 但人空有行动并非一无是处，如同海明威笔下
拖着巨大鱼骨回家的老人，似乎无功而返，但丝毫不减损其行为的尊严，

---

① Judith Butler, *Giving an Account of Oneself*, New York: Fordham University Press, 2005, p. 104.

② 流行于 16 世纪中叶西班牙文坛的一种小说样式，主人公通常为下层人，以主人公的流浪为线索展现人生社会百态，结局一般为开放式。早期代表作为《小赖子》、《堂吉诃德》虽不是严格意义上的流浪汉小说，但也具有流浪汉小说的结构。

③ 1969 年诞生于美国的"准类型电影"，《逍遥骑士》为其诞生标志，以路途反映人生，主人公总是在旅途中寻找自我。

④ Judith Butle, *Subjects of Desire: Heglian Reflections in Twentieth - Century France*, New York: Columbia University Press, 1987, p. 20.

⑤ ［美］朱迪斯·巴特勒：《权力的精神生活：服从的理论》，张生译，江苏人民出版社 2009 年版，第 27 页。

人的无用在于不知去往何处，人的尊严却又在于明知不可为而为之。巴特勒对此的解释是，主体之所以在一次次的失败后不屈前行，是因为我们有认识自身的欲望："黑格尔的主体不是从一个本体论到另一个本体论的自鸣得意的自我同一的主体，它在它的旅途中，随处发现它自身。"① 从这个角度来看，主体的旅程不可能有终点，但随处都可能显现自我，主体为了自知而前行。巴特勒的这个观点再次回应了古希腊"认识你自己"的呼吁。

三　自我的身体书写

黑格尔的精神历程为巴特勒思考主体的成长提供了一个良好框架，但对于一向珍视身体经验和日常生活实践的巴特勒来说，黑格尔最大的缺陷就是将身体从主体当中抹除。巴特勒认为，黑格尔的意识像斯多葛主义一样将身体排除在外，他的意识是空无的施行，并不仰仗身体。以主奴辩证法为例，巴特勒指出，在黑格尔的公式中，"奴隶作为工具化的身体出现，他的劳动为主人的存在提供了物质条件，而且，他的物质产品反映了奴隶的屈从地位和主人的支配地位"②。

这个公式令我们想到将男人理性化，而将女人身体化的图式。巴特勒认为，否定身体的一个原因是身体承载着死亡的恐惧。在精神与肉体的二分公式中，精神是不朽的，而身体只能承载有限的肉体生命，"身体意味着必死性、脆弱性和能动性：皮囊与血肉不仅使我们暴露于别人的观察，也使我们暴露于接触和暴力"③。

然而，倘若意识和自我脱离身体，那么也将失去承载它们的场所，精神分析"身体自我"的观点为我们认识身体与意识的依存性提供了深刻的洞见。在《论自恋》一文中，弗洛伊德援引了威廉·布施（Wilhelm

---

① Judith Butle, *Subjects of Desire：Heglian Reflections in Twentieth - Century France*, New York：Columbia University Press, 1987, p. 8.

② ［美］朱迪斯·巴特勒：《权力的精神生活：服从的理论》，张生译，江苏人民出版社2009 年版，第 34 页。

③ ［美］朱迪斯·巴特勒：《消解性别》，郭劼译，上海三联书店 2009 年版，第 21 页。

Busch）书写牙齿疼痛的诗句："他全神贯注……于他臼齿的疼痛的小孔中。"通过解析这句诗，弗洛伊德提出，我们依靠疼痛感知身体的存在，由此得出"自我首先是躯体的自我"这一论断。弗洛伊德认为，我们通过身体感知世界，"一个人自己的躯体，首先是它的外表，是一个可以产生外部知觉和内部知觉的地方。它像其他任何对象那样被看到，但是对于触觉，它产生两种感觉，其中一个可能与内部知觉相等"①。巴特勒认为，弗洛伊德的洞见从心理学的角度确认了身体与心智体验密不可分，这有力地打破了西方哲学话语长期以来贬抑身体、将身体视为灵魂束缚的身心二分论。

在强调身体与意识的不可分之后，巴特勒接着揭示身体自主权的悖论：自主权的诉求以身体属于自我为基础，但身体总是被转予他人。也就是说，身体除了以其物质性承载自我以外，它又在权力话语当中被书写与锻造。所以，在巴特勒看来，身体与主体之间的关系复杂而微妙，它是自我建构的重要场地，也是律法实施的场所：

> 身体不是一个建构发生的场所；在主体被形成的时候，它是一种破坏。这个主体的形成同时也是对身体的建造、屈从和管制，而且，它也成为一种模式，在其中，那种破坏被保存（即维持和保留）在规范化之中。②

巴特勒这个观点与福柯理论的渊源昭然若揭。福柯将身体引入对主体的考察，这对于巴特勒来说意义重大。福柯吸收了黑格尔，但是又从身体的角度逆转了黑格尔。巴特勒认为，在福柯关于权力规训的诸多描述中，他显示了"主体化的过程主要通过身体发生"③。例如在监狱中，惩罚作

---

① ［奥］西格蒙德·弗洛伊德：《超越快乐原则》，载［奥］西格蒙德·弗洛伊德《弗洛伊德后期著作选》，林尘、张唤民、陈伟奇译，上海译文出版社 2005 年版，第 176 页。

② ［美］朱迪斯·巴特勒：《权力的精神生活：服从的理论》，张生译，江苏人民出版社 2009 年版，第 87 页。

③ 同上书，第 79 页。

用于犯人的身体，期望能够通过这种途径改造犯人的思想；在医院，医生对病人躯体的凝视与治疗是知识话语直接作用于人的躯体。正是在这个意义上，福柯才说灵魂是身体的牢狱。

通过以上分析，我们可以看到巴特勒对自我觉醒的考察是对启蒙现代性传统的延续，自我在批判中觉醒，在否定中前行。自我只有挣脱对主体的依赖才能显现，但必须在主体的位置上才能维持其生存。在巴特勒的视阈中，人的主体并不像康德那样具有绝对可靠的理性，也不像黑格尔的主体那样可以在经过转换之后通向绝对知识的伟大目标。巴特勒认为，人的主体性永远在路上生成，在人的身体当中书写，并且只有在社会的关系网中才能够维持。

第二节　律法建构的主体

在揭示了自我的形成后，巴特勒着手考察人的社会性存在。受惠于福柯，巴特勒勾勒出了人的社会性存在框架。福柯将人的社会性理解为人置身于权力关系网当中，被权力话语所制造。福柯对微观权力机制的洞察有助于巴特勒理解人存在的外部条件，但福柯的权力生产机制对于巴特勒来说过于压抑和消极，并且福柯对权力内化的考量过于机械化。因而，借助于精神分析，巴特勒由外而内深入考察了社会机制通过外在和内在律法对人主体性的生产。在这个问题上，卡夫卡的文本为巴特勒勾勒了统治的细微图景。

一　外部律法的规训

阿伦特指出，在对社会成员施加无数规则令其规范化之后，社会兴起了。社会领域经历了几个世纪的发展，"最终达到了能以同等程度、同样力量，包围和控制一个特定共同体内所有成员的程度"[1]。福柯的看法与此相似，他认为，社会通过权力的规训话语来生产作为社会主体的人。

---

[1] ［美］汉娜·阿伦特：《人的境况》，王寅丽译，上海人民出版社2009年版，第26页。

巴特勒将社会的统治理解为规范的统治，人被规范生产与维持："这个作为我的'我'不仅是规范所构造的，并依赖于规范，同时这个'我'也力图与这些规范保持一种批判的、转化性的关系，并以这种方式生活。"① 接受规范才能够被社会容纳，获得主体的位置，所以成为主体同时也意味着服从：

> "主体化"这个术语本质上就是矛盾的：法语服从（assujetissement）既表示主体的形成，又表示服从的过程——一个人只有通过服从于一种权力，一种意味着根本的依赖的服从，才可占据这种自主权的形象。②

如同自我的觉醒总是被迫的行动一样，成为主体并非主动地屈从，而往往是在强权当中进入身份的表演。阿尔都塞出色地想象了询唤机制来解释主体的出现和占有，他认为是询唤"在个人中间'招募'主体（它招募所有的个人）或把个人'改造'成主体（它改造所有的个人）"③，为此他想象了警察的询唤场景，这个场景生动地了展现一个人如何通过回应意识形态而占据主体的位置。阿尔都塞想象询唤具有有效性："经验表明，用于呼唤的日常电信活动就很少落空过：无论是口头呼叫，还是信号声，所呼唤的人总会认同那个被呼唤的正是他自己。"④

但在巴特勒看来，这个机械的公式是单方面的设定，并未考虑不接受询唤的可能。此外，在阿尔都塞的询唤图景中，权威似乎只通过声音来进行传播，询唤者只扮演单一的讲话者的角色，所以，巴特勒批判阿尔都塞的权力是单一的，这个权力模型"把施行性的权力归之于权威的声音这种官方进行认可的声音，并因此把它归因于以言谈形式出现的一

---

① ［美］朱迪斯·巴特勒：《消解性别》，郭劼译，上海三联书店 2009 年版，第 3 页。

② ［美］朱迪斯·巴特勒：《权力的精神生活：服从的理论》，张生译，江苏人民出版社 2009 年版，第 79 页。

③ ［法］阿尔都塞：《意识形态和意识形态国家机器（研究笔记）》，孟登迎译，载陈越编《哲学与政治：阿尔都塞读本》，吉林人民出版社 2004 年版，第 364 页。

④ 同上书，第 365 页。

种语言概念"①。相比之下，巴特勒赞扬福柯的微观权力具有无所不在的渗透力。德勒兹指出，福柯的权力是策略而非所有权，被运作而非被拥有，它具有"'无数的对抗点、不稳定聚集，各个都包含冲突、斗争及至少是力量关系暂时颠倒的危机'，既毫无类似性也毫无同质性，不具任何单义性，只有一种可能的原创类型"②。所以，巴特勒认为福柯的话语概念"让话语效力避免了口头言词的实例化"，③ 因而巴特勒基于福柯的权力模型来考察社会规范对人的生产，在《权力的精神生活》中她明确表示对服从的研究受惠于福柯。

巴特勒认为，卡夫卡的作品为我们出色地展示了权力的散漫。《在法律门前》这个短篇当中，"法"是抽象的所在，乡下人终生没有见到法而只见到执法者，但仅仅只是执法者的命令就有效地将他阻挡在法律大门外，如同福柯所认定的看不见的权力拥有更大的效力。在另一短篇《一道圣旨》④ 中，中国皇帝在弥留之际给最卑微的臣仆下了一道圣旨，派遣孔武有力的使者去给边远之地的臣仆送达。但是，使者就算花上几千年也难以走出皇宫的庭院，虽然不免白费力气，但他仍然奋力前行，尽管这时皇帝已经死去。这个场景与乡下人在法门前的状况何其相似，在权威面前耗尽毕生年华去执行一个任何人都不知道的指令。卡夫卡不少作品深刻探讨了法对于小人物的残酷性，巴特勒评论《一道圣旨》还形象地展示出法律的难以参透。但从另一面看，法的一再延宕也许正好显示了"权威的根基被构筑为永久性延宕"⑤，巴特勒要表达的正是法也呈现出在路上的状态，未必能够真正到达，却能达到真正的统治效果。

在《自我的解释》中，巴特勒指出散漫的权力通过惩罚制造恐惧以此

① ［美］朱迪斯·巴特勒：《权力的精神生活：服从的理论》，张生译，江苏人民出版社2009年版，第5页。

② ［法］吉尔·德勒兹：《德勒兹论福柯》，杨凯麟译，江苏教育出版社2006年版，第26页。

③ ［美］朱迪斯·巴特勒：《权力的精神生活：服从的理论》，张生译，江苏人民出版社2009年版，第5页。

④ 译名参照叶廷芳主编《卡夫卡全集》第一卷，河北教育出版社2001年版，第186—189页。《身体之重》中译为"皇上的谕旨"。

⑤ 参见［美］朱迪斯·巴特勒《身体之重：论"性别"的话语界限》，李钧鹏译，上海三联书店2011年版，第96页。

来显示其威力。① 尼采对惩罚有深刻的体察，他指出惩罚创造记忆，社会通过惩罚让我们承担自己的行为及其后果，② 因而"社会的运作不得不借助于惩罚来完成"③。这是福柯写作《规训与惩罚》的出发点之一。福柯在尼采的基础上形成生命政治的观念，想象了通过肉体政治技术集中权力的统治模型。在《规训与惩罚》里，福柯就充分展示出权力通过作用于囚犯的身体来生产他们的身份。

巴特勒指出，卡夫卡《在流刑营》这部小说除了展示权力的散漫，还形象地勾勒了权力通过机制生产身体。和卡夫卡其他作品中的大人物一样，这部小说中发明了惩罚机器的前任司令官并未出现在作品当中，因为他已经死去。但是，整个惩罚营的设施都是他一手缔造，"他的继任者，即使头脑里装着上千个新的计划，至少在好多年之内也毋须更动一下原来的设施"④。这样的机制如同福柯笔下的全景敞视监狱，在这里，惩罚的原则与现代技术紧密结合，它能够高效地自如运转。在这个惩罚营中，对犯人的判决也和对 K 的判决一样，只有判决而没有判词，犯人并不知道自己犯了什么罪，然而却要用自己的身体接受惩罚，让前任司令发明的惩罚机器在身上写下"尊敬你的上司"几个大字。跟随小说中旅行者的眼光，我们看到这些被判有罪的人都平静地接受惩罚，没有质疑，也没有反抗。正反映了福柯在《性经验史》当中展现的权力对身体的控制力不仅仅在于身体本身，而是通过身体渗透到主体内部："权力不仅仅对身体起作用，而且也在身体内部起作用，权力不仅生产出了一个主体的边界，也渗透到了那个主体的内部。"⑤ 这些连自己犯下什么罪行都不知道的人，只要接到判决立马进入犯人的角色，权力对其生产力立马可见。

---

① 参见 Judith Butler, *Giving an Account of Oneself*, New York: Fordham University Press, 2005, p. 11。

② Ibid. , p. 10.

③ 汪民安：《尼采与身体》，北京大学出版社 2008 年版，第 72 页。

④ ［奥］卡夫卡：《在流刑营》，洪天富译，载叶廷芳主编《卡夫卡全集》第一卷，河北教育出版社 2001 年版，第 80 页。

⑤ ［美］朱迪斯·巴特勒：《权力的精神生活：服从的理论》，张生译，江苏人民出版社 2009 年版，第 84 页。

在卡夫卡的作品中，权力的绝对控制几乎令人无处可逃，所有人都陷入深重的灾难。如同本雅明所说："卡夫卡的世界是一个世界剧场。对他来说，衡量事物的标准在于这样一个事实，即俄克拉荷马的自然剧院接受每一个人。"① 《在流刑营》的叙事主线是司令手下的一名军官带领旅行者参观惩罚机器，小说中，这部惩罚机器最血腥的惩罚是施加于军官自己。军官意识到新司令官委托来的旅行者也许并不赞同使用惩罚机器，因而为了在旅行者面前维护这部机器，军官将自己放到机器上去，由于机器在运转过程中意外地破碎，军官也随机器而亡。在惩罚营中，犯人遭受法律和机器之苦，现任司令及其他军官也不得不活在前任司令的阴影中，那位死去的军官甚至愿意用自己的身体捍卫已死之人的法律和机器，惩罚营中的所有人似乎都没有改变现状的能力，他们只能指望更尊贵的外来者说服他们自己更改法律，但在小说中我们看到这几乎失败了。在小说结尾，旅行者看到前任司令只剩荒芜的坟墓，但他冰冷的法律似乎已经封锁了这个岛屿，只有旅行者——这个在惩罚营之外的人才能乘船逃脱这个惩罚之地。

二　律法的内化生产

借助福柯的权力模型，巴特勒探讨了主体被生产的外部条件。在卡夫卡的小说中，我们看到了权力机制具体的生产图景。巴特勒认为，对权力机制的洞察有助于我们理解权力深重的压抑，但另一方面，福柯又对服从本身的生产力和能动性有所忽略。巴特勒指出，在福柯的权力机制中，甚至身体也是权力的产物，然而，身体在权力的重压之下只能表现得像是被书写的白纸，完全失去了身体作为物质所具有的能动性。② 此外，福柯权力机制的另一个重大缺陷恰恰和黑格尔相反，它控制了肉体，但是较少考虑精神。巴特勒注意到，在福柯的理论中，"不仅整个精神领域仍然在很

---

① ［德］瓦尔特·本雅明：《弗朗茨·卡夫卡》，陈永国译，载陈永国、马海良编《本雅明文选》，中国社会科学出版社1999年版，第245页。

② 参见 Judith Butler, "Foucault and the Paradox of Bodily Inscriptions", *The Journal Philosophy*, Vol. 86, No. 11, Eighty‑Sixth Annual Meeting American Philosophicial Association, Eastern Division, Nov., 1989, p. 604。

大程度上没有被注意，权力在主体的这种屈从和生产中所起到的双重作用也未被揭示"①。

巴特勒返回到黑格尔那里寻求弥补的工具。在《权力的精神生活》中，巴特勒指出，黑格尔主奴辩证法当中的服从事实上已经开启了我们的能动性。按照黑格尔的说法，主人和奴隶相互关系的确认经历了一系列的转化。主人占有奴隶的劳动成果，否定了劳动成果作为物的独立性，与此同时把物的独立性让与奴隶，让奴隶对物加以改造。在这样的循环当中，奴隶逐渐成为主人的附属，所以巴特勒说："主人最开始是以'外在的'形式出现在奴隶面前，再度出现时却已成为奴隶自己的意识。"② 主人最先是自封为主人，但后来奴隶认可了他是主人。奴隶并非生而为奴隶，而是在承认了主人之后自己才占有了奴隶的身份。

借助精神分析，巴特勒继续深入探讨权力的内化。较之黑格尔的奴隶，"自我"在弗洛伊德看来处境要极端得多，它处于一仆三主的结构中："我们把这同一个自我看成一个服侍三个主人的可怜的造物，它常常被三种危险所威胁：来自于外部世界的，来自于本我力比多的和来自于超我的严厉的。"③ 精神分析主要通过抑郁症式的合并结构进行自我的生产，巴特勒认为，精神分析抑郁症公式与黑格尔主奴的生产具有相同的结构：将他者内化，弗洛伊德对自恋和忧郁症的阐释都包含着内化他者的内核。弗洛伊德认为，由于"自我力比多"与"对象力比多"之间存在对立均衡的关系，一方面用得越多，另一方面则用得越少。因而当我们将力比多从"对象贯注"（object-cathexes）中撤回，这个从外部世界撤回的力比多必然转向自身，便产生了"个体对待性对象一样的对待自体的一种态度"④，即自恋。忧郁症也是从关注客体转向自身，但情况稍有不同。弗洛伊德认

---

① ［美］朱迪斯·巴特勒：《权力的精神生活：服从的理论》，张生译，江苏人民出版社2009年版，第3页。

② 同上。

③ ［奥］西格蒙德·弗洛伊德：《超越快乐原则》，载［奥］西格蒙德·弗洛伊德《弗洛伊德后期著作选》，林尘、张唤民、陈伟奇译，上海译文出版社2005年版，第209页。

④ ［奥］弗洛伊德：《性学三论》，宋文广译，载［奥］西格蒙德·弗洛伊德《弗洛伊德文集》第二卷，车文博主编，长春出版社1998年版，第252页。

为，忧郁症是对失去的病态反映，因为丧失所爱之物而对外部完全失去兴趣。当爱的客体消失后，人们却不愿将力比多从爱的客体中撤走，不愿放弃力比多曾经占据的位置，但现实中这个位置已经没有了，于是患忧郁症的人通过幻想来抓住这个已经失去的爱的客体，将自我和幻想的他者合并。所以，忧郁症者的自我不仅把它自己当作一个爱的对象，同时也当作侵犯和仇恨的对象。巴特勒认为，忧郁症对自我的生产经历了特殊的路线："从对象到自我的转向生产了自我"①，这个与幻想的他者合并的自我最后取代了被遗失的对象。

在前面两章，我们多次讨论过精神分析的乱伦禁忌与同性禁忌，这两个禁忌被精神分析视为原初禁制，是精神分析考察身份认同时最重视的禁忌。与自恋及忧郁症直接将他者内化的方式不同，禁律是在进入超我之后成为人内在的行为准则，从而有效地控制人的行为。当这些禁律内在化之后便对人产生作用，形成良心（conscience）和愧疚感。在《权力的精神生活》中，巴特勒指出禁律具有生产性的特殊情况。譬如，"道德律法的承担者发展成为它的规则的最严重的违背者"②，《红字》当中的丁梅斯代尔（Dimsdale）牧师，汤姆·斯托帕（Tom Stoppard）戏剧中的道德哲学家莫不如此。巴特勒在著作中多次指出精神分析的原初禁制所具有的逆向生产力，在第二章和第三章里，我们曾经分别讨论过俄狄浦斯情结所包含的同性禁忌和乱伦禁忌对性别身份及亲属关系的生产，即被禁止的欲望其实是禁律的产物。

但对于大多数人来说，最普遍的情况是，当我们将禁律作为自我检视的法律，由此导致的直接结果就是一旦我们触犯它们，就会产生负罪感。弗洛伊德认为，这是禁律通过恐惧在起作用："有罪感的两个根源：一个是起源于对权威的恐惧，另一个则起源于对超自我的恐惧。"③ 在《文明

---

①　［美］朱迪斯·巴特勒：《权力的精神生活：服从的理论》，张生译，江苏人民出版社2009年版，第164页。

②　同上书，第52—53页。

③　［奥］西格蒙德·弗洛伊德：《文明及其不满》，载［奥］西格蒙德·弗洛伊德《弗洛伊德文集》第二卷，车文博主编，长春出版社1998年版，第124页。

及其不满》、《图腾与禁忌》当中，弗洛伊德表示人们向善不是因为欲善，而是害怕惩罚。在反道德的尼采生活的年代，也许极少有人从心理学角度谈良心，但尼采对于那些通过恐惧来令人服从的宗教化良心嗤之以鼻："我希望自己能同所有不在清教徒良心恐惧症下过活的人一块儿生活——应该这样生活，使自己的感性日益精神化和多样化。"①

　　巴特勒认为，弗洛伊德认为禁律通过恐惧起作用的说法有一定合理性，同时接受尼采惩罚主体的概念，因为正是惩罚主体的存在将法律内在化于人心。② 譬如谴责作为一种行为，其效力可能远远超过行为发出者的意图，它可以长久地作用于人心，以伦理之名施加的谴责更容易造成直接的暴力后果。巴特勒认为，卡夫卡的作品《判决》就深刻表明了这一点。《判决》同样是一场没有法律条文的判决，它是父亲对儿子的审判。父亲训斥了想订婚的格奥尔格一番之后，最后说道："可是说到底，你是一个没有人性的人——所以你听着，我现在判你去投河淹死！"③ 格奥尔格果真执行了这个判决，夺门而去投河而死。巴特勒指出，由于格奥尔格的行为满足了父亲的精神愿望，所以谴责并不是单向的行为，"格奥尔格必须将父亲的谴责作为他自己行为的准则，并且分享了父亲的愿望，这样才能促使他冲出房间"④。并且在遭到这样严厉的谴责之后，格奥尔格也像惩罚营的犯人一样接受了自己的罪名和判词，只是感觉到悲伤和委屈，他在临死前低声喊道："亲爱的父母亲，我可一直是爱着你们的。"⑤ 巴特勒剖析格奥尔格将自己的死亡作为爱的礼物献给父母，表明格奥尔格的自我彻底解体，以受虐的姿态认可了自己是因罪而亡。巴特勒最后指出，按照斯

---

　　① ［德］弗里德里希·尼采：《权力意志：重估一切价值的尝试》，张念东、凌素心译，中央编译出版社 2000 年版，第 55 页。

　　② 参见 Judith Butler, *Giving an Account of Oneself*, New York：Fordham University Press，2005，p. 15。

　　③ ［奥］卡夫卡：《判决》，孙坤荣译，载叶廷芳主编《卡夫卡全集》第一卷，河北教育出版社 2001 年版，第 47 页。

　　④ Judith Butler, *Giving an Account of Oneself*, New York：Fordham University Press，2005，p. 47.

　　⑤ ［奥］卡夫卡：《判决》，孙坤荣译，载叶廷芳主编《卡夫卡全集》第一卷，河北教育出版社 2001 年版，第 47 页。

宾诺莎的观念，人在适当的处境中会欲求好好地活下去，但格奥尔格所遭受的伦理性惩罚已经将他求生的念头转变成速朽的欲求。

应当说，父亲的言辞所具有的法律效力已经大大胜过社会的法律。没有人押送格奥尔格奔赴刑场，他是自己死刑的执行人，这充分显示出内化的律法具有的惊人暴力。本雅明则将父亲的权威视为家庭的表征，他认为卡夫卡笔下的家庭和官僚机器并没有什么不同，"卡夫卡笔下奇怪的家庭里父亲靠儿子养肥自己，而且还蚕食儿子生存的权利。父亲施行惩罚，但他们同时又是控告者。他们控告儿子的罪过似乎是一种原罪"①。本雅明的分析很容易令人想到福柯将家庭和社会作为两个并行的机制，从这个角度来看的话，福柯对家庭机制效力的认识与本雅明一致，它们更隐秘也更高效，当然，如果造成暴力，那也更残忍。人在这种处境当中几乎是暗无天日的，所以，本雅明从审美角度来看，认为人在这种机制中的绝望和被控告是卡夫卡笔下人物美感的来源之一。

通过卡夫卡《致父亲》以及他的传记，我们能够认识到《判决》这部作品不仅有象征意义，也是卡夫卡自身的写照，因而父亲的谴责更具有普遍性的现实意义。由于卡夫卡笔下的"法律"和"判决"跨越了家庭和社会机制，所以，巴特勒的分析向我们展开的其实是在普遍性的权威统治下内化为良心的律法所具有的巨大生产力，以及对人性的野蛮剥夺。

三　主体是律法的误识

按照巴特勒的述行理论，身份的主体固然是被建构之物，但不能保持永久的稳定状态。主体通过重复被建构，这种重复并非是单调地重复自身，它在不断地行动当中可能变换方向，偏离预设的轨道。在第一章里，我们谈过因为重复行动的存在，产生了身份重新书写的可能，即再赋义。在《权力的精神生活》当中，巴特勒则着重指出因为主体的生成性，所以

---

①　［德］瓦尔特·本雅明：《弗朗茨·卡夫卡》，陈永国译，载陈永国、马海良编《本雅明文选》，中国社会科学出版社 1999 年版，第 235 页。

我们现有的身份只是暂时的。按照福柯的观念，"规训的话语并不能单方面建构出主体，更确切地说，如果它建构出了主体，它同时会建构出主体解构的条件"①。巴特勒认为，正是重复在担负建构和解构的重任，因为重复的行为暗示了不连续性，这造成主体断裂的可能。

巴特勒坚持，重复是被迫的重复，这个在强力当中形成的身份可能只是异化的存在。她指出："只有通过坚持他性（alterity），一个人才能坚持'自己'的存在。一个人受制于并非自己制造的条款，在某种程度上，他总是通过范畴、命名、术语和分类，来坚持自己的存在，而这标志着社会性中的一种最初的和开创性的异化。"② 这表明，一个人是被迫进入身份表演的，但假如当他只是自动地进行表演而不进行反思时，就进入了异化的状态。卡夫卡笔下那些缺乏反思的人，诸如变成甲虫的格里高尔和诸多的小人物就是这样的状态。在现实生活中，恐怕"二战"为我们提供了更多这样的原型。第三帝国保安总部第四局 B—4 科的科长艾希曼，曾通过自己在铁路运输方面的专长把百万犹太人送进了集中营。战争快结束时，火车车皮不够用，艾希曼便让被捕者自己步行走向死亡营地。阿伦特在《耶路撒冷的艾希曼：关于平庸的恶的报告》中提出"平庸的恶"，认为艾希曼是作为机器当中的一个螺丝钉在起作用，并非完全是主观意愿，但是我们并不能忽略在此过程中他们对自己的行为缺乏反思以及不对自己负责的态度，这导致他后来成为杀人魔王。

美国社会心理学家菲利普·津巴多（Philip Zimbardo）研究"情境力量"对个人行为的影响，其研究成果也显示了人可能会受环境影响而异化。经过"斯坦福监狱实验"和一系列研究，津巴多发现"在特定的情境下，情境力量远远胜于个体力量"③。1971 年的斯坦福实验，津巴多挑选来一批身心健康、情绪稳定的大学生，随机分为狱卒和犯人两组，进入

---

① ［美］朱迪斯·巴特勒：《权力的精神生活：服从的理论》，张生译，江苏人民出版社 2009 年版，第 93 页。

② 同上书，第 25 页。

③ ［美］菲利普·津巴多：《路西法效应：好人是如何变成恶魔的》，孙佩妏、杨雅馨译，生活·读书·新知三联书店 2010 年版，第Ⅲ页。

模拟的监狱环境生活。实验只进行到第六天，参与实验者已经完全进入制服和环境所规定的角色，变成残暴不仁的狱卒和心理崩溃的犯人。津巴多将令一个普通人变成恶魔的社会效应称为"路西法效应"，这种状况在现实中不乏实例，尤其是战争环境对个人的改变最为迅捷，卢旺达大屠杀、美军阿布格莱布监狱虐囚事件莫不如此，众多士兵迅速成为杀人机器和虐待狂。然而，津巴多在研究当中也发现，被情境改变最彻底的人根本原因还是在于他们自身，他们沉迷于情境，失去了自我觉察力和情境敏感度。所以，他认为承认错误和对自己的错误负责的态度有助于让自己脱离情境，情境对人并没有最终的决定效力。

所以，虽然人必然受各种律法和环境的限制，但是这些限制并不是永久的，我们所拥有的身份未必就要伴随终生。在阿尔都塞的询唤场景中，主体化可能只是"误识"（misrecohnition）而已，虽然他认定人不能逃脱意识形态，但我们对呼唤的反应可能只是对声音错误的理解，就好比奥斯丁的语言述行，如果意图没有完全被领会，那么述行也是失败的。权力的传播也如同对话，它并不是单向的，需要双方共同参与。按照阿尔都塞的说法，成为"主体"就是已经被假定为有罪，然后被判决宣布为无辜，"因为这种宣判不是一个单一的行动而是一个被不断再生产的状态，成为'主体'就是持续地处于免除自身有罪的谴责的过程中"①。所以巴特勒指出，这种主体化"是一种误识，一种错误的和暂时的总体化"②，因为人不大可能完全机械地执行所有的判决，所以，存在发生意外的可能。在阿尔都塞杀妻案中，巴特勒发现阿尔都塞认罪的场景甚至就是询唤的翻转。阿尔都塞宣称在杀害妻子之后，他跑到街上寻找警察自首，这完全是主体自动去寻找身份的图景，几乎是一场反询唤的询唤。

巴特勒认为，阿尔都塞对误识的阐释与拉康的镜像阶段有内在联系。拉康在《镜像阶段》里指出，在镜中所看到的自我只是想象性识别，我们所看到的自我只是想象的构成，因而身份只是外在化认同的产物。所以巴

---

① ［美］朱迪斯·巴特勒：《权力的精神生活：服从的理论》，张生译，江苏人民出版社2009年版，第114页。

② 同上书，第108页。

特勒认为对于拉康的理论来说，"想象域表明了话语的——也就是说，象征的——身份的建构的不可能性"。① 这也让我们看到身份不仅是暂时的，甚至还可能只是假象而已，从这个角度来看，阿尔都塞通过询唤得到的身份只是"声音镜像"而已。巴特勒看到，从弗洛伊德的角度也能得出询唤通过失败来工作的结论。弗洛伊德的身份以忧郁症的结构进行合并，但是巴特勒认为自我对对象的替代与合并不能完全成功，因为对遗失的对象来说，"自我是一个拙劣的替代品，并且，它无法令人满意地替代（就是说，克服了它作为代用品的地位）"②。

所以多方面对身份主体的认同都导向身份暂时性与想象性的结论，这令身份成为可能性而非结论，这种可能性对我们来说意味着更多的希望：

> 我们可以把"存在"（being）重读为正是那种潜在的可能性，任何一种特定的询唤都无法穷尽它。这样一种询唤的失败也许彻底削弱了主体在一种自我认同的意识中"是"（to be）的能力，但是，它可能也同样标志了这样一条道路，它通向一个更开放的、甚至更为道德化的存在，它属于未来或者通向将来。③

可以看到，巴特勒对人社会性存在的考察全面而丰富，无论人的外在性还是精神意识，都置身于权力机制的罗网中难以逃脱。但这种机制对于巴特勒来说并不意味着深重的压抑和单一化的生产，相反，当自我意识到它自身的存在，就有可能改变它的处境。压抑未必是永久的黑暗，奋起反抗也不能走向乌托邦，但是一旦自我主动去寻求自身，就能通向更多的可能和希望。

---

① ［美］朱迪斯·巴特勒：《权力的精神生活：服从的理论》，张生译，江苏人民出版社 2009 年版，第 91 页。
② 同上书，第 165 页。
③ 同上书，第 126 页。

第三节 与他人相遇

康德有言:有两种事物,我们越是沉思,越感到它们的崇高与神圣,越是增加虔敬与信仰,这就是头上的星空和我心中的道德律。① 由两希文明发展而来的西方文明,一面从希腊文明那里获得科学和艺术的源头,一面在希伯来文明中得到道德戒律约束自我。拥有犹太身份的巴特勒在非犹太传统当中考察社会对人的生产,回到犹太传统当中则看到自我是伦理矩阵的产物,也在伦理矩阵当中被维持。② 在《自我的解释》开篇,巴特勒借阿多诺之口指出伦理道德并非都是暴力,福柯在《性经验史》中则将伦理道德称为"实践的艺术",伦理道德作为人的治理术在这里已经不复《规训与惩罚》当中那血淋淋的权力展示,而成为生活的艺术。

巴特勒赞同福柯将伦理视为积极的生产,例如康德所称道德当中隐藏着自我。③ 伦理道德对人的塑造与冰冷的社会机制存在一定的差异,所以"人们必须有良心,但却不能退回到良心中"④。巴特勒主要从以下两个方面来考察伦理对人的塑造:伦理作为自我约束的需要,伦理对自我的约束最终是为他人负责。

一 德行的自我

在《自我的解释》开篇,巴特勒通过对阿多诺《道德哲学的问题》的文本阐释界定她对伦理的基本看法:

> 以集体观念的形态而持续存在的伦理或者道德的方式是最会"瓦解的",假如允许我用黑格尔的哲学并且是非常简练的方式来说的话,

---

① 参见 [德] 康德《实践理性批判》,邓晓芒译,人民出版社 2003 年版,第 220 页。

② 参见 Judith Butler, *Giving an Account of Oneself*, New York: Fordham University Press, 2005, p. 7。

③ Ibid., p. 108.

④ [德] T. W. 阿多诺:《道德哲学的问题》,谢地坤、王彤译,人民出版社 2007 年版,"译者前言"第 8 页。

这就是：世界精神将不与这样的伦理观念同在。如果人的觉悟水平和
社会生产力的水平脱离这些集体的观念，这些观念和暴力就会接受一
些暴力和强制的东西；然后，这种强制的东西就会被包含在伦理习俗
中，正是伦理习俗中的暴力和恶使得伦理习俗本身与德行相矛盾，而
不是像颓废派理论家们所抱怨的那样，这是简单的道德沦丧。①

巴特勒认为，阿多诺在这段话中首先阐明了伦理会导致暴力的情况。
阿多诺珍视道德传统，他认为"道德概念具有宏大和不可蔑视的传统"②，
伦理并不总是表现为暴力，当它导致暴力时，巴特勒指出那是因为"集体
化的伦理观念将暴力作为工具来维持它的集体化"③，也就是说，它因为
强行地实行普遍化策略而忽略了个体。巴特勒认为，布什政府以军事手段
干涉外国的民主就是强行普遍化的行为，比如巴勒斯坦和伊拉克。

巴特勒提醒我们注意，暴力并非来自伦理本身，而是那些通过暴力施
行伦理强制的行为。阿多诺在著作当中也指出，尼采亮出的反道德姿态所
反对的是禁欲主义的道德，而非道德本身。例如，格沃尔格·毕希纳
（Georg Büchner）戏剧《沃伊采克》中的沃伊采克，作为一个有私生子的
本分人，他的上尉在评判他的时候就陷入"他是一个好人"和"他是一
个不道德的人"这两种论断中难以取舍。如果按照尼采反禁欲主义的道德
观念，那么这个难题就迎刃而解。因为道德的自律包含着这样的内容：人
们应当按照自己的本性去生活，要反对强制性的东西。

阿多诺这段话所阐明的第二点，巴特勒认为须注意他坚持的道德是有
条件的，即道德须符合社会现实。阿多诺再次用尼采的例子来对此做出阐
释。在《偶像的黄昏》中，尼采将弗里德里希·席勒（Johann Christoph
Friedrich von Schiller）那样的道学家称为"赛京根的道德吹鼓手"，就是

---

① ［德］T. W. 阿多诺：《道德哲学的问题》，谢地坤、王彤译，人民出版社 2007 年版，
"译者前言"第 19—20 页。

② 同上书，第 17 页。

③ Judith Butler, *Giving an Account of Oneself*, New York：Fordham University Press, 2005,
p. 4.

因为他们所提倡的道德已经沦为脱离于时代需求的表演性姿态。巴特勒认为，是"社会历史条件推动道德形成和风格化"①　而非相反，也正是在这个意义上我们才需要符合社会现状的道德。

巴特勒明确指出，她认同阿多诺重视道德正面效应、反对将道德视为暴力的看法。福柯在这个问题上走得更远，福柯在生命晚期将伦理视为生产力，称其为"自我的艺术"。在《快感的运用》中，福柯表示道德作为一套价值和行为准则，意味着"人们正当'行事'的方式，也就是说，人必须根据法则的各规范要素把自己塑造成行为的道德主体"②，巴特勒认为福柯开发出了伦理的巨大潜能，伦理既管理个人的生活，同时还起到生产主体的作用，并且这种生产在很大程度上是积极的自愿的生产。

在巴特勒看来，道德的生产性首先体现为标准和规范。在《什么是批判》一文中，巴特勒表示批判是自我的实践，但这个实践如果没有道德也许会失去评判的标准。此外，为了维持与他人的关系，规范的存在是必需的，因为"没有哪个'我'能够完全远离它所出现的社会环境，没有哪个'我'能够摆脱道德规范的牵连"③。阿伦特在《人的境况》中则指出，规范是大众社会兴起的必要条件，社会期待从它每个成员那里得到某些共同的行为，就要"通过施加无数各式各样的规则，使它的成员都'规范化'，排除任何自发的行动或特立独行的成就"④，最后才能达到能以同等程度、同样力量，包围和控制一个特定共同体内所有成员的程度。

对规范的遵守则体现为康德意义上的自律，自律是人主动运用道德规范来指导自己的行为，而非被动地执行禁令。在《消解性别》中，巴特勒区分了规范和法律。巴特勒认为，"规范"（norm）与"规则"（rule）和法律（law）不尽相同，规则尤其是法律的执行要有明确的条文，其对人的约

---

① Judith Butler, *Giving an Account of Oneself*, New York：Fordham University Press, 2005, p. 6.

② ［法］米歇尔·福柯：《性经验史》，佘碧平译，上海人民出版社2005年版，第122页。

③ Judith Butler, *Giving an Account of Oneself*, New York：Fordham University Press, 2005, p. 7.

④ ［美］汉娜·阿伦特：《人的境况》，王寅丽译，上海人民出版社2009年版，第26页。

束具有更多的强制性，而规范"是作为规范化的隐性标准在社会实践的内部运作的"①。这与中国儒家的"良知良能"具有内在的联系。《孟子·尽心上》曰："人之所不学而能者，其良能也；所不虑而知者，其良知也。孩提之童无不知爱其亲者，及其长也，无不知敬其兄也。亲亲，仁也；敬长，义也；无他，达之天下也。"② 意即人有天赋的道德知识和道德能力，善与生俱来，大部分人生来能够无功利心、无条件地爱自己的家人。华人学者梁燕城指出，原始孝悌之道是人的心灵与生活世界的互动，这种纯无条件自发的感情，当受到适当的教育后就能够发展为礼仪的他律，这便是义务和责任之始。③

所以，巴特勒认为，尼采固然有力地批判了道学，但是他对良心的看法存在深重的危机，因为他也和精神分析假定禁律一样，反过来"假定越界比普遍性还要普遍"，④ 而罔视道德伦理对自我的生产力。尼采在《道德的谱系》中有名的还债例子就是如此，债务人不能偿还贷款，这个时候债权人从道德的义务宣告债务人有罪，并伤害债务人。在这个过程中，债务人完全没有用道德自我反思，因而道德对他的惩罚是来自债权人，这种惩罚在巴特勒看来是报复性的行为，而不具备生产性。⑤

事实上，正如福柯所说，一些道德与法律相联系，另一些道德与自我密不可分，"它们把对各种主体化形式与自我实践的探究作为自身强大而有活力的要素"⑥。在福柯看来，古希腊人的自我克制，甚至犬儒般的苦行式自律，都体现了伦理化自治，这是希腊人为了让生活艺术化而自发的自我管理，中国古人对养生的重视也体现了这一点。巴特勒认为，福柯通

---

① ［美］朱迪斯·巴特勒：《消解性别》，郭劼译，上海三联书店 2009 年版，第 41 页。

② 杨伯峻编：《孟子译注》，兰州大学中文系孟子译注小组修订，中华书局 1962 年版，307 页。

③ 参见"基督徒生活网'梁燕城文集'"《虚无主义气氛下的道德哲学：后现代伦理学若干问题》，http://www.ccgn.nl/boeken02/liangyancheng/htm/19.html。

④ Judith Butler, *Giving an Account of Oneself*, New York: Fordham University Press, 2005, p. 13.

⑤ 参见［美］朱迪斯·巴特勒《权力的精神生活：服从的理论》，张生译，江苏人民出版社 2009 年版，第 70 页。

⑥ ［法］米歇尔·福柯：《性经验史》，佘碧平译，上海人民出版社 2005 年版，第 125 页。

过批判来形成自我，也通过批判来管理自我，伦理就是对自我的批判，人们通过这样的自我批判来治理自身。在这样的伦理治理下，"自我的转换及批判实践都是风格化的艺术和重复，这里没有自我对规则的接受和拒绝，而是当伦理需要它们的时候做出风格化的回应"①。因而萨拉指出，对于福柯和巴特勒来讲，作为风格化道德的美德（virtue）都是自我实践的建构。②

　　显而易见，除了福柯的影响，巴特勒对道德自律的理解源自她所受的犹太传统教育。巴特勒是匈牙利与俄罗斯犹太人后裔，家庭成员素来以欧洲人自居。巴特勒自幼在希伯来学校接受教育，少年时在犹太教堂的学习是她最早接触哲学的途径之一。本来在高中前便可以停止去教堂上课，但巴特勒一直坚持到高中时期。14 岁那年，巴特勒因为在课堂上讲话，拉比以课后单独辅导作为惩罚，但巴特勒却非常享受这个惩罚的过程，因为可以单独和拉比讨论，从中接触到更多的学问。除了犹太教堂，巴特勒最早的哲学接触也是来自犹太人，那是少年时期她在地下室找到的斯宾诺莎《伦理学》。在以色列《国土日报》（*Haaretz Daily*）的采访中，巴特勒还谈到犹太哲学家马丁·布伯（Martin Buber）对她从少年持续至今的影响。相反，巴特勒接触福柯和黑格尔等人都是在大学以后，而由于犹太人对尼采的本能抗拒，巴特勒直到大学以后才开始勉强阅读尼采的著作，但她在进入耶鲁前一直保持对尼采的鄙视。

　　在巴特勒的著作中，我们也能够清晰地看到马丁·布伯所倡导的"我—你"相遇哲学及另一位犹太思想家勒维纳斯重视他人的主张。马丁·布伯作为犹太人的精神领袖，以其学识和呼吁犹太人与阿拉伯人和平共处而为世人敬仰。勒维纳斯则因大力倡导犹太教"为他人"的道德主张而被称为20 世纪最后一位道德哲学家，在《自我的解释》中，巴特勒通过勒维纳斯来阐释对自我的寻求最终要走上为他人负责的道路。

　　犹太学者们认为，"自由是在不自由中开始的，它与自由中诞生的自

---

①　Judith Butler, "What Is Critique? An Essay on Foucault's Virtue", In Judith Butler and Sara Salih, eds., *Judith Butler Reader*, Malden and Oxford: Blackwell Publishing, 2004, p. 311.

②　Ibid. , p. 302.

由一样纯洁"①。对个人的约束是公共生活的有力保障,《雅歌》中的诗句
说明了道德对人的强大渗透:"甚至你们中间真正的无赖,也满脑子戒律,
像一个颗粒饱满的红石榴"②,犹太口传律法典籍《塔木德》解释道:"没
有戒律的犹太男人对世界是一种威胁。"③ 在勒维纳斯看来,道德戒律令
每个人获得自身的位置,并且维持与他人的关系。他通过分析《雅歌》中
的一句诗对此加以说明:"你的肚脐像一个圆形的酒杯,里面盛满着美酒,
你的腰肢像一束小麦,四周有玫瑰花围绕着。"④ 在勒维纳斯看来,这句
诗比喻了作为正义场所的犹太法庭。大型犹太法庭有 71 位成员,"酒杯"
比喻 23 位席的稳定性,"盛满着美酒"意味着从来不应该缺少这 23 位成
员。大家都在利用小麦,大家都按各自的看法寻找着法庭判决的理由。玫
瑰花所围的圈,正是罪恶的隔墙。勒维纳斯认为,以色列的法官必须是特
殊的人,因为要求审判的人必须是比所有人更好的人,即使仅有一圈玫瑰
花将法官与罪恶隔开,他们那里也不留一点缺口。这一圈玫瑰花围绕着他
们,微小而美丽,但是有如道德一样对人有强大的约束力,因为道德是人
的尊严写照,"道德要求人的尊严懂得在无标志时也能存在"⑤。执法者受
到律法的有效制约,才能为公众更好地服务,"在功用视野得到保障之前,
任何人不得自由活动。这是官员的规章制度。为大家服务的职责不是出于
个人的权利和义务,而是先于它们而存在"⑥。只有秩序和道德的克制,
才能保证公正的存在,在这种公正有序的条件下,所有的人都能够寻找到
自己的位置。

个人的不自由是为了众人的自由,这体现了犹太人的群体观念,因而按
照犹太传统,道德的最高境界是为他人负责。道德的自律在这里不仅体现为

---

① 关宝艳:《伦理哲学的丰碑》,载〔法〕埃马纽埃尔·勒维纳斯《塔木德四讲》,关宝艳译,商务印书馆 2005 年版,第 13 页。
② 〔法〕埃马纽埃尔·勒维纳斯:《塔木德四讲》,关宝艳译,商务印书馆 2005 年版,第118 页。
③ 同上书,第 119 页。
④ 同上书,第 107 页。
⑤ 同上书,第 116 页。
⑥ 同上书,第 111 页。

自我治理，它最终也能为我们营造一个更好的世界。这正是巴特勒在著作当中多次表示过的观点：我们质疑规范和遵守规范都是为了更好地生活。

二　负债于他人

犹太教对他者的态度是一种道德的态度，在勒维纳斯看来，这是以"我对他者负责"的态度实行精神自救，因为"上帝是最杰出的他者，作为他者的他者，绝对的他者——然而我与这位上帝之间的摆平只能取决于我。宽恕的工具掌握在我手中"①。通过他者回转自身，与中国人"推己及人"的逻辑恰好相反。

巴特勒对他者的重视与犹太传统有关，但不完全是宗教意义上的。巴特勒对他者问题的思考运用了黑格尔承认模式所包含的主体间性结构：我们需要通过他者来发现自身。在黑格尔的承认模式中，主人之所以成为主人，还需要有奴隶的存在及其承认才能确保主人的身份。这个承认结构对于后人考察自我与他者的关系影响深远。福柯也认为，真理机制的问题是我不能承认我自己。② 拉康的镜像阶段其实也包含着承认的内核："人要成为自己，就要以自己对外部他人的认同为前提。"③ 巴特勒则认为，承认确保了人的社会性存在，"当我承认他人的规范，那么我就不再是孤身一人"④。

在黑格尔的承认结构中，承认的双方都是自为的存在，但是，只有自己扬弃了自己的自为存在，同时保证对方也是自为存在的情况下，它自己才有自为存在，二者之间互为中项：

> 每一方都是对方的中项，每一方都通过对方作为中项的这种中介
> 作用自己同它自己相结合、相联系；并且每一方对它自己和对它的对

---

① ［法］埃马纽埃尔·勒维纳斯：《塔木德四讲》，关宝艳译，商务印书馆 2005 年版，第 19 页。

② 参见 Judith Butler, *Giving an Account of Oneself*, New York：Fordham University Press，2005，p. 25。

③ ［日］福元泰平：《拉康：镜像阶段》，王小峰译，河北教育出版社 2002 年版，第 122 页。

④ Judith Butler, *Giving an Account of Oneself*, New York：Fordham University Press，2005，p. 24.

方都是直接地自为存在着的东西，同时只由于这种中介过程。它才这样自为地存在着。它们承认它们自己。因为它们彼此相互地承认着它们自己。①

巴特勒认可黑格尔这个具有主体间性的相互依存结构，但是她认为这个结构正是在互为中项这一点上存在重大缺陷。"中项"在这里是作为自我认识自身的媒介在起作用，表明自我的发现不得不通过媒介，那么这个作为媒介的他者就是在主体的外部。主体在承认结构中似乎吸收了外部的一些特征后返回自身铸造自我，巴特勒认为，这只是在挪用他者而已，②因而它是一种剥夺的模式。

巴特勒主张将承认的运作视为"相关性"（relationality），这更像一个交流而非剥夺："'相关性'一词将我们试图表述的关系中的断裂缝合了，而这个断裂正是构成身份本身的一个要素。"③ 可以看到，巴特勒运用犹太传统中的他者概念修正了黑格尔的承认结构。她首先重新改写海德格尔的"迷误"（esctasy），这个概念在海德格尔那里意为处于自身之外的非本真存在。巴特勒认为，换一个角度思考，"迷误"其实为我们提供了一个置身于他者当中与他者对话的机会，她宣称"如果我尚能与一个'我们'对话，并将自己涵括在其意义之内的话，我是在与我们中那些以置身于自己身边的方式生活的人对话"④，这是一个置身于他者当中去理解他们的过程，他者不是对我的侵占，我也无须剥夺他者，而是在与他者的对话中一面理解他人，一面看清自身。巴特勒对迷误的改写几乎是马丁·布伯相遇哲学的另一种诠释。康·帕乌斯托夫斯基的《金蔷薇》之《夜行的驿车》这个故事以文学的手法阐释了"我"与"你"的意外相遇之美：安徒生把绯红的玫瑰献给旅店里奇丑无比的洗碗姑娘，他并不是出于屈尊俯就的怜悯，而

① ［德］黑格尔：《精神现象学》（上），贺麟、王玖兴译，商务印书馆1997年版，第147页。

② Judith Butler, *Giving an Account of Oneself*, New York：Fordham University Press, 2005, p. 27.

③ ［美］朱迪斯·巴特勒：《消解性别》，郭劼译，上海三联书店2009年版，第19页。

④ 同上书，第20页。

是有待于命运的偶然产生"我"与"你"的相遇，在这一瞬间，安徒生之"我"与那个遭受歧视的"你"相遇，在这个相遇的短暂时刻，安徒生体味"你"的痛苦和欢欣，而洗碗姑娘则沉浸在"我"的绚烂光华中。①

巴特勒认为，在社会共同体当中，我与他人之间应当相互试着去理解。亚当·菲利普（Adam Phillips）在评论《性别麻烦》时，认为保罗·瓦雷里（Paul Valery）的反讽能够解释这种情况，瓦雷里说道："我完全真心地相信，如果每个男人除他自己的生活之外不能够过更多的生活，他将不能够过自己的生活。"② 在《消解性别》当中，巴特勒指出为了相互的理解，我们应当将自己交付他人：

> 在自己身边，保持界限的渗透性，将自己交付他人，认清在自己所处的欲望轨道上，自己被置于自身以外，并被不可逆地放到一个不以自己为中心的、和他人共处的环境中。属于身体生活、性生活，以及性别区分（这种区分，一定程度上，总是为他人而作的区分）的特定社会性建立起一个和他人在道德上彼此牵连的场，并建立起一种第一人称角度——也就是自我角度——上的方向感丧失。③

巴特勒在 2004 年 11 月为《伦敦书评》撰写的文章《论雅克·德里达》中，运用"负债感"这个观念将交付他人的态度推向了一个新的高度。这篇文章是在"坎德尔事件"④ 后巴特勒为维护德里达做出的回应。文章从"哀悼"的话题谈起，德里达 2001 年在《哀悼之作》（*The Works of Mourning*）中公开追悼了包括罗兰·巴特、保罗·德·曼（Paul de Man）、

---

① 参见陈维纲《马丁·布伯和〈我与你〉》，载［德］马丁·布伯《我与你》，陈维纲译，生活·读书·新知三联书店 1986 年版，第 8—9 页。

② ［美］朱迪斯·巴特勒：《权力的精神生活：服从的理论》，张生译，江苏人民出版社 2009 年版，第 152 页。

③ ［美］朱迪斯·巴特勒：《消解性别》，郭劼译，上海三联书店 2009 年版，第 25 页。

④ 2004 年 10 月 8 日德里达去世后，同年 10 月 10 日《纽约时报》发表坎德尔（Jonathan Kandell）撰写的讣告，讣告以轻佻的笔法描述了德里达的生平与学术生涯，称解构主义"晦涩难懂"，称"许多并无恶意的人仅仅为了能减免理解解构主义的负担而期望它死去"。这篇讣告甫一登出立即引起轩然大波，欧美地区学人立即做出回应，引发一场捍卫德里达的运动。

福柯等人在内的思想家，而驱使他写下这些文章并不是因为人到暮年，而是因为"负债感"。巴特勒认为，有负债感是因为"他们是他无法离开的作者，是与他共同思考的人，德里达通过他们进行思考。他写作，这是因为他阅读。他阅读，只是因为有这些作者存在，可以让他一读再读。如果没有这些作者，他就无法写作，仅从这一点来说，他常常'亏欠'他们"①。

"负债"这个看法来自勒维纳斯，勒维纳斯的负债公式几乎是对尼采还债故事的逆转。勒维纳斯认为，道德的极致是向他者亲近，而这源于我们对于他者的债务："我对邻人的关系，绝不是他对我的关系的逆命题，因为我永远无法偿清对他者的债务。这种关系无可逆转。"② 巴特勒认为，这促使德里达在学术上和社会活动中都致力于维护他者。1993 年 10 月，巴特勒和德里达在纽约大学同台演讲，演讲前德里达迫切地要感谢巴特勒对德里达在美国的传播所做的贡献。巴特勒侧身提醒他不要有那么强的负债感，当她问德里达"你的负债感"（your debts）时，德里达反问："我的死亡？"（my death）巴特勒在多年以后意识到这两个词恰好揭示了生者与死者之间的联系，而这篇文章也正是她要表达对德里达的"负债感"。巴特勒提醒我们有责任宣布自己对于他人的负债感，但要保持警觉，宣布并不等于了结，宣布只是责任，而债务是永远无法偿还的。

巴特勒对人的主体性身份思考全面而深刻，从现代性的批判传统及犹太思想传统两条主线分别考察人的独立性及关系性存在，运用福柯的权力机制和黑格尔的承认结构等来剖析人的生产。人的被生产既有来自权力机制的外在力量，也源自道德的自我治理。人为认识自身必须脱去社会的躯壳，但我们立足于世间所仰赖的是他人的认同及需要，所以，我们既要认识自我的独立品格，也要意识到我们只有在与他人的相关性中才能立足。巴特勒最后对犹太道德哲学的回归令她的思考充满了启示录的气息，也显示出巴特勒近年来的写作已经从质疑更多转向对认同的寻求。

---

① [美] 朱迪斯·巴特勒：《论雅克·德里达》，何吉贤译，《国外理论动态》2005 年第 4 期。
② [法] 埃马纽埃尔·列维纳斯：《从存在到存在者》，吴蕙仪译，江苏教育出版社 2006 年版，第 2 页。

第五章

话语暴力与想象的共同体

一直以来，巴特勒对身份的考察都更侧重身份与外部世界的相互作用。她发现，当存在差异或者不能被纳入规范时，普遍性在这个时候就往往表现为暴力。巴特勒早年对普遍性暴力的思考主要是围绕性别身份和自我的塑造，在"9·11"以后则转向国际政治领域，深入到美国的国际关系与民族身份等论域思考面向"他者"的暴力问题。

这个转变并非空穴来风。作为犹太后裔，"大屠杀"的创伤记忆是犹太人永远挥之不去的阴影。对巴特勒来说，大屠杀不仅意味着集体记忆，还有因家人逝去造成的个人伤痕。巴特勒的几个长辈，她母亲的叔叔和阿姨都死于大屠杀，而祖母除了两个侄子几乎失去所有的亲戚。在《身体传唤：宗教与朱迪斯·巴特勒》（*Bodily Citation：Religion and Judith Butler*）"后记"中，巴特勒表示，在研究性别问题之前，她致力于通过犹太人的集体困境来思考暴力。① 所以，巴特勒近几年立足于民族和国家政治领域来思考普遍性暴力，这是一种回归，也是对性别研究的深入和继续。在这个过程中，巴特勒找到了性别问题和民族问题的结合点，即身份问题的根源实际上在于如何定义"人"，如何对待他人。

---

① 参见 Ellen T, Armour and Susan M. St. Ville, eds., *Bodily Citations：Religion and Judith Butler*, New York: Columbia University Press, 2006, p. 278。

巴特勒早年的述行理论曾被认为仅适用于解释性别身份的建构，因为民族身份建构还涉及较多文化因素。所以，用她的述行理论来考察民族身份的建构显得牵强。但假如将述行放置在话语层面来考察的话，就会发现，无论是种族身份还是性身份，它们在话语层面所遭受的伤害都基于共同的基础：他们被视为"异常"的生命，民族身份的"异常"则特指不能被西方尤其是美国的规范所接纳。

所以，巴特勒对普遍性暴力的思考主要基于对美国的考察。和众多美国知识分子一样，巴特勒认为，美国由于其大国地位，理应为世界担负更多责任，然而事实上，美国利用其大国地位在一些地区造成对他者的暴力。对这个问题的考察，巴特勒主要聚焦于中东地区问题，同时涉及美国与阿拉伯世界的关系及巴以和平进程。巴特勒发现，在"9·11"之后，美国对阿拉伯世界所采取的报复行动，其话语运作方式与犹太复国运动（Zionism）① 之间具有一定的内在联系。即由于自身曾经遭受伤害，借此对一些相关群体采取过激的报复行为。所以巴特勒呼吁，也许我们需要身份来获得相应的权利，但是不要用凸显某些身份的手段去刻意制造分裂和隔阂。

本章围绕"9·11"以后美军在关塔那摩监狱和阿布格莱布监狱虐囚事件等文本，集中阐释巴特勒运用述行理论对普遍性暴力的剖析。本书系统考察普遍性暴力的话语运作方式，挖掘其文化根源及应对策略。同时揭示普遍性暴力所仰赖的民族国家等范畴的想象共同体特征。

第一节　话语暴力：实践与表征

巴特勒一贯坚持，身份的塑造及维持具有社会性，我们与"他人"一起制造自己的身份。无疑，勒维纳斯和马丁·布伯为我们展现了我与"他人"充满爱意的温暖关系。但巴特勒指出，这种关系的前提是我们都将这

---

① 又称锡安运动，源于《圣经》中的耶路撒冷别名。指犹太人或支持犹太人回到其古代故乡巴勒斯坦重建国家的运动。自19世纪欧洲出现反犹浪潮以后形成，自此一些犹太人开始向其宗主国及富有犹太人寻求支持和资助，形成移民浪潮。最终在"二战"后促使以色列得以建国。

个"他人"视为真正的人，否则就会出现暴力和伤害，展现于我们的就只是一幅"关于抛弃、暴力或饥馑的图画"①。

巴特勒认为，最普遍的暴力是话语层面的暴力。它以沉默或者攻击性的言行造成伤害，导致他人身心的创伤。本节主要分析暴力话语的运作方式及特征，同时以图片文本为例来探讨暴力话语的文化表征。

一　话语暴力的言说

在第一章，我们谈过巴特勒借重述行理论来进行身份建构的分析。在言说与被言说的反复行动中，身份不断被建构与解构。巴特勒坚称，身份的建构并不是随心所欲的过程，不仅对于身份的主体来说是如此，建构身份的权力话语本身也并不能够完全按照其意愿掌控身份。巴特勒认为，在身份建构过程中起关键作用的是话语层面的语言。既然身份的建构存在强迫性，那么势必存在话语层面的暴力，伤害也就在所难免。

（一）沉默的暴力

首先要强调的是，话语层面的暴力并不意味着都是用话语来进行。在某些情况下，话语因为保持沉默也可造成暴力。在《消解性别》中，巴特勒详细阐释了沉默如何造成暴力。巴特勒指出，在我们的社会中，某些生命完全没有被当成生命。但是，话语并不直接宣称这些生命非人化，而是对它们保持沉默。如果它们偶然在话语的书写中出现，那么就会显现为这样的状态："没有生命、没有丧失、没有共同的肉体状态、没有作为理解我们共同性的基础的脆弱，也没有对那种共同性的分割。这些都不会作为事件发生。这些都不会发生。"②

巴特勒认为，这些生命形态是话语的产物。它们正如福柯所说的那样，是权力与知识对生命进行分类的结果，而非本来如此。③ 在《词与物》开篇，通过豪尔赫·路易斯·博尔赫斯（Jorge Luis Borges）小说中的一个片段，福柯展示分类标准是由话语权力而定，因而分类也具有可变

---

① ［美］朱迪斯·巴特勒：《消解性别》，郭劼译，上海三联书店2009年版，第23页。
② 同上书，第25页。
③ 同上。

性。博尔赫斯在小说里虚构了"中国某部百科全书"对动物的划分："①属皇帝所有，②有芬芳的香味，③驯顺的……"① 这个分类让福柯看到，同一性实际是在横糊的、不确定的差异性背景下确立起来的，然而这样似是而非的标准却让一些事物被悄然隐藏，事物因此体现为可见和不可见两大类别。通过隔离策略，有一些生命被排除，比如，《古典时代疯狂史》中，乘坐愚人船漂泊于海洋的疯癫者，以及通过医院及监狱等隔离场所被分类的人群。最为边缘的是福柯在《不名誉者的生活》里面所记载的生命，这些不名誉者无足轻重，晦暗且简单，"他们只有因起诉状、警方记录才被短暂地提到阳光下来"②，他们接近于契诃夫笔下那些在社会底层苦苦挣扎的人群。

巴特勒将沉默的生命视为"贱斥物"（the abject）。这个概念来自克里斯蒂瓦《恐怖的力量》，意为"那些被驱逐出身体、当作排泄物排出、直截了当被打击为'他者'之物"③。巴特勒认为，表面上是主体将他者驱逐。但作为贱斥物的他者，它们的低下地位并不是先在的，而是通过这个排除的行为而被建构。正是这个行为构筑了身体的疆界，这个疆界"通过把原来属于自己身份一部分的某物排出、将之重新评价为卑污的他者而建立起来"④。学者艾里斯·杨（Iris Young）认为，性别歧视、恐同症与种族歧视正是通过对贱斥物的否定建立起来的。

尽管这种分类充满暴力和荒谬，但是在现实生活中却能造成实际的伤害。在美国国土范围内，巴特勒将那些被抹除的生命称为"社会死亡"。由于他们难以置身于社会现有规范中，因而无法得到社会的承认，所以实际上已经处于符号性死亡的状态。巴特勒在著作中不遗余力地谴责针对LGBT团体的暴力。在他们中间，变性者及性别不明者处境更为艰难。另一类为巴特勒关注的是"流民"（precarity），他们没有固定工作，居无定

① ［法］米歇尔·福柯：《词与物》，莫伟民译，上海三联书店 2001 年版，第 1 页。
② ［法］吉尔·德勒兹：《德勒兹论福柯》，杨凯麟译，江苏教育出版社 2006 年版，第 99 页注。
③ ［美］朱迪斯·巴特勒：《性别麻烦：女性主义与身份的颠覆》，宋素凤译，上海三联书店 2009 年版，第 174 页。
④ 同上书，第 175 页。

所，不能享受社会福利，处于社会最底层，生存状况极为恶劣。当然他们也极少出现在公共话语中，他们的生命处于缺乏保护的状态。比如说法国，移民和穷人的福利极低。社会对这些人群的抹除通过无视和冷漠的方式来进行，这就是话语的沉默所造成的暴力。巴特勒在早期的著作中主要关注性少数群体的困境，近年来，由性少数群体开始转向对其他社会边缘群体的考察。巴特勒认为，他们面临的暴力基于同样的根源，因而她呼吁各种边缘群体的联盟，他们应当通力合作来争取自身的合法权益。其中，流民这个庞大的群体，他们跨越了各种社会身份，是世界范围内普遍存在的边缘群体，他们是建立新身份联盟的重要基础。①

在全球范围内，对生命可视与非可视的区分主要存在于第一世界和第三世界之间。在《消解性别》中，巴特勒质问美国媒体对非洲艾滋病死亡报道的缺失，这显示出美国媒体对他国国民的生命并没有给予足够的关注。美国公共知识分子苏珊·桑塔格（Susan Sontag）也批判美国在一些国际事务中逃避大国的责任，最无法回避的是 1993 年卢旺达大屠杀。这次胡图族对图西族长达三个月的种族灭绝行动，② 美国拒绝称其为种族灭绝，并未施加援手，美国的缺席让屠杀未能及时制止。

此外，对他人生命的漠视一旦与帝国霸权相结合，还可能演变成直接的杀害。在伊战期间，美国曾经流传一则政治幽默。记者问乔治·沃克·布什（George Walker Bush）：“您真的决定杀害 100 万伊拉克平民吗？”布什：“是的，我要杀害 100 万伊拉克平民和一个修自行车的。”记者纷纷问到：“您为什么要杀掉一个修自行车的呢？”布什对科林·卢瑟·鲍威尔（Colin Luther Powell）说：“我说吧，没人会关心 100 万伊拉克平民。”这个夸张的笑话所隐含的是视他人如草芥的帝国话语系统。某种程度上，这套话语系统无疑可以解释美军在关塔那摩监狱和阿布格莱布监狱的虐囚

---

①　参见 Judith Butler, *Frames of War*: *When Is Life Grievable*, London and New York: Verso, 2009, p. 32。

②　1994 年 4 月 6 日，胡图族和图西族首领共同乘坐一班飞机，飞机在卢旺达首都基加利附近被击落，两位首领均罹难。两族人由来已久的矛盾由于此事演变为屠杀，从 4 月 6 日到同年 7 月，百余日内共有 100 万人被屠杀。

丑闻。

可以看到，话语对某些生命及事件保持沉默也可能酿就暴力，支持这种暴力行为的是对他人的漠视。所以巴特勒一直对边缘人群的自我言说持赞赏态度，虽然像安提戈涅这样的越界者未必能够得到公众的承认，但是要成为可视的生命，以言说的方式浮现在公众视野中是获得承认的第一步，这也是反话语霸权的有效策略。

（二）言辞的刀锋

巴特勒认为，在社会的话语系统中，话语的暴力还表现为攻击性言论（hate speech）。攻击性言论主要是对一些社会特定群体表达歧视，性少数群体和少数族裔是其中最大的受害群体。与话语的沉默运作策略相反，攻击性言论表现为直接的话语伤害行为，但同样基于将攻击对象视为非生命或者是"异常"的生命。这些言论之所以能够造成伤害，主要由于它们具有述行语的特征，能够充分表达其攻击意图。

巴特勒从运作策略方面对这些言论如何造成伤害进行了深入分析。首先，有的言辞仅是一种描述，这些词语本身并不具备述行语的特征。但在特定的语境中，它们表达出言说者隐含的意图。比如，指着一个人说："这是一个同性恋"。巴特勒认为，不是"同性恋"这个词本身造成了伤害，而是刻意"宣称"（declaration）这个动作显示出将"同性恋"标出的姿态造成伤害。① 与之相反，一些言辞本身虽有暴力的内容，但同样须在特定语境中才会造成暴力，所以有暴力内容的言辞并不一定就得为暴行负责。巴特勒以刚斯特音乐（gangsta rap）为例来说明这个问题，刚斯特音乐可直译为"绑匪说唱"，它作为嘻哈音乐（Hip - Hop）的衍生音乐风格，以黑人的街头生活为主要表现内容，其中充斥着毒品、性和暴力等内容。一些评论员，如保守派政治家威廉·班尼特（William Bennett）和 C. 德洛丽丝·塔克（C. Delores Tucker）等批评这种音乐造成了语效性（perlocutionary）后果，认为他们代表了暴力犯罪或者引发了暴力犯

---

① 参见 Judith Butler, *Excitable Speech*: *A Politics of the Performative*, New York: Poutledge, 1997, p. 22。

罪。巴特勒则认为，这些批评忽略了一个事实：是由于种族和贫困问题引发了黑人的愤怒，所以非裔美国人在自己的流行音乐中生动地表达自己的感受，而非相反。① 所以不是刚斯特音乐生产了暴力，而是暴力成就了刚斯特音乐。

其次，巴特勒认为，有的言辞具有鲜明的述行话语特征，无论在任何语境当中使用都会造成伤害。巴特勒以命名（name）为例，指出其强大的伤害力量是因为具有历史性。因为命名"在某种程度上是因为它通过记忆或创伤的编码来运作，而不仅仅是由语言本身或者因为它出现在语言中"②。犹太人的种族大屠杀记忆，黑人的奴役史等都具有这样的特征，所以几乎在任何语境中，这一类言论都能将创伤从历史当中挖出来，对当事人造成即时的伤害，并且对大多数人而言，无论重复多少次，这类言论的伤害力度都不会衰减。

作为一个多民族的移民国家，美国一些相关法律涉及言辞伤害行为的界定与相关惩罚。美国宪法第一修正案（the first Amendment）将攻击性言论称为"挑衅言论"（fighting words），"圣保罗偏见罪条例"（St. Paul Bias Motivated Crime Ordinance）对此进行了界定。据该条例规定，有意识地以言论、涂鸦等方式攻击他人种族、肤色、宗教及性别等要承担相关的法律责任。③ 但在具体的实施中却引发较多争论。在《令人激动的言语》中，巴特勒举了一个例子：明尼苏达州一个白人少年在一户黑人门口烧十字架，州法院判定烧十字架这个行为属于挑衅言论，但被最高法院驳回，最高法院认为这只是在表达"观点"（viewpoint），而法律保护公民的言论自由。巴特勒认为，白人少年与黑人家庭并无私仇，他的行为立足于自己是白人而他人是黑人这个种族差异的事实。按照述行话语的界定，这个少年有其动机和意图，他的行为对黑人家庭造成了伤害。应当说烧十字架这个行为达成了他的意图，所以从这个角度来讲，它属于攻击性的言论，少年

---

① 参见 Judith Butler, *Excitable Speech：A Politics of the Performative*, New York：Poutledge, 1997, p. 23。

② Ibid. , p. 36.

③ Ibid. , p. 52.

应当为自己的行为承担责任。①

　　这个案件让巴特勒看到法律的两面性，它有可能保护受害人，也有可能因为法律本身不合理或者实施不当造成更大的伤害。所以巴特勒指出，言辞的暴力还有第三种可能：一旦话语与权力机制相结合，它能造成更大的暴力。巴特勒一直迷恋卡夫卡小说当中的"判决"意象。在卡夫卡的小说中，家长通过利用自身的权威对子女实施控制。在《判决》中，我们看到父亲一句话就直接导致格奥尔格投河而亡。当话语与国家权力结合，则会呈现出更强大的暴力效果。巴特勒引用耶鲁法学教授罗伯特·科维尔（Robert Cover）的文章"暴力与言辞"（Violence and the Word）来说明这个问题。科维尔在文中宣称："判决是现代国家机器的暴力工具。"② 它通过判词分配痛苦和死亡。回到马克思的传统对此观照，该观点暗合马克思主义对国家机制的定义。阿尔都塞认为，从马克思直到列宁，"国家都被直截了当地说成是一套镇压性的机器"③。这个国家机器包括政府、行政机关、军队、警察、法庭和监狱等。在巴特勒这里，她将国家的法律机构理解为话语的生产机制，法院实施判决是其话语行为之一。

　　不过与直接的语言暴力相比，巴特勒尤为关注话语审查机制（censorship）。话语审查机制通过与各种权力结合，来规定可说与不可说的界限。巴特勒认为，美国军方对同性恋话语的限制就是如此。美军自 1993 年以来实行限制同性恋的话语政策，时任美国总统的克林顿提出"不问，不说"（don't ask, don't tell）原则，即指挥官不允许询问士兵的性取向，同时同性恋也不许在军中公开承认自己的身份。虽然自奥巴马上台后，该规定于 2011 年 9 月 20 日已经正式废除，但巴特勒在 1997 年出版的《令人激动的言语》中对这个政策的尖锐批评依然有启发意义。巴特勒从述行话语的角度来分析这个禁令。她认为，这个规定犯了一个错误，即将言语直

---

　　① 参见 Judith Butler, *Excitable Speech: A Politics of the Performative*, New York: Poutledge, 1997, p. 53。

　　② Ibid., p. 47.

　　③ ［法］阿尔都塞：《意识形态和意识形态国家机器（研究笔记）》，孟登迎译，载陈越编《哲学与政治：阿尔都塞读本》，吉林人民出版社 2004 年版，第 329 页。

接等同于行为。它认定同性恋在宣布"我是一个同性恋"的同时就启动了自身的欲望装置，同时将这种欲望传达给他人："不仅仅是宣称欲望，还散布欲望，传递欲望，唤醒欲望。"① 巴特勒认为，这个禁令对恐同话语的生产与对艾滋病的宣传相类似，将同性恋与艾滋病一样看作具有传染源并能够四处传播的疾病。

军队的恐同是以法规来直接限定，还有一类话语审查是将持异见者贴上标签，然后利用公众话语来潜在引导，最终将其孤立甚至排除。"9·11"以后，美国不少知识分子和民众都注意到，布什政府正在利用民众的悲伤情绪来加强国家机器的运转。在当时，公众当中弥漫着支持政府展开军事行动的言论，反对者将被贴上不爱国的标签："如果你不站在我们这边，你就是和恐怖主义站在一起。"② 通过类似的标签令反对者因为恐惧而不敢言说。这种引导公众话语的方式也许最为有效，按照精神分析的看法，一旦外部的律法转化为内部禁律后，审查就转化为自我审查。当被贴标签者被公众所孤立时，有可能进一步引起他们对自己的怀疑。桑塔格也在"9·11"后注意到，公众在遭遇恐惧之后，第一反应是立即向军队靠拢，要求军方以行动来庇护美国。美国公众似乎突然间抛弃了质疑总统的传统，一位教师仅仅质疑布什在爆炸之后的神秘消失就遭到舆论的严厉训斥。桑塔格犀利地指出，这场灾难带来的后果是"自我审查——最重要和最成功的审查形式——无孔不入。辩论等同于异见，异见等同于不忠"③。巴特勒同样认为，这是在用国家的恐惧生产民众的恐惧，而让他们向国家寻求保护，从而进一步加强其控制力量。

最后，对于一向重视身体实践的巴特勒而言，她坚持言辞的伤害与身体相关，这个观点基于述行话语的行动性。巴特勒认为，由于述行语最终要完成一个动作，所以言说者与受话者双方都要以身体参与整个行为。言

---

① Judith Butler, *Excitable Speech*: *A Politics of the Performative*, New York: Poutledge, 1997, p. 113.

② Judith Butler, *Precarious Life*: *The Powers of Mourning and Violence*, London and New York: Verso, 2004, p. 2.

③ [美] 苏珊·桑塔格：《同时：随笔与演说》，黄灿然译，上海译文出版社 2009 年版，第120 页。

说者通过言说令身体占据了一个位置，受话者则要用身体承受这种言说，去执行言说者发出的动作或者遭受言说的暴力。美国学者理查德·戴尔嘎多（Richard Delgado）和马里·马苏达（Marl Matsuda）的"言辞伤害"（words wound）概念与此同声相应。他们认为，"言辞伤害"这个词结合了语言和身体两个维度："语言以某种方式行动时能导致身体受伤和感到疼痛。"① 如同法学家查尔斯·R. 劳伦斯Ⅲ（Charles R. Lawrence Ⅲ）在评论种族攻击时所说："就像一个耳光掴来，瞬间就受伤。"② 此外，一些本身具有鼓动性的言论，它能鼓动更多的人来回应其言说。巴特勒认为，前以色列总理伊扎克·拉宾（Yitzhak Rabin）③ 的被刺，以色列右翼的煽动性言论难辞其咎。同样，在希特勒统治时期，他对德国人血统论的宣扬也包含用言论来煽动暴行的内核。因而巴特勒认为，语言能维持身体，也能塑造和引导身体。

二　图片矩阵的暴力生产

从话语的层面来看，话语的暴力与身体相关。事实上，话语暴力不仅可直接施加于身体，还可以通过身体暴力的表征进行再生产。即通过文字和图片等话语方式表征身体所受的暴力伤害，从而再生产暴力。身体可被伤害以及可被表征，这与身体的特性相关。巴特勒认为，身体也是述行的产物。身体是具有物质性的肉体生命，然而肉体的外在性和脆弱特征导致身体在社会环境当中被塑造：可被书写，可被伤害。正因如此，福柯的生命政治学（biopolitics）强调"人体是最细微和局部的社会实践与权力的大规模组织相联结之所在"④。

---

① Judith Butler, *Excitable Speech：A Politics of the Performative*, New York：Poutledge, 1997, p. 4.

② Ibid. .

③ 伊扎克·拉宾（1922—1995），首位出生于以色列的总理，致力于推动中东和平进程，与巴勒斯坦解放阵线主席阿拉法特等展开合作，在国际上享有广泛声誉却引起国内右翼不满，1995 年 11 月 4 日在特拉维夫参加一个和平集会后被刺身亡。

④ ［美］L. 德莱弗斯、保罗·拉比诺等：《超越结构主义与解释学》，张建超、张静译，光明日报出版社 1992 年版，第 11 页。

在他的权力图景中，权力利用惩戒技术来改造肉体，制造出"可以被征服、使用、转变和改进的顺从的肉体"①。受福柯影响，巴特勒也认为身体具有社会性，与规范共存："身体有其稳定的公共的一面。我的身体从一开始就被交给了他人的世界，打上了他们的印记，在社会生活的熔炉里得到历练；然后，我才能不那么肯定地宣称，身体是我自己的。"②

在前面的章节中，我们探讨了话语对性别化身体和自我身体的生产。巴特勒认为，这种生产从话语层面最终作用到身体的物质层面。在关塔那摩和阿布格莱布的虐囚丑闻公之于众之后，巴特勒则从身体遭受的伤害入手来反向追溯支撑暴力的话语系统。一向关注律法生产力的巴特勒首先注意到，这些囚犯"在任何法律和规范中都不是主体"③，即他们不受任何法律的保护。"9·11"以后，美军将这些抓捕到的"基地"组织成员称为"敌方作战人员"，拒绝给予《日内瓦公约》赋予战俘的权利。巴特勒看到其潜台词是将这些囚犯视为非人化的存在，而他们所面临的审判程序则如同卡夫卡小说中主人公的遭遇，没有"审"，只有"判"，因而在正常法律程序缺失的情况下他们锒铛入狱，遭受非人的待遇。

在这两个监狱中连续发生了多起虐囚丑闻，充满拷打、亵渎古兰经、性虐待等内容。经由士兵拍摄之后，虐待图像在公众中流传。学者们都注意到，大多数照片都有色情主题。美国历史学家乔安娜·伯克（Joanna Bourke）指出色情化的虐待行为减弱了战争的色彩，它带来狂欢节的气氛，这令参与者免受自责。桑塔格也指出，这显示了美国青少年将暴力幻想和暴力实践视为消遣的流行病。④

巴特勒则认为，性羞辱是对他人更深重的伤害。仅仅利用色情表象而

---

① ［法］福柯：《规训与惩罚》，刘北成、杨远婴译，生活·读书·新知三联书店1999年版，第136页。

② ［美］朱迪斯·巴特勒：《消解性别》，郭劼译，上海三联书店2009年版，第21页。

③ Judith Butler, *Precarious Life*: *The Powers of Mourning and Violence*, London and New York: Verso, 2004, p. XVI.

④ 参见［美］苏珊·桑塔格《关于他人的痛苦》，黄灿然译，上海译文出版社2006年版，第130页。

非色情内容本身，就已经能对当事人造成极大的伤害。对观看者而言，色情表象能在感官上令人感到冒犯和羞辱，布什在看到这些图片后就表示"令人作呕"（disgusting）。而对照片中的受害者来说，这种羞辱涉及身心两个层面。作为穆斯林，伊斯兰教义对身体的裸露有极严格的限制，穆斯林女性脖子以下的皮肤，除了双手都不能够裸露在外。同时，伊斯兰教义对同性恋行为有更严格的禁忌。但在这些照片中，美国士兵强迫囚犯做出种种违背其宗教信仰的行为。巴特勒认为这种暴行极具侵犯性，士兵们的行为甚至"撕毁了维护他们（阿拉伯民族）尊严的文化屏障"①。

　　除了暴行本身，巴特勒更关注作为暴行表征的图片。巴特勒通过对桑塔格的批判来进一步阐释自己的观点。在虐囚事件公之于众后，桑塔格立即发表《关于他人的酷刑》来谴责美军的暴行。在桑塔格看来，这些以施虐者和受害者合影的罕见形式流传的照片充分说明它们"几乎是作为集体行动的纪念品方式展示出来的"②。甚至在"二战"时期，德国人自己拍下的集中营罪行也很少能看到施虐者。多年来参与过数起酷刑调查的津巴多也表示，这些熟悉的影像让他深感震撼，因为它们所显示的场景与他以往面对的酷刑不同："不同点在于加害者做出的玩谑及毫无羞耻感的心态"③。案件参与者女兵林迪·英格兰（Lynndie England）就曾经表示这不过是"玩笑和游戏"。所以桑塔格尖锐指出："这些照片与其说是揭示对不道歉的暴行的毫无保留的欣赏，不如说是揭示一种无耻文化。"④

　　在巴特勒看来，虐囚照片是战争罪行的证明，但与一般的战争摄影相比，它们有其特殊的拍摄角度。拍摄者并非专业摄影师，而与照片中的施虐者一样是参战者。所以巴特勒认为，从暴行及其拍摄，直到最后的传播，构成一整套特殊的暴力生产体系。在照片流出后，美国高层以时任国

---

① Judith Butler, *Frames of War*: *When Is Life Grievable*, London and New York: Verso, 2009, p. 89.

② ［美］苏珊·桑塔格：《同时：随笔与演说》，黄灿然译，上海译文出版社2009年版，第137页。

③ ［美］菲利普·津巴多：《路西法效应：好人是如何变成恶魔的》，孙佩妏、杨雅馨译，生活·读书·新知三联书店2010年版，第378页。

④ ［美］苏珊·桑塔格：《同时：随笔与演说》，黄灿然译，上海译文出版社2009年版，第141页。

防部长的唐纳德·拉姆斯菲尔德（Donald Rumsfeld）为代表，称照片所显示的行为是"虐待"（abuse）而非"酷刑"（torture）。① 巴特勒认为，按照述行理论，照片所显示的行为与官方对这些行为的命名一起构成了矩阵："这些照片不仅是展示，还是命名；它们展示的方式，就是它们建构的方式，用以描述这些行为的字眼与我们所看到的景象一起生产了阐释的矩阵。"②

在这个矩阵中，照片被生产，也具有生产性：

　　尽管摄影机在画面之外，但是它清晰地以在外部建构的方式在场。当照片中的酷刑成为公众的话题，拍照的场景随之浮出水面。随着照片展示给我们的，不仅仅是监狱本身的空间布局和其生活景象，还有与照片相关的整个社会团体，他们的审查制度，宣传机制，他们的讨论和争论。所以我们可以说，从它拍摄的时候起，照片本身所要表达的景象就已经完全改变了。③

巴特勒对照片生产性的分析与罗兰·巴特（Roland Barthes）"作者已死"的观点异曲同工。罗兰·巴特在《作者之死》当中指出："一件事一经叙述——不再是为了直接对现实发生作用，而是为了一些无对象的目的，也就是说，最终除了象征活动的练习本身，而不具任何功用——那么，这种脱离就会产生，声音就会失去其起因，作者就会步入他自己的死亡，写作也就开始了。"④ 巴特勒该观点重在强调文本是开放性的，在不同的语境和不同的读者手里都能够生产出新的意义。巴特勒对照片的分析同样重在强调照片本身的生产力甚至能够脱离文本作者的原意发出另一种声音。

---

① 参见 Susan Sontag, "Regarding the Torture of Others", In Paolo and Anne Jump eds., *At the Same Time: Essays and Speeches*, New York: Picador, 2007, p. 129。

② Judith Butler, *Frames of War: When Is Life Grievable*, London and New York: Verso, 2009, p. 79.

③ Ibid., p. 80.

④ ［法］罗兰·巴特:《作者的死亡》，怀宇译，载《罗兰·巴特随笔选》，百花文艺出版社 2005 年版，第 294—295 页。

在虐囚照的生产系统中，拍照是第一个环节。显然，士兵们与受害者合影是为了炫耀，他们最初将这些照片发给朋友以及在网络分享都表达了这个意图。但巴特勒意识到，一旦图片离开制作而进入流通环节，语境的改变能够深刻影响言说者的意图表达。巴特勒指出，照片在公众中引起的反应完全有违拍照人当初的设想："当关塔那摩囚犯戴着镣铐跪地的照片在公众中流传，它们立即激起了愤怒；阿布格莱布通过互联网在全球传播的照片，同样激起了发自肺腑的反战呼声。"①

巴特勒通过批判桑塔格的摄影观来强调暴行必然会遭到谴责。在《关于他人的痛苦》当中，桑塔格深入阐释了她对暴力图片的看法。她认为"成为发生在另一个国家的灾难的旁观者，是一种典型的现代经验"②。这种经验起初会让我们震惊，但久而久之我们对暴力的忍受程度会在这个过程中升级，直到熟视无睹。甚至某种程度上来说，这类图片恰好满足了人类的天性之一——爱残忍爱祸害。巴特勒认为，依照桑塔格的逻辑，这些照片恰好满足了拍照者和观众的心理需求，这些照片"自以为携带着拍摄地的图景旅行到我们这里，但它们只能算是'新闻'，因为它们只是照片而已"③。但巴特勒指出桑塔格的观点不具备普遍性，因为"阿布格莱布的照片没有麻木我们的感官，也决定不了我们该对它如何反应"④。就此问题而言，巴特勒对桑塔格的主张有一定曲解。桑塔格的观点在于强调我们的社会对暴力的容忍已经升级，她在质疑暴力图片能唤起多少和平的呼声，她侧重于批判：即便是宣扬人道的灾难图片，它们也未必能引起所有人的震惊反应和反战行为。因而，桑塔格也是从另一个侧面来探讨语境对图片意图表达的影响。

所以巴特勒对虐囚照片最出色的阐释应当体现在她的照片矩阵分析当

① Judith Butler, *Frames of War: When Is Life Grievable*, London and New York: Verso, 2009, p. 11.

② [美] 苏珊·桑塔格：《关于他人的痛苦》，黄灿然译，上海译文出版社 2006 年版，第15 页。

③ Judith Butler, *Frames of War: When Is Life Grievable*, London and New York: Verso, 2009, p. 80.

④ Ibid., p. 78.

中，即参与图片生产任何环节的人都逃脱不了干系。不少知识分子包括桑塔格在内，他们都严厉谴责虐囚显示出美国在处理国际关系时对他人生命的漠视，以及他们以事前沉默和事后包庇纵容的方式来生产暴力。巴特勒则将关注点放在摄影者身上，她将摄影人视为不在场的在场者。施虐者是动作的直接实施者，摄影人则是观看和记录者。英国艺术家约翰·伯格指出，影像作为重造或复制的景观，它"是一种表象或一整套表象，已脱离了当初出现并得以保存的时间和空间，其保存时间从瞬息至数百年不等。每一影像都体现一种观看方法"①。从这个角度来看，图片深刻体现了摄影人的眼光。为什么这些图片本身沉浸在仿佛狂欢节的气氛当中，而一些战地摄影充满了对暴力的谴责？根源既在于施暴者的行为，也和摄影人对这些暴行持赞许和参与态度有关。按照福柯的表征观念，摄影者不在场，但是被图片所表征，这个不在场的被表征物正是所有目光聚集的地方。②比如，全景敞视监狱中不可视的塔楼监视者，委拉斯凯兹（Velasquez）油画《宫娥》中深深隐藏在镜子里面的国王菲利普四世夫妇。

巴特勒认为，摄影人虽然置身于暴力观察者的位置，但他们的在场即以特殊方式参与了暴行的生产。她想象，也许正是摄影机的存在鼓动了这种狂欢节般的残忍："太好了，这有相机，我们折磨他们吧，还能拍照作纪念！"③巴特勒的想象有事实依据，根据津巴多的斯坦福实验及对一些监狱现状的研究，这种为"找点乐子"而折磨囚犯的行为在监狱中最为常见。摄影者的存在可能令他们"找乐子"的暴力需求更加旺盛，更加花样百出，从虐囚照本身层出不穷的"创意"来看确实如此。巴特勒还意识到，从时间上来说，拍照的行为与暴行同时发生，因而就有可能为了迎合拍照而延长暴行的时间，还有可能仅仅是为了拍照"留念"而虐囚："这是在相机前的酷刑，甚至为了拍照而实施酷刑"④。然而，官方对该事件

---

① ［英］约翰·伯格：《观看之道》，戴行钺译，广西师范大学出版社 2007 年版，第 3 页。

② 参见［法］米歇尔·福柯《词与物》，莫伟民译，上海三联书店 2001 年版，第 401 页。

③ Judith Butler, *Frames of War: When Is Life Grievable*, London and New York: Verso, 2009, p. 83.

④ Ibid., p. 84.

的处理并未考虑摄影者，他们拍照时躲在相机背后，事发之后依然能够安全地躲在表征的背后逍遥法外。

如同桑塔格在虐囚照片公布之后所说："这些照片即是我们。"[①] 巴特勒对图片的表征有着深刻的洞察：只要处于暴行的系统之内，哪怕你不被图片显现，你也已经被表征。我们既受制于系统，但也需要为直接或间接参与暴行而负责。在系统中，任何人都难逃其咎。

总之，从话语层面的暴力运作策略到对暴力生产系统的质问，巴特勒对暴力的考察全面而丰富。巴特勒对话语暴力的剖析也是对述行理论的拓展与补充。她认识到，除了能够直接行动的言语，话语的有意沉默及利用语境让非述行话语具有行动性，这两种方式也可能造就攻击性言论，对某些人群构成伤害。此外，在暴力生产所处的系统中，任何一个环节的参与者，只要不揭竿反对，就有可能是同谋。

第二节　他者的致辞与可视化认同

"9·11"让巴特勒真切地看到来自他人的伤害，在这种伤害面前，巴特勒指出勒维纳斯"为他人负责"的主张显示出其局限性。勒维纳斯呼吁人们用伦理控制自己的恐惧和焦虑，防止其演变为凶残行为。而巴特勒认为，尽管勒维纳斯的学说为我们设想了面对他人的温暖场景，"但是他的观点没有解释何谓人，何谓悲伤和苦难，当战争发动时我们如何去面对他人"[②]。

正如巴特勒所言：当伤害令我们失去自己的家园或者家人，我们为之感到悲伤。因为悲伤，我们被抛到其他人的生命中。我们应当利用这种悲伤与他人相遇，而不是将这种悲伤转化为暴力行为。巴特勒的这个观点，其核心依然来自犹太教的伦理观念。但她将这种伦理具体化为悲伤，通过

---

① ［美］苏珊·桑塔格：《关于他人的痛苦》，黄灿然译，上海译文出版社 2006 年版，第 125 页。

② Judith Butler, *Precarious Life：The Powers of Mourning and Violence*, London and New York：Verso, 2004, p. XVIII.

自己的悲伤去感知和想象他人的悲伤。因为暴行之后除了施暴者，还隐藏着诸多被漠视甚至被践踏的生命。不公的存在是我们与他人不能平静相遇的原因之一，所以，巴特勒呼吁为了我们与他人真正的相遇，应当重构"人"的概念，让被湮没的生命成为可视化的存在。

一　我与他者的纽带

"9·11"之后，美国弥漫着悲伤和恐惧的情绪。美国政府立即实施军事防卫，宣布处于战争状态，国内不少人将其与"珍珠港事件"并称。桑塔格批判官方的言论较具代表性，她指出这不是战争，真正的战争有始有终，而反恐"是被揭示出来而不是被实际宣布的，因为威胁被证明是不证自明的"[1]。她认为，恐怖主义是全球性的，菲律宾前总统格洛丽亚·马卡帕加尔·阿罗约（Gloria Macapagal Arroyo）也指出："贫穷孕育了恐怖主义。"[2] 但美国错误地将打击对象确定为一个国家。桑塔格指出，美国此举是利用战争的授权来扩大其强权。[3] 恐怖袭击后，美国不仅对外使用强权，同时对内实施更严厉的话语审查制度，任何对高层的异议都会遭到谴责。

巴特勒认识到，美国加强话语审查制度以及使用战争隐喻，这显示了福柯所说的"主权和治理术共存"[4]。但她更聚焦于批判官方利用民众的悲伤和恐惧情绪来鼓动暴力行为："我们已经被暴力包围着：我们使用它，遭受它，生活在对它的恐惧中，计划更多地采用它。"[5] 巴特勒批判布什政府将悲伤作为政治资源来加强对国内的言论控制，同时借机加强对中东地区的军事力量。但巴特勒继续追问，如果我们沉浸于悲伤而不试图通过

---

① ［美］苏珊·桑塔格：《同时：随笔与演说》，黄灿然译，上海译文出版社 2009 年版，第 124 页。

② Judith Butler, *Precarious Life：The Powers of Mourning and Violence*, London and New York：Verso, 2004, p. 10.

③ 参见［美］苏珊·桑塔格《同时：随笔与演说》，黄灿然译，上海译文出版社 2009 年版，第 124 页。

④ Judith Butler, *Precarious Life：The Powers of Mourning and Violence*, London and New York：Verso, 2004, p. XV.

⑤ ［美］朱迪斯·巴特勒：《消解性别》，郭劼译，上海三联书店 2009 年版，第 22 页。

暴力来解决问题，那么悲伤能给予我们什么？

（一）恐惧的致辞

巴特勒认为，我们悲伤首先是因为遭到了暴力的伤害。而伤害正是让我们发现自身的一个契机，如同康德所说："痛苦是活力的刺激物，在其中我们第一次感到自己的生命，舍此就会进入无生命状态。"① 巴特勒强调，在这种痛苦中我们发现自身的脆弱性："暴力确实是最糟糕的秩序的一面，它使人在他人面前的脆弱以其最骇人的方式暴露出来，使我们毫无控制、完全依赖于他人的意志，使生命能被他人的意志行为轻易抹去。"② 这种脆弱性根源在于我们作为社会性存在，都隶属于一定的社会团体。暴力的瞬间彻底显示了我们不能控制自己、处于自身之外的境况，但是，"我们无法修复这种脆弱性的根源，因为它早于'我'的形成。这种从一开始就被赤裸呈现、依赖于陌生人的情形正是我们不能干预的"③。美国的做法是加强主权来保护国民的脆弱性，然而当它用这种强权施予他国时，势必会造成另一种暴力。

所以巴特勒意识到，当这样的暴力造成伤害时，以暴制暴并非必要，更不是自我维护的首选，巴特勒呼吁："我们应当从忧郁症式的自恋当中走出，转而考虑他人的脆弱性。"④ 随同恐怖组织的袭击而来的，是他们所生存的整个世界。因而巴特勒指出，这是我们与他人相遇的机会，虽然是以骇人的方式来到。在袭击发生后，美国表现出来的强权确实也表现了对本国民众生命的高度重视。巴特勒看到，美国公民所得到的高度生命保障与恐怖组织所在的国家形成鲜明对比。美国曾经对他国造成了伤害，但这些伤害似乎没有引起世界的重视，受害的国家也没有给自己的国民予以强有力的保护。相反，美国政府诉诸军事手段来保护国民，美国民众的生命丧失得到世界的高度关注。巴特勒认为，假如我们能够不选择暴力，那

---

① ［德］伊曼努尔·康德：《实用人类学》，邓晓芒译，上海人民出版社 2005 年版，第138 页。

② ［美］朱迪斯·巴特勒：《消解性别》，郭劼译，上海三联书店 2009 年版，第 22 页。

③ 同上书，第 23 页。

④ Judith Butler, *Precarious Life: The Powers of Mourning and Violence*, London and New York: Verso, 2004, p. 30.

么可以将这次袭击视为让他人走到我们面前的机会。在与托马斯·达姆（Thomas Dumm）的访谈中，巴特勒称呼暴力攻击是来自他人的特殊"致辞"（adress）。[1]

美国电影《通天塔》（*The Babel*）为我们展示了类似的场景。日本人卖给摩洛哥人一杆枪，摩洛哥少年持枪对空发射，误伤了旅行车里一名美国游客。事发后，美国警方立即将此事升级为恐怖袭击。为治疗及调查，美国游客滞留摩洛哥。受伤的美国夫妇将孩子留给家中的墨西哥保姆，保姆为参加儿子婚礼，只好将孩子带往墨西哥家中。保姆过境回来时，却被警察误认为绑架儿童，引出不少麻烦。影片在故事主线之外深刻呈现了来自四个国家四个家庭的悲喜剧，而将他们联系起来的是这颗出膛的子弹，正是灾难让他们相遇。

来自他人的暴力暴露了我与他人的联系，这种联系让我们恐惧，但假如诉诸暴力来避免恐惧，这只会造成更多的暴力，引发飞去来器[2]的循环。所以推己及人，应当让暴力就此终止。如同美国人类学家塔拉·阿萨德（Tatal Asad）所说："为什么我们在面对人体炸弹时感到恐惧，却不能以同样的方式去面对美国对他国的暴力？"[3] 巴特勒从相互依存这个角度来说明推己及人的必要，她认为，"我们彼此互为主体，面对破坏时都一样脆弱，我们需要承认我们都面临一样的危险，基于此我们要通过全球的多元合作来寻求保护"[4]。因而，在巴特勒看来，对灾难共同的恐惧实际上是联系我们的纽带之一。不少哲学家也将恐惧视为人共同的状态，在黑格尔那里，他将恐惧阐释为永远与人相伴的意识，他指出奴隶"对于他的整个存在怀着恐惧，因为他曾经感受过死的恐惧，对绝对主人的恐惧"[5]。

---

① Thomas Dumm, "Giving Away, Giving Over: A Conversation with Judith Butler", *Massachusetts Review*, Spring / Summer 2008, Vol. 49, Issue 1/2, pp. 95 – 105.

② 飞去来器（boomerang），又名回旋镖自归器，曾是澳大利亚土著人的传统狩猎工具。熟练的猎手向猎物发出飞去来器以后，如果没有击中目标，飞去来器会神奇般的返回发出者的手中。

③ Judith Butler, *Frames of War: When Is Life Grievable*, London and New York: Verso, 2009, p. 41.

④ Ibid. , p. 43.

⑤ ［德］黑格尔：《精神现象学》（上），贺麟、王玖兴译，商务印书馆1997年版，第153页。

克尔凯郭尔在《恐惧与战栗》里也高呼：人如不知恐惧，也就不知伟大。精神分析家梅兰妮·克莱恩（Melanie Klein）将这种情况视为相互的道德回应，由于我们相互依存，所以我们也将自己的道德准则施加于人。巴特勒根据克莱恩的观点进一步推导出，恐惧不仅是恐惧他人，我们应当检视自身是否造成了他人的恐惧，一旦造成，就要为此负罪，首先要感到"内疚"（guilt），"内疚可被认为人类为某种行为负责的能力之一"①，巴特勒认为，在某种意义上，恐惧与内疚一起维持我们的生存。前者让我们感受到他人，后者让我们督促和审视自己的行为是否造成对他人的伤害。

（二）安提戈涅的哀悼

巴特勒认为，恐惧是在暴行降临时对自身与他人的检视。而要利用此刻与他人相遇，哀悼是一个可行的策略。在我们的社会当中，有些人的受伤与死亡没有被意识到，当我们意识到这一切，并能够为之悲伤，那就迈出了面对他人的关键一步。"哀悼"（mourning）这个概念，巴特勒借自弗洛伊德。弗洛伊德认为，哀悼是由于将失去的对象视为自身的一部分，因而在失去对方时引起自身强烈的反应，认为世界会因为这种失去显得空虚、乏味，哀悼者因此感受到强烈的痛苦。② 所以在巴特勒看来，因为我与他人之间的联系构成了我们，我们相互构成彼此，所以为他人的逝去而哀悼，"不仅是哀悼这种逝去，而且还因为他人的逝去让自己重新变得不可理解"③。巴特勒指出，一个人在哀悼的时候，他接受了这个事实："一个人丧失的是那种改变你，并且很可能是永远将你改变的东西；哀悼意味着接受一种你事先无法知道其全部结果的改变。"④ 因而，哀悼让我们深刻领会我们与他人的关联。通过哀悼，我们与他人的联系进一步加深。我

---

① Judith Butler, *Frames of War: When Is Life Grievable*, London and New York: Verso, 2009, p. 45.

② Sigmund Freud, "Mourning and Melancholia", In Elbert Dickson ed, *On Metapsychology – the Theory of Psychoanalysis*: *"Beyond the Pleasure Priciple"*, *"The Ego and the Id" and Other Works*, London: Penguin Books Ltd., 1991 New edition, p. 254.

③ Judith Butler, *Precarious Life: The Powers of Mourning and Violence*, London and New York: Verso, 2004, p. 22.

④ ［美］朱迪斯·巴特勒：《消解性别》，郭劼译，上海三联书店 2009 年版，第 18 页。

们以悲伤为纽带，到达他人所在的彼处，与他们相遇，和他们在一起：

> 沉浸于悲伤，并使悲伤成为一种政治资源，并不是要简单地变得被动和软弱无力。相反，这是让人从自己的脆弱的经历推知他人因军事入侵、占领、突然宣战，以及警察暴力而遭受的脆弱感。我们的生存可能由那些我们不认识的人决定。①

但也有一些哀悼可能会燃起复仇的战火。在荷马史诗《伊利亚特》中，好友帕特洛克罗斯的死激起了阿喀琉斯的愤怒，在本已拒绝参战之后重返战场，将赫克托耳杀死。荷马的史诗以"阿喀琉斯的愤怒"为主线，在史诗中，正是阿喀琉斯的参与扭转了战况，让希腊军队战败特洛伊，当然这也造成英雄赫克托耳的死亡。柏拉图早就意识到悲剧负面的煽动作用可能对国家统治不利，因而提出要将诗人逐出理想国的主张。巴特勒通过"9·11"也看到，当国家仪式化地利用哀悼行为时，他们是将悲伤作为政治资源，为暴行找到理由和出口，而这有可能引发战争。

但巴特勒提醒我们，并不是所有哀悼都走向这个结论。我们需要哀悼，如果我们在面对暴力时连哀悼的能力都没有，那就会彻底失去面对暴力的能力。没有被哀悼的生命是没有被承认的生命，俄狄浦斯家族就是如此。波吕尼刻斯死后，克瑞翁不仅不许埋葬，而且也不许哀悼。安提戈涅悲叹兄长的处境，违抗禁令埋葬了他。巴特勒认为，安提戈涅的行为有其极端之处，但她公开哀悼长兄，其实也是在呼吁公众的承认。安提戈涅极为重视哀悼，在父亲俄狄浦斯死后，安提戈涅虽然哀伤，却认为父亲是满足地逝去："他死在异邦，他心爱的土地上，永远躺在地下阴凉的床上；他身后享受的哀悼也不缺少眼泪。"② 其后虽然因违法埋葬长兄而获罪，她却认为她问心无愧，因而勇敢地与克瑞翁对抗。然而在临死前，安提戈

---

① 　［美］朱迪斯·巴特勒：《消解性别》，郭劼译，上海三联书店2009年版，第23页。

② 　［希腊］索福克勒斯：《俄狄浦斯在科罗诺斯》，载埃斯库罗斯、索福克勒斯《罗念生全集第二卷·埃斯库罗斯悲剧三种·索福克勒斯悲剧四种》，罗念生译，上海人民出版社2004年版，第542页。

涅为自己无人哀悼而哀伤："没有哀乐，没有朋友，没有婚歌，我将不幸地走上眼前的道路。我再也看不见太阳的神圣光辉，我的命运没有人哀悼，也没有朋友怜惜。"① 尽管父兄未得到公开的哀悼，不过按照黑格尔的说法，一个人在死后回归家庭，那么安提戈涅对他们的哀悼已经能够令他们安息。但是，最为重视哀悼的安提戈涅孑然一身寂寞死去，身后再无家人为她痛苦哀悼，令她深感苍凉。而她的家人由于得到哀悼，获得了死亡的安宁，安提戈涅却只能从生到死都处于阿伦特所说的"阴暗领域"（shadowy realm）。

巴特勒在著作中多次指出，艾滋病患者也是同样的人群。在美国，首例艾滋病患者是男同性恋，多数艾滋病患者也具有同样的身份。因而，如同桑塔格所说，"艾滋病不仅被认为是性放纵带来的一种疾病，而且是性倒错带来的一种疾病"②。尽管在其他国家，尤其是在非洲，艾滋病患者多数是由于被感染。但在美国，艾滋病令同性恋群体被识别，同时让他们陷入更加孤立的境地。巴特勒则更关注他们的死亡与安提戈涅的相通之处。当同性恋的伴侣因艾滋病而亡，他们并不能够享受死后应得的合法权利："医院不会允许伴侣处理尸体，法院不承认伴侣的身份，家人也许不会聚集起来为之哀悼。"③ 他们孤单而无助地死去，比起安提戈涅，这种死亡甚至还因为遭受歧视而蒙上羞耻的色彩。因而，对于这样一些处于阴暗领域的人群而言，我们的哀悼不仅仅意味着面向他人，也是在表达对对方的承认，这对于他们的生存来说至关重要。

二 生命的可视化策略

巴特勒认为，即便是那些处于"阴暗领域"的生命，我们与他们之间的联系也是不证自明的。仅仅意识到我们共享恐惧，并且能够哀悼他人的

---

① ［希腊］索福克勒斯：《安提戈涅》，载埃斯库罗斯、索福克勒斯《罗念生全集第二卷·埃斯库罗斯悲剧三种·索福克勒斯悲剧四种》，罗念生译，上海人民出版社2004年版，第318页。
② ［美］苏珊·桑塔格：《疾病的隐喻》，程巍译，上海译文出版社2003年版，第102页。
③ Vikkl Bell，"On Speech, Race and Melancholia: An Interview with Judith Butler", *Theory Culture & Society*, 1999, Vol.16 (2), p.172.

逝去是不够的。因为，我们能够真正面对的坚实基础在于，我们都视对方如同自己。巴特勒指出，暴力之所以产生，一个重要根源就在于贬低他人的价值，视他人如草芥。这种隔阂体现出我们对生命赤裸裸的分类。因而，为了能够实现勒维纳斯和马丁·布伯的温暖相遇，我们有必要重新对"人"加以定义。

巴特勒首先要问的是：什么是人？巴特勒指出，在我们关于人的定义中，性少数群体被漠视，并且被排除在外的："'人'（human）作为一个先前定义的概念，它并不准备包括女同性恋、男同性恋和妇女（lesbian, gay and women）。"①

而就国家关系来看，与不少第三世界国家相比，美国在"9·11"后所采取的一系列措施侧面表明有些生命应该得到高度保护，有些则不然。这正体现了对不同民族和国家生命价值的区分。因而巴特勒认识到，在生命的界定与价值区分这一点上，民族身份与性别身份面对同样的问题：有一些生命被视为"异常"或是"低贱"，他们不受保护，甚至被任意伤害。巴特勒认为，我们往往是在贬低他人之后再进行随心所欲的伤害。心理学家津巴多将这个过程形象地称为"敌意想象"："这个过程起始于创造对他人的刻板印象，先排除对方的人性，认定他人是无价值且邪恶的，是不解的怪物。"② 通常，这个过程通过海报、电视、杂志封面、电影、网络上的戏剧化视觉形象等话语策略即可达成。

巴特勒深刻认识到，"人"是被制造的："显然，谁以及什么被视为真实这一问题是个有关知识的问题。但正如米歇尔·福柯清楚指出的那样，这也是个权力的问题。"③ 在福柯看来，这是一个将人转变为主体的过程，通过三种将人客体化的方式达成。第一种是给人以自身的位置。在《词与物》中，福柯勾勒了人如何获得自身的位置：

---

① ［美］朱迪斯·巴特勒：《重新筹划普遍：霸权以及形式主义的界限》，载［美］朱迪斯·巴特勒、［英］欧内斯特·拉克劳、［斯洛文尼亚］斯拉沃热·齐泽克《偶然性、霸权和普遍性》，胡大平、高信奇、蒋桂琴、童伟译，江苏人民出版社 2004 年版，第 32 页。

② ［美］菲利普·津巴多：《路西法效应：好人是如何变成恶魔的》，孙佩妏、杨雅馨译，生活·读书·新知三联书店 2010 年版，第 10 页。

③ ［美］朱迪斯·巴特勒：《消解性别》，郭劼译，上海三联书店 2009 年版，第 27 页。

　　正是作为生物存在，人才成长，才有种种功能和需求，才看到这样一个空间敞开了，即人在自身上建成了这个空间的流动坐标；以一种笼统的方式，人的肉体生存把人与生物彻底交织在一起；由于生产物品和工具，交换自己所需的，组织这样一整个流通网络，即人所能消费的一切都在其中流通，并且在其中人发现自身被定义为中间一站，所以，人的生存似乎就立即与其他人交织在一起；最后，因为人有语言，人能自律一整个使用符号的天地，在这个天地内部，人就与自己的过去、物、他人有关系，从这个天地出发，人就能同样地确立起像知识这样的某物。①

　　福柯在这里所探讨的人的定位，既结合了马克思的政治经济学思考，同时从现象学角度将人视为语言的存在物，在社会关系中被维持。福柯将人的第二种客体化方式称为"分离实践"："这种主体或是自身内部分离，或与他人分离"②，显然，福柯所关注的对精神病人、囚犯、病人等不正常人群的隔离，正是这种分离的实践之一。巴特勒大肆批判的"打倒或消灭'异常'身体的规范人类形态学"③ 与福柯这种"分离实践"相类似。福柯认为，第三种方式就是"人把自己转变为主体的方法"④。完成这一步，"人"就产生了。

　　因而，在这个知识与权力的运作框架中，巴特勒看到有些生命被湮没或被隔离："有人始终是匿名或者始终象征罪恶，这让我们感觉不到他们的消逝，对他们逝去的悲伤也就无限延迟。"⑤ 所以巴特勒认为，我们应当改写"人"的定义。这对于性少数群体、少数族裔及被漠视的第三世界来说具有现实意义，因为这意味着他们为权利而战时"不仅仅是为赋予个

---

① ［法］米歇尔·福柯：《词与物》，莫伟民译，上海三联书店 2001 年版，第 458 页。
② ［法］米歇尔·福柯：《福柯的附语：主体与权力》，载 ［美］L. 德莱弗斯、保罗·拉比诺等《超越结构主义与解释学》，张建超、张静译，光明日报出版社 1992 年版，第 271 页。
③ ［美］朱迪斯·巴特勒：《消解性别》，郭劼译，上海三联书店 2009 年版，第 24 页。
④ ［法］米歇尔·福柯：《福柯的附语：主体与权力》，载 ［美］L. 德莱弗斯、保罗·拉比诺等《超越结构主义与解释学》，张建超、张静译，光明日报出版社 1992 年版，第 271 页。
⑤ Judith Butler, *Precarious Life*：*The Powers of Mourning and Violence*, London and New York：Verso, 2004, p. XⅧ.

人的权利而抗争；我们抗争的目的是**为了成为人**"①。

所以巴特勒主张，要保持"人"的定义开放性，让处于"社会死亡"状态的生命成为可视化的存在。对于不可视的生命来说，保持定义的开放性能够让他们摆脱苦苦挣扎的状态。对于可视化生命而言，巴特勒指出，由于人的定义本身是参照被边缘化的他者"以相反的方式制造出来的"②，因而，保持"人"的定义开放性对于维持所有人的生存来说都具有重大意义。曾经有人问过巴特勒，发现性别的多种可能性有什么用？巴特勒宣称："我偏向于这样回答：可能性不是奢侈品；它和面包一样重要。"③ 无独有偶，当马丁·L.H（Martin L.H）问福柯他的著作中为何总是涉及疯子、罪犯和各类非正常人，福柯半开玩笑说这不是因为热情，而是出于势利——大人物和正常人的形象总是清晰的，很难加以书写。他对边缘人有兴趣出于他们是人性的一部分，他们本身是社会的真实存在，我们必须尊重历史和事实，不可人为排斥他们。像巴尔扎克说他是法国社会的书记员一样，福柯说自己只是把这些被尘封的历史描述（description）出来。④

基于生命平等的认可，巴特勒指出还须深刻认识到我们与他人的依存关系。正如在卡夫卡笔下，非人性并不是人性的反面，而是人性的缺乏，非人性实际上是人性的一部分。同理，在巴特勒看来，"我"与"他人"也不完全是相互的外在，而是相互依存于一个内部系统。在第四章，我们探讨过人的社会性存在被社会机制所维持，我们被外在条件诸如法和道德束缚，这是社会的需要也是我们维持自身的需要。要注意的是，巴特勒对人的形成与维持的考察，不仅关注来自社会机制的力量，也没有忽略对他人这个维度的考量。在本书第一章，根据黑格尔的承认框架，我们还讨论过国家及规范的承认令我们获得可行的生活。巴特勒认为，如果深入探究

---

① ［美］朱迪斯·巴特勒：《消解性别》，郭劼译，上海三联书店 2009 年版，第 32 页。保留原文黑体部分。

② 同上书，第 30 页。

③ 同上书，第 29 页。

④ 参见 Luther H, Martin, "Truth, Power, Self: An Interview with Michel Foucault – October 25th, 1982", In Luther H. Martin Huck Gutman and Patrick H. Hutton, eds., "*Technologies of the Self: A Seminar with Michel Foucault*", London Tavistock, 1988, pp. 9 – 15。

的话，来自他人的承认才是确立我们为人的根本。因为，我们的"人性"确立依赖于他人："如果把黑格尔的观点朝福柯学说的方向稍加变动，我们会发现，关于承认的规范，其功能在于制造以及消解关于人的定义。"①所以，我们与他人共享社会性，共同制造"人"的定义。罗马人已经深刻意识到这一点，阿伦特指出，在罗马人的语言中，"'活着'和'在人们中间'（inter homines esse）是同义词，'死去'和'不再在人们中间'（inter homines esse desinere）是同义词"②。同样，按照现象学的观点，"具体的'自我'从来都生活在他人之中，处在他人视野里，处在与他人的关系里"③。海德格尔用"共在"，雅斯贝尔斯用"交往"，马塞尔用"他人"，萨特用"境遇"来描述这种境况。

对于巴特勒来说，我们与他人相互依存，共同形成人的规范和定义。因而，任何人遭到的不公都可能与我们相关。因为他们与我们一起构成了"人"这一概念，所以我们不能错误地以为那些不公只关乎他人，而与自己无关。在这个意义上，巴特勒批判这样的观点，即"认为布齐（butch）、法玛（femme）以及变性人的生活不是我们重新组织政治生活，追求更公正、更平等的社会的重要依据"④。巴特勒犀利地指出，对他们的限定就是对"人"这个定义的限定，而这与我们息息相关。正如《圣经》所言："不抵挡你们的，就是帮助你们的。"⑤ 如同置身于暴力系统中，任何人只要不阻止暴行都是施暴者，对于"人"的规范的制定来说同样如此。因为任何人都在这个规范系统中生存，都参与生产规范与被生产。

可以看到，巴特勒在"9·11"后对他者的考察，与她早期的著作既有内在联系又有所拓展。在早期著作中，巴特勒将人置于福柯的社会机制中考量，"他者"抽象为律法和权力的他者。而在"9·11"后，他者在

<hr/>

① ［美］朱迪斯·巴特勒：《消解性别》，郭劼译，上海三联书店 2009 年版，第 31 页。
② ［美］汉娜·阿伦特：《人的境况》，王寅丽译，上海人民出版社 2009 年版，第 2 页。
③ ［波］耶日·科萨克：《存在主义的大师们》，王念宁译，中央编译出版社 2003 年版，第 21 页。
④ ［美］朱迪斯·巴特勒：《消解性别》，郭劼译，上海三联书店 2009 年版，第 28 页。
⑤ 《圣经》新标准修订版，简化字和合本，中国基督教三自爱国运动委员会，中国基督教协会 2000 年版，第 124 页。

巴特勒这里更多体现为特定的人或人群，我们与他人一起确立"人"的定义和规范。巴特勒回到现象学和犹太教传统，结合福柯对人的思考，深入剖析了人与他人共存的境况，从这个角度出发呼吁对他人的接纳及对规范的改写。在这个过程中，巴特勒的述行理论体现出越来越强的实践特征。

第三节　想象共同体与非身份

进入新世纪以后，巴特勒除了转向对美国大国政治的批判，也越来越多地参与到犹太问题的讨论中。巴特勒发现美国和犹太复国主义之间存在某些关联：美国在遭受袭击之后寻求军事手段来自我保护，而犹太复国主义是犹太人通过建立国家来自我保护。无疑，美国的军事行动已经造成了其他国家人员的伤亡。犹太人在多方支持下建立以色列，这也加剧了中东地区的长久动荡。虽然美国人在恐怖袭击中遭受伤害，犹太人也由于长久离散和大屠杀承受无法抹去的历史伤痕，但是巴特勒认为受伤害不构成诉诸暴力的理由，更不能以伤害为由来寻求更多的权力。

巴特勒呼吁，要以"非暴力"来改变目前美国对外政策和犹太复国主义所导致的暴力局面。但美国的问题和犹太复国主义既有相同之处，又存在巨大的差异。美国的霸权政策，巴特勒将其批判为普遍性的暴力。而面对犹太复国主义，巴特勒揭开民族作为想象共同体的面纱，主张以非身份、多元身份共存的策略来超越各种身份联盟。

一　普遍性话语霸权

美国的霸权行为由来已久。巴特勒犀利地指出，它一贯的作风是宣称一些国家正在受着他人的伤害，而美国要将他们从暴行中解救出来。萨义德指出，美国作为最后一个超级大国，对世界担负重任："美国公民与知识分子对美国与其他地方之间发生的事负有特殊的责任。"[1] 但遗憾的是，

---

[1]　［美］爱德华·W. 萨义德：《文化与帝国主义》，李琨译，生活·读书·新知三联书店2003 年版，第 73 页。

这反倒成为美国将自己的暴力崇高化的幌子。巴特勒指出,"当暴力被认为'事出有因',因而被当作'合法'甚至'正直'时,一个特殊的道德化场景就发生了。即使它最主要的目的是通过破坏性手段得到一个本不可能得到的、难以侵犯、难以渗透的统治权。"① 所以,巴特勒要揭示美国的暴力,同时对如何避免暴力提出建设性意见。

(一) 普遍性暴力

美国以和平的名义实施暴力,已经遭到多方遣责。以诺曼·乔姆斯基(Noam Chomsky)为代表的一批知识分子将美国描绘为地球上最大的"流氓国家"。英国学者戴维·哈维将美国称为"新帝国主义"(the new imperialism),它"在民族资本占据首要地位的帝国计划的背后调动其民族主义、侵略主义和爱国主义,尤其是种族主义——在此资本主义企业的范围与民族国家发挥作用的范围基本上实现了一致"②。按照阿伦特对帝国主义的界定,她认为,"帝国主义的中心政治观念就是将扩张当作永久的最高政治目标"③。这种扩张是在政治和经济等多重领域的扩张,马克思已经将这视为解决国内阶级矛盾的有效方法。阿伦特在此基础上进一步指出此举还可用于联合国内"暴民"④ 的力量。基于阿伦特的观点,哈维认为,美国在"9·11"后利用民众情绪发起战争,旨在获取更多权力以解决过渡积累问题和满足全球"时间—空间的修复"需要。

在巴特勒看来,美国是以民主的名义在其他国家实施不民主的行为。巴特勒将不民主界定为两种表现方式:一是受美国大肆抨击的在不平等的情况下进行投票,或者没有投票等环节的政权;二是完全以一个大国的身

① Judith Butler, *Frames of War*: *When Is Life Grievable*, London and New York: Verso, 2009, p. 178.
② [英]大卫·哈维:《新帝国主义》,初立忠译,社会科学文献出版社2009年版,第38页。
③ [美]汉娜·阿伦特:《极权主义的起源》,林骧华译,生活·读书·新知三联书店2008年版,第186页。
④ 阿伦特在《反犹主义》里提出这个概念,它与"民众"不同。暴民是各个阶级多余的人物,被排除在社会之外,政治上没有自己的代表,因而总是倾向于在一些运动及其影响中寻找政治生活的真正力量。常为政治所利用,但其惯于诉诸暴力,反复无常。阿伦特认为,暴民往往在类似反犹主义这样暴力行动中起到推动作用。

份去干涉他国内政。① 巴特勒将后者视为普遍性的暴力，它以国家为主体来强制地推行普遍性。

事实上，巴特勒意识到，尽管美国不遗余力地夺取霸权，但"美国"这个概念本身就存在问题的。美国是在殖民的基础上建立起来的，它从印第安人手中夺取土地，又掠夺黑人为劳力。作为一个年轻的移民国家，美国的民族成分构成极为复杂。因此，巴特勒指出："由于种种理由，'美国'（America）是一个成问题的概念。它的国土遍及拉丁美洲、加拿大以及加勒比。它所囊括及抹除的部分差异是这样巨大，因而是如此难以描述。"② 然而当遭到恐怖袭击以后，美国却加强其国家主义（nationalism）来实施报复行动。巴特勒认为，一方面，"某种程度上说，国家主义能生产和维持国家的主体"③。另一方面，按照巴特勒一贯的观点，主体并不是一个稳固的存在，主体在行动中产生也在行动中改变。所以，美国寄希望于国家主义来寻求帝国主义式强权，这必然加深其危机。

美国加强自身的强权基于对他人的掠夺，而在掠夺和伤害之前所做的是在话语层面贬低他人，从而将自己的行为正当化，施暴者都有类似的心理机制。在卢旺达大屠杀后，法国记者采访了其中一个胡图族人，这个参与了屠杀的胡图族人说："把图西族人逼上绝境的时候，我们不再把他们当成人类，我的意思是指不像我们一样的人，共享相同的想法和感觉。"④ 而对于一个国家来说，对他者的贬低更加复杂。应当说，作为一个在殖民基础上建立起来的国家，美国的国家主体将他者妖魔化根源于殖民话语系统。在殖民话语中，他者或是以充满异域诱惑的景观满足殖民者的猎奇需求，或是以"贱斥者"的形象出现从而满足殖民者的民族虚荣感。

---

① 参见 Judith Butler, *Frames of War：When Is Life Grievable*, London and New York：Verso, 2009，p. 37。

② 参见 Pierpaolo Antonello and Roberto Farneti, "Antigone's Claim：A Conversation with Judith Butler", *Theory & Event*, Volume 12，Issue 1，2009。

③ Judith Butler, *Frames of War：When Is Life Grievable*, London and New York：Verso, 2009, p. 47.

④ ［美］菲利普·津巴多：《路西法效应：好人是如何变成恶魔的》，孙佩妏、杨雅馨译，生活·读书·新知三联书店 2010 年版，第 15 页。

　　按照殖民话语，他者远离文明，因而理应臣服于殖民者的权威。《鲁滨孙漂流记》作为殖民文学样本，丹尼尔·笛福（Daniel Defoe）在描绘鲁滨孙与星期五的初次相遇时已经绝妙地展示了他者必须臣服于殖民者。鲁滨孙与星期五语言不通，但是他用枪打下一只鹦鹉来，向星期五展示了枪的杀伤力。此举充分起到了威慑星期五的作用，星期五为避免落得鹦鹉一样的下场，从此对鲁滨孙言听计从。在学者刘禾看来，鲁滨孙用枪打鸟这个动作充分确立了他的主人地位："枪的符号开创了人们所熟悉的殖民征服的祭礼和拜物情结，它把英国人规定为加勒比海小岛的主人，而统治者所凭藉的是无法匹敌的军事技术。"[①]

　　同时，按照殖民话语的逻辑，他者的生命完全不能与宗主国国民相提并论。1722 年 10 月 30 日，东印度公司的英国船乔治王号从孟买驶到广州。船上的炮兵宣称由于要打稻田里的鸟，误伤在田里干活的中国男孩。男孩身负重伤死去，男孩父母和清朝官员未提起刑事诉讼，同意经济赔偿。英国东印度公司同年 11 月 15 日记录："被乔治王号上炮兵打死的支那男孩，不仅给斯盖特哥以及希尔带来了无数的麻烦，而且已经耗费了他们近 2000 两银两。"[②] 在殖民话语的冷酷逻辑里，他者命丧殖民者的手中，不仅不能引起内疚和哀悼，那些被杀害的生命反倒还是一切麻烦的根源。所以，在殖民话语中，他人的生命是卑贱的，他人是应当接受改造的，这套殖民话语成为他们实行普遍性暴力的说辞。

　　（二）非暴力与文化翻译

　　在当代，帝国对他者赤裸裸的歧视鲜见于话语层面，但并不意味着它已经消失。巴特勒认为，在今天，"种族差异正是关于人的种种文化观念的基础，而这些文化观念目前正以戏剧性的、可怕的方式上演于全球各地"[③]。普遍性暴力并未停止，相反在帝国霸权的操控下不断制造新的冲突与伤害。在巴特勒看来，文化翻译（culture translation）是解决普遍性

---

　　① 刘禾：《帝国的话语政治：从近代中西冲突看现代秩序的形成》，杨立华等译，生活·读书·新知三联书店 2009 年版，第 17 页。
　　② 同上书，第 95 页。
　　③ ［美］朱迪斯·巴特勒：《消解性别》，郭劼译，上海三联书店 2009 年版，第 24 页。

暴力的有效途径："没有翻译，普遍性声称可以跨越边界的唯一方式即是通过殖民或扩张逻辑。"① 巴特勒认为，文化翻译是这样一个过程，它**"迫使每种语言发生改变，以理解另一种语言"**②。我们保持自身语言的开放性，打破语言的现有范畴，吸收他人**"关于存在、人、性别以及性的基本范畴"**③。但文化翻译不是一个被动吸收的过程，它要打破现有规范从而重组知识范畴。文化翻译也许可以避免暴力，但巴特勒也意识到，文化翻译并非万全之策，正如斯皮瓦克所说："第一世界的知识分子忍不住要'代表'下层人民，但是代表任务并不轻松，特别是当这个任务同一种要求翻译的现实联系在一起时，因为翻译总是冒着挪用（占有）的风险。"④也就是说，当翻译只是第一世界的单方面行动时，也极有可能是在霸权的框架当中进行，从而翻译也沦为统治者的工具。

但不能因此而放弃寻求暴力之外的解决之道。按照西蒙娜·薇依（Simone Weil）在《伊利亚特，或武力之诗》中的说法，暴力将任何服膺暴力的人变成物。⑤ 对于巴特勒来说，暴力是悖论的存在，我们不能为暴力所操控，然而暴力几乎渗透了我们的生活。在她看来，"人"的形成，人的各种身份的建构，无不是在暴力的框架当中。尽管我们在权力矩阵当中被建构，"但这不意味着我们需要忠诚地自动按照这个矩阵再来重构我们的生活"⑥。因而巴特勒提出"非暴力"（non - violence）的主张来反暴力，拒绝用暴力手段争取承认，拒绝通过暴力来对抗暴力。

---

① ［美］朱迪斯·巴特勒：《重新筹划普遍：霸权以及形式主义的界限》，载［美］朱迪斯·巴特勒、［英］欧内斯特·拉克劳、［斯洛文尼亚］斯拉沃热·齐泽克《偶然性、霸权和普遍性》，胡大平、高信奇、蒋桂琴、童伟译、江苏人民出版社 2004 年版，第 28 页。

② ［美］朱迪斯·巴特勒：《消解性别》，郭劼译，上海三联书店 2009 年版，第 38 页。保留原文黑体部分。

③ 同上。

④ 转引自［美］朱迪斯·巴特勒《重新筹划普遍：霸权以及形式主义的界限》，载［美］朱迪斯·巴特勒、［英］欧内斯特·拉克劳、［斯洛文尼亚］斯拉沃热·齐泽克《偶然性、霸权和普遍性》，胡大平、高信奇、蒋桂琴、童伟译，江苏人民出版社 2004 年版，第 29 页。

⑤ 参见［美］苏珊·桑塔格《关于他人的痛苦》，黄灿然译，上海译文出版社 2008 年版，第 10 页。

⑥ Judith Butler, *Frames of War: When Is Life Grievable*, London and New York: Verso, 2009, p. 167.

在历史上，莫罕达斯·卡拉姆昌德·甘地（Mohandas Karamchand Gandhi）领导的"非暴力不合作运动"让"非暴力"的呼吁家喻户晓。但巴特勒不是在甘地的意义上使用这次概念，巴特勒所使用的"非暴力"并非指涉宗教伦理原则，而意在"斗争"（struggle）时不诉诸暴力，所以运用这个概念旨在与"暴力"做出明确区分。暴力和非暴力的策略都有其局限，但后果不尽相同："陷入暴力泥潭的斗争实际上是激烈、困难、迫切、不连贯的，显示出必然性，它的决定论困境和非暴力的困境不同，非暴力陷于可能性的泥潭，这也是其屡屡失败的原因所在。"① 对于一向珍视多元性和可能性的巴特勒而言，可能性的窘境远胜强迫性的决定论。由于人作为社会性存在，在社会关系网中被维持，所以其实施加暴力将会引发连锁反应，处于这个系统中，施暴者最终也必须承担由它发出的暴力所引发的后果。

巴特勒的非暴力观念主要是来自勒维纳斯对黑格尔的修正。康德与黑格尔都认为，人天然具有粗暴的本性。在康德看来，"由于人类对自由的天然热爱，他就有必要消除他的天然粗暴；对动物来说，它们的本能使这一点成为不必要的了"②。在黑格尔那里，他带着白人的优越感指出"黑种人"（negroes）扮演了类似的角色。黑格尔认为，黑种人代表着处于自然状态的人类精神，它们"生活在无知的人类堕落前的状态中，而且正因为如此，他们又是一种最残忍的野蛮人"③。由于人的天然残暴，在黑格尔看来，当我们与他人在承认的结构中相遇，我们总是去剥夺他者来获得自己的存在。基于此，勒维纳斯认为，当黑格尔式的主体在与他者的交流中感到危险，这时诱惑主体保护自我的力量就是暴力，主体会萌生这样的想法："他人是我想要杀害的那种唯一存在。"④ 但在勒维纳斯看来，这种

---

　　① Judith Butler, *Frames of War: When Is Life Grievable*, London and New York: Verso, 2009, p. 171.

　　② ［斯洛文尼亚］斯拉沃热·齐泽克：《敏感的主体：政治本体论的缺席中心》，应奇、陈丽微、孟军、李勇译，江苏人民出版社 2006 年版，第 37 页。

　　③ 同上书，第 38 页。

　　④ ［法］雅克·德里达：《书写与差异》，张宁译，生活·读书·新知三联书店 2001 年版，第 178 页。

诱惑是危险的。因为事实上,他者不仅是另一个自我,而且还是我所不是者。所以,对他人的暴力终究是对我自身的暴力,暴力最后会反转过来,它将面对的是施暴者。

勒维纳斯主要是以伦理来反暴力。通过梅兰妮·克莱恩,巴特勒补充了勒维纳斯的暴力观念。巴特勒指出,克莱恩与勒维纳斯一样认为"好"客体是充满焦虑的,因为它要面对他人,为他人负责。在勒维纳斯那里,这是伦理所需。在克莱恩这里,这种伦理观念就成了超我的道德虐待(moral sadism)。巴特勒由此想到,当这样的道德为霸权所运用,就造成将暴力崇高化的后果,比如美国以和平民主之名干涉一些国家和地区的内政。所以非暴力本身是一个充满悖论的概念,对这个概念的界定及其实践都要保持足够的警惕。

所以巴特勒主张,一方面要将非暴力也视为实践,它并非行动的原则。由于我们处在与他人的关系网中,因而需要针对现实随时做出调整,譬如美国应对恐怖袭击的强权举措就表明:"我们试图将自身的危险最小化的同时,可能增加了他人的危险。"① 从这个角度来看,非暴力意味着对自我的监控。另一方面,诉诸非暴力是让我们发现可能而非得出结论,它不能让我们摆脱成为好客体的焦虑,但它能让我们深刻认识到我们与他人之间的相互关系。尽管这种关系不是温情脉脉的乌托邦,它是"为他人考虑的一个框架:通过恐惧和愤怒,欲望和遗失,爱与恨等等"②。但在这样的框架中,我们才能真正制止暴力,甚至阻止战争。

二 想象共同体与团结

在"9·11"以后,巴特勒不仅致力于考察美国军事政策所体现出来的话语暴力,同时也积极参与犹太问题的讨论。2003年,哈佛校长劳伦斯·萨默斯(Lawrence H. Summers)发表"反对以色列就是反犹太"的言论后,巴特勒就犹太人历史和现状,数次针对犹太人及巴以冲突等问题发表看法。

---

① Judith Butler, *Frames of War: When Is Life Grievable*, London and New York: Verso, 2009, p. 54.

② Ibid., p. 184.

2011 年与尤根·哈贝马斯（Jürgen Habermas）、查尔斯·泰勒（Charles Taylor）等学者合写的著作《公共领域的"宗教势力"》（*The Power of Religion in the Public Sphere*）中，巴特勒撰写的《犹太教是犹太复国主义吗?》（Is Judaism Zionism?）对"犹太教"（Judaism）、"犹太性"（Jewishness）和"犹太复国主义"（Zionism）等几个概念做了区分。

由于历史原因，犹太问题及以色列问题一直是美国的敏感话题。但巴特勒发现，不少人习惯将犹太、以色列及犹太复国主义等混为一谈。由于美国政府及民众对以色列的绝对支持，任何批判以色列的言论可能都会被扣上"反犹"的帽子。巴特勒批判这种行为混淆了"民族"（nation）与"国家"（states）两个概念，并且以审查制度实行话语暴力来干涉公民的言论自由。① 对国家的理解，巴特勒采纳了马克思将国家理解为统治工具的观点，而民族则关涉文化、语言等更复杂的层面。犹太民族作为一个古老的民族，曾经创造了灿烂的希伯来文明。自上古时代起，以色列国和犹太国两个犹太民族建立的国家灭亡以后，犹太人开始散居世界各地。长期以来，犹太人以智慧和富有著称，但在各种文化文本中又常被塑造为负面形象。世界文学中的四大吝啬鬼里就有两位是犹太人，即威廉·莎士比亚（W. William Shakespeare）《威尼斯商人》中的夏洛克与莫里哀（Molière）《悭吝人》里的阿巴贡。在社会实践领域，由于离散而居，犹太人长久遭受反犹主义之苦。20 世纪初，反犹主义终于酿成大屠杀之祸。

犹太复国主义者认为，犹太人受到歧视和伤害是由于缺乏统一的犹太民族国家的保护。在这种意识形态和其他一些政治文化等因素影响下，以色列于 1974 年建国。巴特勒由于抨击以色列建国所造成的暴力而被称为"反犹太复国主义者"。作为犹太人，巴特勒一直坚持"离散"（Diaspora）与"解放"（emancipation）并不存在必然联系，犹太民族结束离散并不一定意味着解放的到来。巴特勒在回答以色列记者提问

---

① Judith Butler, "No, it's not anti‐semitic", *London Review of Books*, Vol. 25, No. 16, 21 August 2003, pp. 19－21.

时声明："我认为建立国家并不一定意味着解放，建立国家只是赋予国籍的一种方式。"① 同时，建立民族国家意味着对其他民族的排斥，以色列的建国就是个鲜活的例子。在与斯皮瓦克合著的《谁在歌唱民族国家？语言，政治，归属》（*Who Sings the Nation - State? Language, Politics, Belonging*）当中，关于民族国家的排除性建构这个问题，巴特勒和斯皮瓦克看法一致。但另一方面，巴特勒并不赞同民族国家正在衰落的观点。阿伦特在《民族国家的衰落与人权的终结》一文中提出了这样的观点，她认为在"二战"后，"无国籍（statelessness）现象事实上越来越严重，其结果的影响越来越大，这是当代历史上最新出现的大规模现象，当代政治中最成问题的群体——无国籍人民——组成了一种人数越来越多的新民族"②。在当代，由于全球化的来临，这个问题更加突出，迈克尔·哈特（Michael Hardt）和安东尼奥·奈格里（Antonio Negri）也指出："与全球化的进程相伴随，民族—国家的主权尽管依然是有效的，但已不断地衰落。"③

巴特勒认为，尽管犹太复国主义在民族国家与民族解放之间建立绝对联系的做法令人质疑，与此同时，全球化所带来的移民潮正在悄然改变民族的构成，但是依然不可贬低国家的管理职能。在参与争取性别权力斗争时，巴特勒已经深刻地意识到，我们需要国家的承认来获得相应的权益。对于一个公民而言，被某个国家的体制承认也意味着能够得到一定的保护。那些没有国籍的生命是不受国家保护的"赤裸生命"（bare life）④，他们的生存状况令人担忧。巴特勒指出，事实上，当阿伦特在"二战"期间遭受纳粹迫害时，她也在向国家主体寻求庇护。⑤ 今天虽然出现了欧盟等新兴的政治经济联盟，但它们并不能替代国家行使其职能。

① Udi Aloni, "Judith Butler: As a Jew, I Was Taught It Was Ethically Imperative to Speak Up", *Haaretz*, February 24, 2010.
② ［美］汉娜·阿伦特：《极权主义的起源》，林骧华译，生活·读书·新知三联书店 2008年版，第 367 页。
③ ［美］迈克尔·哈特、［意］安东尼奥·奈格里：《帝国》，杨建国、范一亭译，江苏人民出版社 2005 年第 2 版，第 1 页。
④ Judith Butler and Gayatri Chakravorty Spivak, *Who Sings the Nation - State? Language, Politics, Belonging*, London and New York: Seagull Books, 2007, p. 9.
⑤ Ibid., p. 50.

　　在区分以色列建国与犹太民族解放之间的差异，以及强调国家的功能之后，巴特勒深入批判以色列的霸权。如同美国将恐怖袭击作为扩大强权的政治资源一样，以色列利用犹太民族的历史创伤，将自己的政权建立于对巴勒斯坦人不公的基础上。在巴特勒看来，他们的行为是以维护公正的名义实施暴力。巴特勒深刻认识到，以色列对犹太共同体的寻求基于强权，但她质问他们所依赖的民族身份是否固若金汤，萨义德已经指出，犹太人的民族起源并不单纯，因为如果将摩西视为其民族创立者的话，那么犹太人无疑混杂着埃及人的血液。美国学者本尼迪克特·安德森（Benedict Anderson）对民族的构想，则能为巴特勒用述行理论来解释民族身份建构找到一定的理论依据。安德森将民族视为"想象的共同体"，其本质是"现代的想象形式"。① 这样看来，民族身份并不具备稳固的主体，它也是在话语矩阵当中被生产和再生产的产物，同样处于不断的建构过程中。

　　基于这一点，巴特勒对犹太复国主义最大的担忧在于他们刻意突出犹太人的标出性。巴特勒认为，身份并非不可渗透，我们刻意拒绝他人，终将封闭自身。巴特勒对此深有体会：当我们走到不同的社会共同体中，我们总是被问到属于什么身份，从而被一个又一个群体所接纳或排斥。她举例说作为一名犹太人，带朋友回家，家人会问是不是犹太人；当处于女同性恋群体中，则会被问及个人性取向；在学院内，会被问到是不是女性主义者，"分离主义已经够多的了！"②

　　面对犹太复国主义所导致的暴力，巴特勒遗憾地指出，作为一名犹太人，犹太教教义充满对暴力的谴责，但是暴行却在发生，由此招致巴勒斯坦人也采用种种极端的方式进行报复。不管是以色列以民族创伤为由要求强权，还是巴勒斯坦人为寻求公正而使用人体炸弹，巴特勒都呼吁这些以暴制暴的行为应当停止。我们不应该总是将他人构想为伤害的

---

　　① 参见［美］本尼迪克特·安德森《想象的共同体：民族主义的起源与散布》，吴叡人译，上海人民出版社 2011 年增订版，《认同的重量：想象的共同体（导读）》第 8 页。

　　② Udi Aloni, "Judith Butler: As a Jew, I Was Taught It Was Ethically Imperative to Speak Up", *Haaretz*, February 24, 2010.

来源，犹太教义倡导面向他人，他人对我们来说并不总是意味着侵犯和暴力。① 所以既不要人为地湮没某些身份，也不要刻意通过隔离来维持身份的差异。我们所要做的是尊重身份的多元，并维护这种多元的可能性。以共存方式达成的同一性，巴特勒称之为"团结"：

> 团结的问题不能通过突出或抹去这一领域来解决，当然，也不能通过空头许诺，即通过排斥来重新获得同一性，这种同一性是把从属性重新构建为其自身可能性的条件。唯一可能的同一性将不是一系列冲突的合成物，而将是**以政治生产的方式支持冲突的模式**，即一种竞争的实践，要求这些运动在彼此相互的压力下明确表达其目标，而又不完全变成对方。②

因而，巴特勒近年来对民族国家身份的考察，既是对其早期性别研究的延伸与拓展，也是向伦理问题的回归。巴特勒对民族国家身份的研究，同样既质疑现有的规范又寻求团结式的认同。通过对作为知识范畴的"人"这个概念的质疑，巴特勒将性别问题、自我建构和民族问题都涵盖其中。但民族问题与性别问题及自我建构较大的差异在于，民族身份建构过程中的普遍性暴力涉及面更深、更广，一旦以国家为主体对他人施加暴力，对方极有可能以同样甚至更强的暴力来做出回应。所以当身份问题进入更广阔的政治视野，对开放性的寻求就显得更加迫在眉睫，这个需求与我们每个人都息息相关。

---

① Udi Aloni, "Judith Butler: As a Jew, I Was Taught It Was Ethically Imperative to Speak Up", *Haaretz*, February 24, 2010.

② ［美］朱迪思·巴特勒：《纯粹的文化维度》，高静宇译，［美］凯文·奥尔森编：《伤害 + 侮辱：争论中的再分配、承认和代表权》，上海人民出版社 2009 年版，第 46 页。保留原文黑体部分。

结　语

为少数人写作

　　在巴特勒的著作中，充斥着对文学、电影及其他文化文本的分析，但索福克勒斯《忒拜三部曲》及卡夫卡的作品是巴特勒最为钟爱的文本，在巴特勒著作中被反复解读。尤其是卡夫卡的作品，贯穿了巴特勒诸多重要问题的讨论：主体、法律及机制等。卡夫卡的作品从其文体到文学形象，在文学史上都独树一帜。德勒兹与费利克斯·加塔利（Félix Guattari）①在著作《卡夫卡：通向一种少数文学》（*Kafka*：*Toward a Minor Literature*）中，将卡夫卡的作品称为少数人的文学（minor literature），"少数文学并非产生于少数族裔的语言，它是少数族裔在多数（major）的语言内部建构的东西"②。少数文学的特征体现在三个方面：一是语言的解域化（deterritorization of language）。作为生活在布拉格的犹太人，卡夫卡能够深刻体会与捷克的某种距离感。卡夫卡选择用德语写作，但德语对于他来说就像一种书面语，于是在其文本中就出现了口语与书面语的疏离。二是在这个领域中的所有元素都跟政治有关联。由于少数文学只有狭小的空间，因而文学中的个别关怀关联整体，如同卡夫卡所说："在那里只不过是少数

---

　　①　又译作"瓜塔里"，本文按法语发音译为"加塔利"，引文沿用原文。
　　②　[法] 吉尔·德勒兹、费利克斯·瓜塔里：《什么是少数文学?》，载陈永国编译《游牧思想：吉尔·德勒兹、费利克斯·瓜塔里读本》，吉林人民出版社 2003 年版，第 111 页。

人感兴趣的转瞬即逝的事件，在这里则成了每一个人所关注的生死问题。"① 三是，在这个领域里的所有元素都被赋予了一种集体价值。所以，"文学自身积极地肩负起集体甚至革命表达的角色和功能"②。当作家处于边缘地带或被社会所排除时，那么，"这种情况就使作家更有可能表现另一个可能的社区，为表达另一种意识和另一种感性创造方法"③。总之，少数文学的三个特征是语言的解域化、个体与政治的直观性关联，以及表述的集体组合。

一　越界文本

就写作风格及内容而言，巴特勒的文本也具有少数文学的特征。巴特勒以文风晦涩著称，1998 年，《哲学与文学》（*Philosophy and Literature*）杂志"糟糕写作竞赛"（The Bad Writing Contest）将巴特勒评为优胜者。巴特勒在 1999 年《性别麻烦》的再版序言中对此做出了回应，她认为思想的表达难以清晰："如果认为一般所接受的文法是表达激进观点的最佳媒介，那将会是一个错误，因为文法对思想，更确切地说，对什么是可想的本身强加了诸多限制。"④ 巴特勒为自己辩解道："文法也好，文体也好，都不是政治中立的。"⑤ 那些清晰的表述，比如尼克松面对美国人说："让我把一件事彻底说清楚"，但随之开始撒谎，因而巴特勒要在她扭曲的文法背后隐藏质疑的表述，不让它们被"清晰"所遮蔽。

从文体来看，巴特勒采用了越界文本。巴特勒较少集中阐释其文学观念，但在与约翰·盖尔利（John Guillory）、肯德·托马斯（Kendall Thomas）一起编写的《什么是理论的左翼?》（*What's Left of Theory*?）前言当中，他们倡导应在社会语境中进行文学研究，批判新批评等将文学视为自

---

① 转引自［法］吉尔·德勒兹、费利克斯·瓜塔里《什么是少数文学?》，载陈永国编译《游牧思想：吉尔·德勒兹、费利克斯·瓜塔里读本》，吉林人民出版社 2003 年版，第 113 页。

② 同上。

③ 同上。

④ ［美］朱迪斯·巴特勒：《性别麻烦：女性主义与身份的颠覆》，宋素凤译，上海三联书店 2009 年版，"序（1999）"第 13 页。

⑤ 同上。

足文本、忽略文学社会性与政治性的观念。文学与政治并不是相互独立的领域，如同卡夫卡所说："由于文学内在的独立性，与政治的外在联系并无损害。"① 巴特勒等人认为，对文学政治性的研究并不会破坏文学的独立特性，相反，重视文本的政治性正是马克思主义及受其影响的解构主义文学批评传统给予我们的重要遗产。当前的文学研究对社会公正、自由、平等这些问题表现出异乎寻常的兴趣，这既丰富了理论研究又推动了文学发展。②

巴特勒看到文学本身的政治性，而作为哲学家，巴特勒对哲学与文学的关联有着深刻洞察。在《哲学的"他者"能否发言？》一文中，巴特勒指出："哲学一方面在当代文化研究和对政治的文化研究中获得了新生，另一方面，哲学概念同时又丰富了社会文本及文学文本。这些文本本来并不属哲学范围，但这样做就使得文化研究成了在人文领域内进行哲学思考的极具生命力的场所。"③ 巴特勒所受的哲学训练来自欧洲大陆哲学传统，欧洲大陆哲学素有在哲学以外发现自身的传统。譬如福柯宣称自己能对世界上任何伟大的绘画作品说三道四，在《词与物》中，他用委拉斯凯兹的绘画《宫女》来阐释"表象"的哲学机制。在德里达这里，他将哲学视为隐喻的部队。而按照乔纳森·卡勒的观点，哲学是虚构的修辞学构造，文学则呈现为哲学姿态。④ 根植于这样的哲学传统，巴特勒将哲学视为一个开放的概念，从而反对体制化的哲学。在美国，学术体制已经以开放的态度来接纳哲学。越来越多哲学出身的学者正在大学体制中被不同的专业所接纳，巴特勒自己就以哲学家的头衔在比较文学系工作。对这样的跨学科现状，巴特勒深以为幸："我认为我们应该为生活在一个丰富的领域而心怀感激（这个领域是哲学的制度性限制造成的）：在这里我们有这样的

---

① 叶廷芳主编：《卡夫卡全集》第五卷，孙龙生译，河北教育出版社 2001 年版，第 170 页。

② Judith Butler, John Guillory and Kendall Thomas, eds., *What's Left of Theory?* New York and London：Routledge, 2000, p. xi.

③ ［美］朱迪斯·巴特勒：《消解性别》，郭劼译，上海三联书店 2009 年版，第 270 页。

④ 参见［美］理查德·罗蒂《哲学和自然之镜》，李幼蒸译，商务印书馆 2003 年版，第 376 页。

良伴、美酒，那么多意料之外的跨学科对话，那么些跨越了系列障碍的卓越思想活动，都给在后面驻步不前的人提出了重要问题。"①

基于跨学科的可能与文本的开放性特征，巴特勒主张学术研究应当走向融合避免分裂："学术圈内试图把种族研究与性行为研究和性别研究分离开来，这就需要各种独立的表述，并总是制造一系列令人痛苦而又充满希望的重要冲突，暴露了这些独立性的根本局限。"② 巴特勒的研究践行了她的跨学科对话观点，她是一位难以归类的学者。虽然以性别研究而闻名，但巴特勒对性别的研究方法及策略来自哲学、伦理学等其他领域，她对二元对立思维的批判及对女性主体的消解几乎是对女性主义的彻底颠覆，通过这种方式促进女性主义的新生，推动酷儿理论的兴起及发展。此外，巴特勒将性别作为知识范畴的策略与福柯将"人"作为知识范畴的策略异曲同工。通过对性别的解构，巴特勒也走向了对"人"的身份追问：从亲属、自我和民族等多角度多侧面结合当下的生活实践来探讨这个哲学传统问题。

二　莫比乌斯带式写作

对这些问题的探讨，巴特勒主要借助的文学文本来自卡夫卡与索福克勒斯的《忒拜三部曲》。索福克勒斯的悲剧向来为哲学家所青睐，黑格尔借安提戈涅探析个体性与普遍性，精神分析借俄狄浦斯情结解密性别认同，海德格尔在安提戈涅那里勘察纯粹存在的莽苍境界——不同的思想家在索福克勒斯那里都能获取宝藏，甚至法学家们也可以借安提戈涅的神律与人律观念挑起律法的论争。卡夫卡则因其作品被视为"不是思想家的思想者"，③ 他笔下充斥着官僚、法律和人性的激辩，卡夫卡的作品因此被认为表明了哲学立场。所以巴特勒采用的虽然是早已进入文学经典的文本，但这些文本的越界性也昭然若揭。巴特勒充分利用这些文本的越界

---

① ［美］朱迪斯·巴特勒：《消解性别》，郭劼译，上海三联书店 2009 年版，第 254 页。

② ［美］朱迪思·巴特勒：《纯粹的文化维度》，高静宇译，［美］凯文·奥尔森编：《伤害 + 侮辱：争论中的再分配、承认和代表权》，上海人民出版社 2009 年版，第 47 页。

③ 参见阎嘉《反抗人格：卡夫卡》，长江文艺出版社 1996 年版，第 148 页。

性，索福克勒斯笔下的安提戈涅就被巴特勒视为越界者的极佳表征。而对权力机制的阐释，则主要来自卡夫卡。《性别麻烦》中对先在主体的阐释是来自《在法的门前》，对散漫法律的阐释，则来自《在流刑营》和《一道圣旨》——卡夫卡对官僚和家庭机制的洞察不同程度地渗透进巴特勒的文本中。

从文本样式来看，巴特勒的辩证文本与卡夫卡有着奇特的关联。勒达·邦麦（Réda Bensmaïa）认为，不管就文体还是风格而言，卡夫卡的作品都难以归类。卡夫卡作品的无限延伸与阐释、融合是切实存在的。可以联系卡夫卡对梦的阐释来解读他文本的独特结构。我们一般会认为，做梦是昏睡状态下的产物，但卡夫卡据自己的失眠经验宣称做梦是在睡醒般清醒的状态下达到的，因而做梦比清醒更费力。加塔利将卡夫卡这种状态下的梦称为"梦的奇点"①，它能"无限扩展和增强，从而产生另类的想象、另类的概念。另类的人物角色和另类的精神坐标"②。卡夫卡构筑的想象世界如此这般无边无际，所以读者对他的少数文学的阐释可能是从下而上的，是"悖论性的，否定体系，寓言式，象征，'对话式'等等"③。

同样，巴特勒的文本则具有莫比乌斯带式的开放性。她的写作不导向结论，而只在于探讨其可能性与局限性。巴特勒也希望自己的作品具有多样的可阐释性，她在写作时遵循的逻辑是从反叛、反叛的局限、反叛的意义多个方面进行探讨。最后，她的文本就像黑格尔旅途中的主体一样永远走在无止境的路上。或者如同她在《欲望的主体》中用以阐释主体过程性的卡通人物：猫和老鼠（Tom and Jerry）的抓捕循环，或者脱线先生与骗子的周旋，其行动周而复始永无止境，然而其中充满种种实践可能性的乐趣。也许本雅明讲的乞丐愿望更能道出这种开放文本的真谛：

---

① 奇点（point of singularity），这个概念来自数学和物理学，指大爆炸宇宙论所追溯的宇宙演化的起点。它是一个密度无限大、时空曲率无限高、热量无限高、体积无限小的"点"。一切已知的物理定律均在奇点失效。

② 张力君：《卡夫卡与失眠者之梦》，香港《信报》2006 年 12 月 30 日。

③ Gilles Deleuze and Félix Guattari, *Kafka: Toward a Minor Literature*, Dana Polan, tr, Minneapolis and London: University of Minnesota, 1986, p. xiv.

我希望我是统治一个大国的强大的国王。然后，有一天夜里当我在宫里熟睡时，敌人来侵犯我的国家，黎明时，他们的骑兵进入我的城堡，他们不会遇到任何抵抗。我从梦中醒来，甚至没有时间穿衣打扮，而只穿着衬衫逃跑。日夜兼程，翻山越岭，穿过森林，最后安全地到达这里，坐在这里角落里的板凳上。这就是我的愿望。①

众人对乞丐的愿望感到疑惑不解，但乞丐肯定地说："我会有一件衬衫的。"本雅明用这个故事来谈卡夫卡作品迷人的辩证法，在巴特勒更加艰涩的文字当中其实也隐藏着这样的辩证法。巴特勒的写作是个边破边立的过程，由于她对理论资源采取开放的态度，因而在阅读时最大的困难在于从中抽离出巴特勒自身的观点。巴特勒的写作不断与前人、与他人激辩，最典型的就是她对黑格尔的扬弃。毫无疑问，黑格尔的主奴辩证法已经渗透进巴特勒的整个写作，但巴特勒将主奴关系中的主体间性这一面无限放大了。尽管他依然与主人相互依存，但奴隶不再是被动的剥夺对象，而是能够面对面与主人平等对话。除了与他人激辩，巴特勒也在同自身激辩。巴特勒早年的著作，从《性别麻烦》到《身体之重》，都致力于对性别范畴的消解与反叛。然而在旧金山的同性恋人权理事会等机构的工作让她深刻意识到，在现有条件下彻底颠覆现有规范只能是乌托邦，性少数群体必须寻求合作渠道，只有在一定程度上得到国家的承认才能过可行的生活。然而在争取承认的过程中，我们还必须警惕为规范所收编。所以对于身份问题，巴特勒目前的主张：保持质疑，多元共存。

三 少数人的集体表述

当一名激进的干将开始呼吁合作，在一些人看来，这也许是思想的倒退，然而这是巴特勒走向成熟的标志。巴特勒反对规范不仅仅是为了反对本身，而是为了建设更好的、更可行的生活，一味地强调颠覆对于少数群

---

① ［德］瓦尔特·本雅明：《弗朗茨·卡夫卡》，陈永国译，载陈永国、马海良编《本雅明文选》，中国社会科学出版社1999年版，第255页。

体的生存并不能够带来真正的改善。巴特勒深刻洞察权力话语对少数群体的暴力。难能可贵的是，巴特勒尽管珍视颠覆与质疑，但她从不主张以极端的方式反抗暴力，在近几年的著作诸如《战争的构成》当中，巴特勒明确提出对抗暴力的首选策略是非暴力。这丝毫未减弱巴特勒思想的先锋性，相反，这充分显示出巴特勒的博大胸怀。

我们在巴特勒的作品中一直可以看到这种关怀的闪现。巴特勒的文本中充斥着越界者，那些生存于阴暗领域的生命。在她早年探讨性别问题的著作中，这些人是性少数群体，扮装者、变性人和跨性别者等，通过他们，巴特勒呼吁多元共存。索福克勒斯的安提戈涅在巴特勒笔下获得新生，成为巴特勒的杰出越界者，承担着性别与亲属家庭关系等多重越界的角色。从这个倔强地向死的人物身上，巴特勒看到越界者的艰难处境，她必须努力得到承认才能生存，否则就只能孤独地死去。在这样的条件下，安提戈涅在公众中的言说就具有难能可贵的意义，以越界者的身份坚持言说，让不可视的生命浮上可视的层面。

最具典型巴特勒色彩的还在于，她作为一名犹太人，但因为致力于批判犹太复国主义所造成的灾难，因而一直被视为反犹太复国主义者。作为美国体制内的知识分子，她不遗余力地批判这个国家的普遍性暴力。她为所有失去的生命哀悼，主张打破"人"这个概念的界定。巴特勒反对生命分类的主张不仅贯穿到她的所有著述中，也是她社会实践的重要组成部分，这正与卡夫卡的主张同声相求与遥相呼应："文学与其说是文学史的关怀，毋宁说是人民的关怀。"①

按照犹太教义，知识分子就是说真话的人。日本作家村上春树2009年领取耶路撒冷文学奖时，则引用"以卵击石，在高大坚硬的墙和鸡蛋之间，我永远站在鸡蛋那方"来说明作家的职责。可以说，巴特勒以其理论和实践担负起为少数人而写作的职能。她笔下的越界者不仅是一种集体表述，巴特勒旨在通过他们最终改写"人"的规范，真正走向一个充满可能

---

① 转引自［法］吉尔·德勒兹、费利克斯·瓜塔里《什么是少数文学?》，载陈永国编译《游牧思想：吉尔·德勒兹、费利克斯·瓜塔里读本》，吉林人民出版社2003年版，第113页。

的、非暴力的可行世界。

　　巴特勒为我们提出，文化翻译是重新改写"人"之定义的有效通道，翻译即去接受他人的语言，学习他们的表述，以这种方式来反观自身，改造自身。从这个角度来看，文学与文化担当重任，如同理查·罗蒂所说："现代知识界对于道德进步的主要贡献，不是哲学或宗教的论文，而是（诸如小说或民俗志中）对于各式各样特殊痛苦和侮辱的详细描述。"①

　　巴特勒对文化与文学的期许具有启示录的色彩，它带领我们回到了述行理论的语言学起点。在那里，语言具有行动性，它作为话语强制性地塑造人，改造人。然而，一旦少数人将语言掌握在自己手中进行集体表述，即便这种集体性已经不再或尚未给予什么："没有主题；只有表述的集体代理行为，而文学表达这些行为，只要这些行为不是外部强加的，只要这些行为仅仅作为即将到来的恶势力，或作为将被建构的革命力量。"② 在卡夫卡笔下，K 这个反复出现的字母，尽管在机制中彷徨，但随着它出现的次数增多，它越来越具有集体性的特征。同样，在巴特勒笔下，扮装者的表演，赫尔克林的笑声，安提戈涅的呼吁，俄狄浦斯的诅咒，尽管孤独，却汇成集体的言说，正在为世界倾听。

---

　　① 　［美］理查·罗蒂：《偶然、反讽与团结》，徐文瑞译，商务印书馆 2005 年版，第 273 页。
　　② 　［法］吉尔·德勒兹，费利克斯·瓜塔里：《什么是少数文学?》，载陈永国编译《游牧思想：吉尔·德勒兹、费利克斯·瓜塔里读本》，吉林人民出版社 2003 年版，第 114 页。

参考文献

一 中文文献

(一) 中文著作

[德] T. W. 阿多诺:《道德哲学的问题》,谢地坤、王彤译,人民出版社 2007 年版。

[美] 汉娜·阿伦特:《极权主义的起源》,林骧华译,生活·读书·新知三联书店 2008 年版。

[美] 汉娜·阿伦特:《精神生活·思维》,姜志辉译,江苏教育出版社 2006 年版。

[美] 汉娜·阿伦特:《人的境况》,王寅丽译,上海人民出版社 2009 年版。

[希] 埃斯库罗斯、索福克勒斯:《罗念生全集第二卷·埃斯库罗斯悲剧三种·索福克勒斯悲剧四种》,罗念生译,上海人民出版社 2004 年版。

[美] 本尼迪克特·安德森:《想象的共同体:民族主义的起源与散布》,吴叡人译,上海人民出版社 2011 年增订版。

[美] 凯文·奥尔森编:《伤害 + 侮辱:争论中的再分配、承认和代表权》,高静宇译,上海人民出版社 2009 年版。

[英] 奥兹本:《弗洛伊德和马克思》,董秋斯译,中国人民大学出版社 2004 年版。

[英] 阿雷恩·鲍尔德温、布莱恩·朗赫斯特、斯考特·麦克拉肯、迈尔

斯·奥格伯恩、格瑞葛·斯密斯：《文化研究导论》，陶东风等译，高
等教育出版社 2004 年修订版。

[英] 盖文·巴特：《批评之后：对艺术和表演的新回应》，李龙、周冰
心，窦可阳译，江苏美术出版社 2009 年版。

[法] 罗兰·巴特：《罗兰·巴特随笔选》，怀宇译，百花文艺出版社 2005
年第 2 版。

[美] 朱迪斯·巴特勒、[英] 欧内斯特·拉克劳、[斯洛文尼亚] 斯拉沃
热·齐泽克：《偶然性、霸权和普遍性》，胡大平、高信奇、蒋桂琴、
童伟译，江苏人民出版社 2004 年版。

[美] 朱迪斯·巴特勒：《权力的精神生活：服从的理论》，张生译，江苏
人民出版社 2009 年版。

[美] 朱迪斯·巴特勒：《身体之重：论"性别"的话语界限》，李钧鹏
译，上海三联书店 2011 年版。

[美] 朱迪斯·巴特勒：《消解性别》，郭劫译，上海三联书店 2009 年版。

[美] 朱迪斯·巴特勒：《性别麻烦：女性主义与身份的颠覆》，宋素凤
译，上海三联书店 2009 年版。

[德] 乌尔里希·贝克：《风险社会》，何博闻译，译林出版社 2003 年版。

[德] 恩斯特·贝勒尔：《尼采、海德格尔与德里达》，社会科学文献出版
社 2001 年版。

[德] 瓦尔特·本雅明：《德国悲剧的起源》，陈永国译，文化艺术出版社
2001 年版。

[德] 瓦尔特·本雅明：《迎向灵光消逝的年代：本雅明论艺术》，许绮
玲、林志明译，广西师范大学出版社 2008 年版。

[法] 让·波德里亚：《消费社会》，刘成富译，南京大学出版社 2001 年版。

[法] 西蒙娜·德·波伏瓦：《第二性》，郑克鲁译，上海译文出版社 2011
年版。

[英] 约翰·伯格：《观看之道》，戴行钺译，广西师范大学出版社 2007
年版。

[希] 柏拉图：《柏拉图文艺对话集》，朱光潜译，人民文学出版社 1959

年版。

［美］利奥·博萨尼：《弗洛伊德式的身体：精神分析与艺术》，上海三联
　　书店 2009 年版。

［德］马丁·布伯：《我与你》，陈维纲译，生活·读书·新知三联书店
　　1986 年版。

［法］吕克·布里松：《古希腊罗马时期不确定的性别：假两性畸形人与
　　两性畸形人》，侯雪梅译，广西师范大学出版社 2005 年版。

陈永国、马海良编：《本雅明文选》，中国社会科学出版社 1999 年版。

陈永国编译：《游牧思想：吉尔·德勒兹、费利克斯·瓜塔里读本》，吉林
　　人民出版社 2003 年版。

陈越编：《哲学与政治：阿尔都塞读本》，吉林人民出版社 2004 年版。

［美］唐纳德·戴维森：《真理、意义、行动与事件》，牟博译，商务印书
　　馆 1993 年版。

［英］阿兰·德波顿：《身份的焦虑》，陈广兴，南治国译，上海译文出版
　　社 2007 年版。

［法］雅克·德里达：《文学行动》，赵兴国等译，中国社会科学出版社
　　1998 年版。

［美］L. 德赖弗斯、保罗·拉比诺：《超越结构主义与解释学》，张建超、
　　张静译，光明日报出版社 1992 年版。

［法］吉尔·德勒兹：《德勒兹论福柯》，杨凯麟译，江苏教育出版社 2006
　　年版。

［法］吉尔·德勒兹：《尼采与哲学》，周颖、刘玉宇译，社会科学文献出
　　版社 2001 年版。

杜小真编：《福柯集》，上海远东出版社 2003 年版。

［美］弗莱德·R. 多尔迈：《主体性的黄昏》，万俊人译，上海人民出版
　　社 1992 年版。

［法］弗朗索瓦·多斯：《从结构到解构：法国 20 世纪思想主潮》，季广
　　茂译，中央编译出版社 2004 年版。

［德］恩格斯：《家庭、私有制和国家的起源》，中共中央马克思、恩格

斯、列宁、斯大林著作编译局译，人民出版社 1999 年第 3 版。

［法］福柯：《不正常的人》，钱翰译，上海人民出版 2003 年版。

［法］米歇尔·福柯：《词与物》，莫伟民译，上海三联书店 2001 年版。

［法］米歇尔·福柯：《规训与惩罚》，刘北成、杨远婴译，生活·读书·
　　新知三联书店 1999 年版。

［法］米歇尔·福柯：《临床医学的诞生》，刘北成译，译林出版社 2001
　　年版。

［法］福柯、瑞金斯等：《福柯访谈录——权力的眼睛》，严锋译，上海人
　　民出版社 1997 年版。

［法］福柯：《外边思维》，洪维信译，（台北）行人出版社 2003 年版。

［法］福柯：《性经验史》，佘碧平译，上海人民出版社 2005 年版。

［加拿大］诺斯诺普·弗莱：《现代百年》，盛宁译，辽宁教育出版社 1998
　　年版。

［英］玛丽亚姆·弗雷泽：《波伏娃与双性气质》，崔树义译，中华书局
　　2004 年版。

［法］马克·弗罗芒—莫里斯：《海德格尔诗学》，冯尚译，上海译文出版
　　社 2005 年版。

［奥］西格蒙德·弗洛伊德：《弗洛伊德后期著作选》，林尘、张唤民、陈
　　伟奇译，上海译文出版社 2005 年版。

［奥］西格蒙德·弗洛伊德：《弗洛伊德文集》第二卷，车文博主编，长
　　春出版社 1998 年版。

［奥］西格蒙德·弗洛伊德：《论文明》，国际文化出版公司 2000 年版。

［美］保罗·福塞尔：《格调：社会等级与生活品位》，梁丽真等译，广西
　　人民出版社 2002 年版。

［美］简·盖洛普：《通过身体思考》，杨莉馨译，江苏人民出版社 2005
　　年版。

［美］迈克尔·哈特、［意］安东尼奥·奈格里：《帝国》，杨建国、范一
　　亭译，江苏人民出版社 2005 年版。

［英］戴维·哈维：《后现代的状况》，阎嘉译，商务印书馆 2003 年版。

［英］大卫·哈维：《新帝国主义》，初立忠译，社会科学文献出版社2009
年版。

［德］海德格尔：《形而上学导论》，熊伟、王庆节译，商务印书馆1996
年版。

［德］海德格尔：《荷尔德林诗的阐释》，孙周兴译，商务印书馆2000年版。

［德］黑格尔：《精神现象学》，贺麟、王玖兴译，商务印书馆1997年版。

［美］迪克·赫伯迪格：《亚文化：风格的意义》，北京大学出版社2009
年版。

［美］贝尔·胡克斯：《女权主义文论：从边缘到中心》，晓征译，江苏人
民出版社2001年版。

［美］华康德、［法］布尔迪厄：《实践与反思：反思社会学导引》，李猛、
李康译，中央编译出版社1998年版。

［英］斯图尔特·霍尔编：《表征》，徐亮、陆兴华译，商务印书馆2005
年版。

［德］阿克塞尔·霍耐特：《为承认而斗争》，胡继华译，上海人民出版社
2005年版。

［英］安东尼·吉登斯：《亲密关系的变革》，陈永国、汪民安等译，社会
科学文献出版社2001年版。

［英］安东尼·吉登斯，克里斯托弗·皮尔森：《现代性：吉登斯访谈
录》，尹宏毅译，新华出版社2001年版。

［美］杰姆逊：《后现代主义与文化理论》，唐小兵译，北京大学出版社
2005年版。

［美］菲利普·津巴多：《路西法效应：好人是如何变成恶魔的》，孙佩
妏、杨雅馨译，生活·读书·新知三联书店2010年版。

［美］乔纳森·卡勒：《当代学术入门：文学理论》：李平译，辽宁教育出
版社1998年版。

［美］乔纳森·卡勒：《论解构》，陆扬译，中国社会科学出版社1998年版。

［美］道格拉斯·凯尔纳、斯蒂文·贝斯特等：《后现代理论：批判性的
质疑》，张志斌译，中央编译出版社2002年版。

［德］康德:《历史理性批判文集》,何兆武译,商务印书馆1996年版。

［德］康德:《实践理性批判》,邓晓芒译,人民出版社2003年版。

［德］伊曼努尔·康德:《实用人类学》,邓晓芒译,上海人民出版社2005年版。

［波］耶日·科萨克:《存在主义的大师们》,王念宁译,中央编译出版社2003年版。

［法］科耶夫:《黑格尔导读》,姜志辉译,译林出版社2005年版。

［英］迈克·克朗:《文化地理学》,杨淑华、宋慧敏译,南京大学出版社2005年第2版。

［法］拉康:《拉康选集》,褚孝泉译,上海三联书店2001年版。

［英］莱姆克等:《马克思与福柯》,陈元等译,华东师范大学出版社2007年版。

［英］伊丽莎白·赖特:《拉康与后女性主义》,王文华译,北京大学出版社2005年版。

［法］埃马纽埃尔·勒维纳斯:《塔木德四讲》,关宝艳译,商务印书馆2005年版。

［美］大卫·理斯曼:《孤独的人群》,王崑译,南京大学出版社2002年版。

［法］埃马纽埃尔·列维纳斯:《从存在到存在者》,吴蕙仪译,江苏教育出版社2006年版。

［法］克洛德·列维—斯特劳斯:《结构人类学》,张祖建译,中国人民大学出版社2006年版。

刘禾:《帝国的话语政治:从近代中西冲突看现代秩序的形成》,杨立华等译,生活·读书·新知三联书店2009年版。

陆扬:《大众文化理论》,复旦大学出版社2008年版。

［美］葛尔·罗宾等:《酷儿理论》,李银河译,文化艺术出版社2003年版。

［美］理查·罗蒂:《偶然、反讽与团结》,徐文瑞译,商务印书馆2005年版。

［美］理查德·罗蒂:《哲学和自然之镜》,李幼蒸译,商务印书馆2003年版。

［美］赫伯特·马尔库塞：《爱欲与文明》，黄勇译，上海译文出版社2005年版。

［美］赫伯特·马尔库塞：《现代文明与人的困境：马尔库塞文集》，李小兵译，上海三联书店1989年版。

［美］佩吉·麦克拉肯主编：《女权主义理论读本》，广西师范大学出版社2007年版。

［加拿大］马歇尔·麦克卢汉：《麦克卢汉如是说：理解我》，何道宽译，中国人民大学出版社2006年版。

［法］莫里斯·梅洛—庞蒂：《知觉现象学》，姜志辉译，商务印书馆2005年版。

［美］詹姆斯·米勒：《福柯的生死爱欲》，高毅译，上海人民出版社2005年版。

［美］凯特·米利特：《性政治》，宋文伟译，江苏人民出版社2000年版。

［德］弗里德里希·尼采：《权力意志：重估一切价值的尝试》，张念东、凌素心译，中央编译出版社2000年版。

［德］弗里德里希·尼采：《论道德的谱系·善恶之彼岸》，谢地坤、宋祖良、程志民译，漓江出版社2007年版。

［英］苏珊·弗兰克·帕森斯：《性别伦理学》，史军译，北京大学出版社2009年版。

［美］罗伯特·皮平：《作为哲学问题的现代主义：论对欧洲高雅文化的不满》，阎嘉译，商务印书馆2007年版。

［斯洛文尼亚］斯拉沃热·齐泽克：《快感大转移：妇女和因果性六论》，胡大平等译，江苏人民出版社2004年版。

［斯洛文尼亚］斯拉沃热·齐泽克：《敏感的主体：政治本体论的缺席中心》，应奇、陈丽微、孟军、李勇译，江苏人民出版社2006年版。

［斯洛文尼亚］齐泽克：《意识形态的崇高客体》，季广茂译，中央编译出版社2002年版。

［斯洛文尼亚］斯拉沃热·齐泽克：《易碎的绝对：基督教遗产为何值得奋斗》，蒋桂琴等译，江苏人民出版社2004年版。

［美］爱德华·W. 萨义德：《文化与帝国主义》，李琨译，生活·读书·新知三联书店 2003 年版。

［英］拉曼·塞尔登编：《文学批评理论：从柏拉图到现在》，刘象愚、陈永国等译，北京大学出版社 2003 年第 2 版。

［美］伊芙·科索夫斯基·塞吉维克：《男人之间：英国文学与男性同性社会性欲望》，郭劼译，上海三联书店 2011 年版。

［美］苏珊·桑塔格：《关于他人的痛苦》，黄灿然译，上海译文出版社 2006 年版。

［美］苏珊·桑塔格：《论摄影》，黄灿然译，上海译文出版社 2008 年版。

［美］苏珊·桑塔格：《同时：随笔与演说》，黄灿然译，上海译文出版社 2009 年版。

［美］苏珊·桑塔格：《疾病的隐喻》，程巍译，上海译文出版社 2003 年版。

［英］塔姆辛·斯巴格：《福柯与酷儿理论》，赵玉兰译，北京大学出版社 2005 年版。

［美］佳亚特里·斯皮瓦克：《从解构到全球化批判：斯皮瓦克读本》，陈永国、赖立里、郭英剑主编，北京大学出版社 2007 年版。

［加拿大］查尔斯·泰勒：《现代性之隐忧》，程炼译，中央编译出版社 2001 年版。

［加拿大］查尔斯·泰勒：《自我的根源：现代认同的形成》，韩震等译，译林出版社 2001 年版。

［法］爱弥尔·涂尔干：《乱伦禁忌及其起源》，汲喆、付德根、渠东译，上海人民出版社 2003 年版。

汪民安主编：《福柯读本》，北京大学出版社 2010 年版。

汪民安、陈永国、马海良编：《福柯的面孔》，文化艺术出版社 2001 年版。

汪民安、陈永国编：《后身体：文化、权力和生命政治学》，吉林人民出版社 2011 年版。

汪民安：《尼采与身体》，北京大学出版社 2008 年版。

汪民安主编：《文化研究关键词》，江苏人民出版社 2007 年版。

［英］奥斯卡·王尔德：《谎言的衰落：王尔德艺术批评文选》，萧易译，

江苏教育出版社 2004 年版。

王晓路等：《文化批评关键词研究》，北京大学出版社 2007 年版。

于岳川：《后殖民主义与新历史主义》，山东教育出版社 2001 年版。

［英］雷蒙·威廉斯：《关键词：文化与社会的词汇》，刘建基译，生活·读书·新知三联书店 2005 年版。

［奥］维特根斯坦：《哲学研究》：陈嘉映译，上海人民出版社 2001 年版。

［德］马克斯·韦伯：《新教伦理与资本主义精神》，黄晓京译，四川人民出版社 1986 年版。

肖锦龙：《德里达的解构理论思想性质论》，中国社会科学出版社 2004 年版。

阎嘉：《反抗人格：卡夫卡》，长江文艺出版社 1996 年版。

阎嘉主编：《文学理论精粹读本》，中国人民大学出版社 2006 年版。

杨玉成：《奥斯汀：语言现象学与哲学》，商务印书馆 2002 年版。

叶廷芳主编：《卡夫卡全集》第一卷，河北教育出版社 2001 年版。

叶廷芳主编：《卡夫卡全集》第五卷，孙龙生译，河北教育出版社 2001 年版。

［美］弗雷德里克·詹姆逊：《文化转向》，胡亚敏等译，中国社会科学出版社 2000 年版。

［英］特里·伊格尔顿：《后现代主义的幻象》，华明译，商务印书馆 2000 年版。

詹承绪、王承权、李近春、刘龙初：《永宁纳西族的阿注婚姻和母系家庭》，上海人民出版社 2006 年版。

张进：《新历史主义与历史诗学》，中国社会科学出版社 2004 年版。

张首映：《西方二十世纪文论史》，北京大学出版社 1999 年版。

张岩冰：《女权主义文论》，山东教育出版社 1998 年版。

周宪编译：《激进的美学锋芒》，中国人民大学出版社 2003 年版。

周宪：《审美现代性批判》，商务印书馆 2003 年版。

赵毅衡：《文学符号学》，中国文联出版公司 1990 年版。

赵毅衡：《符号学：原理与推演》，南京大学出版社 2011 年版。

（二）中文期刊文章

［美］朱迪斯·巴特勒：《论雅克·德里达》，何吉贤译，《国外理论动态》
　　2005 年第 4 期。

戴雪红：《后女性主义对二元论的批判：身体的哲学剖析》，《妇女研究论
　　丛》2008 年第 6 期。

都岚岚：《论朱迪斯·巴特勒性别理论的动态发展》，《妇女研究论丛》
　　2010 年第 6 期。

郭劼：《承认与消解：朱迪斯·巴特勒的〈消解性别〉》，《妇女研究论丛》
　　2010 年第 6 期。

何成洲：《巴特勒与表演性理论》，《外国文学评论》2010 年第 3 期。

何佩群：《朱迪斯·巴特勒后现代女性主义政治学理论初探》，《学术月
　　刊》1999 年第 6 期。

柯倩婷：《从波伏娃与巴特勒对身体的论述谈起》，《妇女研究论丛》2010
　　年第 1 期。

李庆本：《朱迪斯·巴特勒的后女性主义理论》，《云南大学学报》2008 年
　　第 3 期。

宋素凤：《〈性别麻烦：女性主义与身份的颠覆〉：后结构主义思潮下的激
　　进性别政治思考》，《妇女研究论丛》2010 年第 1 期。

陶曦：《电影〈特工狂花〉中性别表演的颠覆》，《电影文学》2010 年第
　　2 期。

王建香：《话语与表演：朱迪丝·巴特勒对性别身份的解构》，《湘潭大学
　　学报》（哲学社会科学版）2008 年第 4 期。

阎嘉：《戴维·哈维与马克思主义文学批评传统》，《当代文坛》2011 年
　　第 6 期。

严泽胜：《朱迪·巴特勒：欲望、身体、性别表演》，《国外理论动态》
　　2004 年第 4 期。

杨洁：《那一个哲学家"酷儿"：管窥朱迪斯·巴特勒》，《兰州学刊》
　　2008 年第 4 期。

张力君：《卡夫卡与失眠者之梦》，香港《信报》2006 年 12 月 30 日。

钟厚涛:《朱迪斯·巴特勒: 性别表演》,《齐齐哈尔师范高等专科学校学
　　报》2006 年第 3 期。

二　英文文献
(一) 英文著作

Armour, Ellen and Susan St. Ville, eds. , *Bodily Citations*: *Religion and Ju-
　　dith Butler*, New York: Columbia University Press, 2006.

Austin, J. L. *How to Do Things with Words*, Oxford: Oxford University Press,
　　1980.

Brooks, Ann. *Postfeminisms*: *Feminism*, *Cultural Theory and Cultural Forms*,
　　London and New York: Routledge, 1997.

Butler, Judith. *Antigone's Claim*: *Kinship between Life and Death*, New York:
　　Columbia University Press, 2000.

Butler, Judith. *Bodies that Matter*, New York and London: Routledge, 1993.

Butler, Judith. *Excitable Speech*: *A Politics of the Performative*, New York:
　　Routledge, 1997.

Butler, Judith. *Frames of War*: *When Is Life Grievable*, London and New York:
　　Verso, 2009.

Butler, Judith. *Giving an Account of Oneself*, New York: Fordham University
　　Press, 2005.

Butler, Judith. *Precarious Life*: *The Powers of Mourning and Violence*, London
　　and New York: Verso, 2004.

Butler, Judith. *Subjects of Desire*: *Heglian Reflections in Twentieth – Century
　　France*, New York: Columbia University Press, 1987.

Butler, Judith and Gayatri Chakravorty Spivak. *Who Sings the Nation – State?*
　　Language, *Politics*, *Belonging*, London and New York: Seagull Books,
　　2007.

Butler, Judith, John Guillory and Kendall Thomas, eds. , *What's Left of Theo-
　　ry?* New York and London: Routledge, 2000.

Butler, Judith, Jürgen Habermas, Charles Taylor, et al. *The Power of Religion in the Public Sphere*, New York: Columbia University Press, 2011.

Butler, Judith and Sara Salih, eds. , *Judith Butler Reader*, Malden and Oxford: Blackwell Publishing, 2004.

Carver, Terrell and Samuel Chambers, eds. , *Judith Butler's Precarious Politics: Critical Encounters*, London: Routledge, 2008.

Chambers, Samuel A. and Terrell Carver. *Judith Butler and Political Theory: Troubling Politics*, London and New York: Routledge, 2008.

Deleuze, Gilles and Félix Guattari. *Kafka: Toward a Minor Literature*, Dana Polan, tr, Minneapolis and London: University of Minnesota, 1986.

Derrida, J. Jacques. *Limited Inc*, Jeffrey Mehlman and Samuel Weber, trs, Evanston: Northwestern University Press, 1988.

Dickson, Elbert ed. *On Metapsychology – the Theory of Psychoanalysis*: "Beyond the Pleasure Priciple", "The Ego and the Id" and Other Works, London: Penguin Books Ltd. , 1991 New edition.

Hall, Donald E. *Queer Theory*, New York: Palgrave Macmillan, 2003.

hooks, bell. *Reel to Real*, London and New York: Routledge, 1996.

Lacan, Jacques. *Ecrits: A Selection*, Alan Sheridan, tr, New York: W. W. Norton & Company, 1982.

Loizidou, Elena. *Judith Butler: Ethics, Law, Politics*, London: Routledge – Cavendish, 2007.

Martin, Luther H. Huck Gutman and Patrick H. Hutton, eds. , *Technologies of the Self: A Seminar with Michel Foucault*, Amherst: University of Massachusetts Press, 1988.

Ray, Sangeeta. *Gayatri Chakravorty Spivak: in Other Words*, Malden and Oxford: Blackwell Publishing, 2009.

Salih, Sara. *Judith Butler*, London and New York: Routledge, 2002.

Sedgwick, Eve Kosofsky. *Tendencies*, London and New York: Routledge, 1994.

Sjöholm, Cecilia. *The Antigone Complex*: *Ethics and the Invention of Feminism Desire*, Stanford: *Stanford Press*, 2004.

（二）英文期刊文章

Aloni, Udi and Judith Butler. "As a Jew, I was taught it was ethically imperative to speak up", In *Haaretz*, February 24, 2010.

Antonello, Pierpaolo and Roberto Farneti. "Antigone's Claim: A Conversation with Judith Butler", In *Theory & Event*, Volume 12, Issue 1, 2009.

Bell, Vikki. "On Speech, Race and Melancholia: An Interview with Judith Butler", In *Theory, Culture & Society*, 1999, Vol. 16 (2).

Boucher, Geoff. "Judith Butler's Postmodern Existentialism: A Critical Analisis", In *Philosophy Today*, Vol. 48, No. 4 (Winter 2004).

Breen, Margaret Soenser, Warren J. Blumenfeld and Judith Butler, et al. " 'There Is a Person Here'—An Interview with Judith Butler", In *International Journal of Sexuality and Gender Studies*, Vol. 6, No. 1/2, 2001.

Butler, Judith. "Foucault and the Paradox of Bodily Inscriptions", In *The Journal Philosophy*, Vol. 86, No. 11, Eighty - Sixth Annual Meeting American Philosophicial Association, Eastern Division, Nov., 1989.

Butler, Judith. "Isral/ Palaetine and the Paradoxes of Academic Freedom", In *Radical Philosophy*, 135, January/ February 2006.

Butler, Judith. "No, it's not anti - semitic", In *London Review of Books*, Vol. 25, No. 16, 21 August 2003.

Butler, Judith. "On Never Having Learned How to Live", In *Radical Philosophy*, 129 (Jan. /Feb. 2005).

Butler, Judith. "Performative Acts and Gender Constitution: An Essay in Phenomenology and Feminist Theory", In *Theatre Journal*, 40: 4 (1988: Dec.).

Dumm, Thomas. "Giving Away, Giving Over: A Conversation with Judith Butler", In *Massachusetts Review*, Spring / Summer 2008, Vol. 49, Issue 1/2.

International Lesbian, Gay Bisexual, Trans and Intersex Association and Judith

Butler. "Gender Trouble: Still Revolutionary or Obsolete?" In *Bang Bang*, August 10, 2007.

Schrift, Alan D. "Nietzsch, Foucault, Deleuze, and the Subject of Radical Democracy", In *Journal the Theoretical Humanities*, Vol. 5, Aug. 2000.

Žižek, Slavoj. "Shoplifters of the World Unite: Slavoj Žižek on the Meaning of the Riots", In *London Review of Books*, 19 August 2011.

附 录

巴特勒重要作品及研究著作汇编

一 著作

2013

Butler, Judith and Athena Athanasiou. *Dispposesion*: *The Performative in the Po-litical*. Cambridge and Malden: Polity Press, 2013.

2012

Butler, Judith. *Parting Ways*: *Jewishness and Critique of Zionism*. New York: Columbia University Press, 2012.

2011

Butler, Judith and Elizabeth Weed. *The Question of Gender*: *Joan W. Scott's Critical Feminism*. Bloomington: Indiana University Press, 2011.

Butler, Judith, Jürgen Habermas, Charles Taylor, et al. *The Power of Religion in the Public Sphere*. New York: Columbia University Press, 2011.

2009

Butler, Judith. *Frames of War*: *When Is Life Grievable?* London and New York: Verso, 2009.

Butler, Judith, Talal Asad, Saba Mahmood and Wendy Brown. *Is Critique Secular? Blasphemy*, *Injury*, *and Free Speech*. Princeton: University of California Press, 2009.

2007

Butler, Judith and Gayatri Chakravorty Spivak. *Who Sings the Nation - State?*: *Language*, *Politics*, *Belonging*. London and New York: Seagull Books, 2007.

Butler, Judith and Bronwyn Davies. *Judith Butler in Conversation*: *Analyzing the Texts and Talk of Everyday Life*. New York and London: Routledge, 2007.

2005

Butler, Judith. *Giving an Account of Oneself*. New York: Fordham University Press, 2005.

Butler, Judith. *Humain*, *Inhumain*: *le Travail Critique des Norms*. Paris: Editions Amsterdam, 2005.

2004

Butler, Judith and Sara Salih, eds. , *The Judith Butler Reader*. Malden and Oxford: Blackwell Publishing, 2004.

Butler, Judith. *Undoing Gender*. London and New York: Routledge, 2004.

Butler, Judith. *Precarious Life*: *The Powers of Mourning and Violence*. London and New York: Verso, 2004.

2002

Butler, Judith, Shoshana Felman and Stanley Cavell. *The Scandal of the Speaking Body: Don Juan with J. L. Austin, or Seduction in Two Languages*. Chicago: Stanford University Press, 2002.

Butler, Judith, Thomas C. Grey, Reva D. Siegel and Robert C. Post. *Prejudicia Appearances: The Logic of American Antidiscrimination Law*. Durham: Duke University Press, 2002.

2001

Beck – Gernsheim, Elizabeth. Judith Butler et al. *Woman and Social Transformation*. Jacqueline Vaida, tr. New York: Peter Lang Publishing, 2001.

Post, Robert C. and Judith Butler et al. *Prejudicial Appearances: The Logic of American Antidiscrimination Law*. Durham: Duke University Press, 2001.

2000

Butler, Judith. *Antigone's Claim: Kinship between Life and Death*, New York: Columbia University Press, 2000.

Butler, Judith, Ernesto Laclau and Slavoj Zizek. *Contingency, Hegemony, Universality: Contemporary Dialogues on the Left*. London and New York: Verso, 2000.

1997

Butler, Judith. *Excitable Speech: A Politics of the Performative*. New York: Routledge, 1997.

Butler, Judith. *The Psychic Life of Power: Theories of Subjection*. Chicago: Stanford University Press. Stanford, 1997.

Butler, Judith. *Körper von Gewicht. Die diskursiven Grenzen des Geschlechts*. Berlin: Suhrkamp, 1997.

1993

Butler, Judith. *Bodies that Matter: On the Discursive Limits of "Sex"*. New York and London: Routledge, 1993.

1992

Butler, Judith and Joan W. Scott, eds., *Feminists Theorize the Political*. New York and London: Routledge, 1992.

1989

Butler, Judith. *Gender Trouble: Feminism and the Subversion of Identity*. New York and London: Routledge, 1989.

1987

Butler, Judith. *Subjects of Desire: Hegelian Reflections in Twentieth - Century France*. New York: Columbia University Press, 1987.

二 期刊文章

2010

Butler, Judith. "Ich muss mich von dieser Komplizenschaft mit Rassismus distanzieren", In *"Civil Courage Prize" Day Refusal Speech, Christopher Street Day*, June 19, 2010 (German).

Butler, Judith. "I must Distance Myself from this Complicity with Racism, Including Anti - Muslim racism", In *"Civil Courage Prize" Refusal Speech, Christopher Street Day*, June 19, 2010.

Butler, Judith. "You Will Not Be Alone", In *The Nation*, April 13, 2010.

2009

Butler, Judith. "Il 《vero sesso》 di Semenya", In *Il Manifesto*, December 9, 2009 (Italian).

Butler, Judith. "Wise Distinctions", In *London Review of Books*, November 20, 2009.

Butler, Judith, Ronnie Gilbert and Aurora Levins Morales. "Jewish Voice for Peace Advisory Board Members Respond to Efforts by the San Francisco Jewish Community Federation and Others to Police Acceptable forms of Jewish Identity and Cultural Expression", In *Jewish Voice for Peace*, November 19, 2009.

Butler, Judith and Cornel West. "Rethinking Secularism, Judith Butler and Cornel West in Conversation", In *Cooper Union*, October 2009.

2006

Butler, Judith. "Isral / Palaetine and the Paradoxes of Academic Freedom", In *Radical Philosophy*, 135, January / February 2006.

2005

Butler, Judith. "On Never Having Learned How to Live", In *Radical Philosophy*, 129 (Jan. /Feb. 2005).

2002

Butler, Judith. "Explanation and Exoneration, or What We Can Hear", In *Grey Room*, MIT Press, 2002, Vol. 1, No. 7.

2001

Butler, Judith. "Giving an Account of Oneself", In *Diacritics*, Winter 2001, Vol. 31, No. 4.

Butler, Judith. "Literary Futures", In *Canadian Review of Comparative Literature*, University of Toronto Press, Vol. 26, No. 3 −4, 2001.

Butler, Judith. "Doing Justice to Someone, Sex Reassignment and Allegories of Transsexuality", In *GLQ, A Journal of Lesbian and Gay Studies*,

Vol. 7, No. 4, 2001.

Butler, Judith. "Explanation and Exoneration, or What We Can Hear", In *Theory and Event*, Vol. 5, No. 4, 2001.

2000

Butler, Judith. "The Value of Being Disturbed", In *Theory and Event*, 2000, Vol. 4, No. 1.

Butler, Judith. "Appearances Aside", In *California Law Review*, The Brennan Center Symposium on Constitutional Law, Vol. 88, No. 1, January 2000.

Butler, Judith. "Longing for Recognition, Commentary on the Work or Jessica Benjamin", In *Studies in Gender and Sexuality*, Roundtable on the Work of Jessica Benjamin, Vol. 1, No. 3, 2000.

Butler, Judith. "What is Critique? An Essay on Foucault's Virtue", In *Cambridge University*, *Raymond Williams Lecture*, May 2000.

1999

Butler, Judith. "Revisiting Bodies and Pleasures", In *Theory, Culture and Society*, Vol. 16, No. 2, 1999.

Butler, Judith. "A 'Bad Writer' Bites Back", In *New York Times*, March 20, 1999.

1998

Butler, Judith. "Response to Lynne Layton", In *Gender and Psychoanalysis*, Winter 1998.

Butler, Judith. "Sexualities, Afterword", In *SAGE Publications*, Vol. 1, August 1998.

Butler, Judith. "Reply to Robert Gooding – Williams on 'Multiculturalism and Democracy'", In *Constellations: An International Journal of Critical and*

Democratic Theory, Vol. 5, No. 1, 1998.

Butler, Judith. "Merely Cultural", In *New Left Review*, No. 227, January – February 1998.

1997

Butler, Judith. "Merely Cultural", In *Social Text, Duke University Press*, Queer Transexions of Race, Nation, and Gender, No. 52/53, Autumn – Winter 1997.

Butler, Judith. "Sovereign Performatives in the Contemporary Scene of Utterance", In *Critical Inquiry*, Vol. 23, No. 2, Winter 1997.

Butler, Judith. "In Memoriam: Maurice Natanson (1924—1996)", In *Review of Metaphysics*, Vol. 50, No. 3, March 1997.

Butler, Judith. "Further Reflections on Conversations of Our Time", In *Diacritics*, Vol. 27, No. 1, Spring 1997.

Butler, Judith, Ernesto Laclau and Reinaldo Laddaga. "The Uses of Equality", In *Diacritics*, Vol. 27, No. 1, Spring 1997.

Butler, Judith. "The Uses of Equality", In *Diacritics*, Vol. 27, No. 1, Spring 1997.

1996

Butler, Judith. "An Affirmative View", In *Representations*, Special Issue: Race and Representation: Affirmative Action, No. 55, Summer 1996.

Butler, Judith. "Status, Conduct, Word, and Deed: A Response to Janet Halley", In *GLQ: A Journal of Lesbian and Gay Studies*, Vol. 3, No. 2 – 3, November 1996.

Butler, Judith. "Burning Acts: Injurious Speech", In *Roundtable: A Journal of Interdisciplinary Legal Studies*, *University of Chicago Law School*, Vol. 3, No. 1, 1996.

1995

Butler, Judith. "Conscience Doth Make Subjects of Us All", In *Yale French Studies*, Depositions: Althusser, Balibar, Macherey, and the Labor of Reading, No. 88, June 1995.

Butler, Judith. "Conscience Doth Make Subjects of Us All, Althusser's Subjection", In Lezra, Jacques, *Depositions: Althusser, Balibar, Macherey, and the Labor of Reading*, Yale University Press, Yale French Studies, No. 88, November 29, 1995.

Butler, Judith. "Melancholy Gender/Refused Identification", In *Psychoanalytic Dialogues*, Vol. 5, No. 2, 1995.

Butler, Judith. "Self − Referentiality: Pro and Contra", In *Common Knowledge*, Vol. 4, No. 2, Fall 1995.

Butler, Judith. "Slaying the Messenger", In *New York Times*, June 8, 1995 (National edition), (Local edition).

Butler, Judith and Ernesto Laclau, José del Valle and Reinaldo Laddaga tr. "The Uses of Equality/Los Usos de la Igualidad", In *TRANS: Arts, Cultures, Media*, Vol. 1, No. 1, November 1995 (English/Spanish).

Butler, Judith. "Sexual Inversions: Rereading the End of Foucault's *History of Sexuality*, Vol. 1 ", In Richardo Llamas, ed. *Construyendo Sidentidades: Estudios desde el Corazon de una Pandemia*, Siglo XXI. Madrid, 1995.

1994

Butler, Judith. "Kantians in Every Culture?" In *Boston Review*, Vol. 19, No. 5, October − November 1994.

Butler, Judith. Against Proper Objects. In *Differences: A Journal of Feminist Cultural Studies*, Introduction, Vol. 6, Summer − Fall, 1994.

Butler, Judith and Biddy Martin eds., "Cross − Identifications", Issue of *Diacritics*, Vol. 24, No. 2 − 3, Summer − Fall 1994.

Butler, Judith. "Phantasmatic Identification and the Assumption of Sex", In

Psyke Logos: *Dansk Psykologisk Forlag*, Vol. 15, No. 1 (Norwegian Journal of Psychological Studies), 1994.

1993

Butler, Judith. "Review: Poststructuralism and Postmarxism", In *Diacritics*, Reviewed Work (s): *The Philosophy of the Limit* by Drucilla Cornell and *Beyond Emancipation*, by Ernesto Laclau and Jan N, Pieterse, Vol. 23, No. 4, Winter 1993.

Butler, Judith. "Letter", In *Lingua Franca*, Vol. 4, No. 1, November – December 1993.

Butler, Judith. "überlegungen zu Deutschland: One Girl's Story", In *Texte zur Kunst*, 11, October 1993.

Butler, Judith. "Critically Queer", In *GLQ – A Journal of Lesbian and Gay Studies*, Vol. 1, No. 1, 1993.

Butler, Judith. "Response to Sarah Kofman", In *Compar (a) ison*: *An International Journal of Comparative Literature*, Vol. 1, No. 1, 1993.

1992

Butler, Judith. "Response to Bordo's Feminist Skepticism and the Maleness of Philosophy", In *Hypatia*: *A Journal of Feminist Philosophy*, Vol. 7, No. 3, Summer 1992.

Butler, Judith. "Mbembe's Extravagant Power", In *Public Culture*, *Interdisciplinary Journal of Cultural Studies*, Vol. 5, No. 1, 1992.

Butler, Judith, Stanley Aronowitz, Ernesto Laclau, Joan Scott, Chantal Mouffe, Wolfgang Schirmacher, Cornel West. "Discussion: The Identity in Question", In *October*, Vol. 61, Summer 1992.

Butler, Judith. "The Lesbian Phallus and the Morphological Imaginary", In *Differences*: *A Journal of Feminist Cultural Studies*, Vol. 4, No. 1, The Phallus Issue, Spring 1992.

1991

Butler, Judith. "A Note on Performative Acts of Violence", In *Cardozo Law Review*, Vol. 13, No. 4, December 1991.

Butler, Judith. "Response", In *Social Epistemology*, Vol. 5, No. 4, October – December 1991.

Butler, Judith. "Contingent Foundations: Feminism and the Question of 'Postmodernism'", In *Praxis International*, Vol. 11, No. 2, July 1991.

Butler, Judith. "Review: Disorderly Woman", In *Transition*, Reviewed Work (s): *Toward a Feminist Theory of the State*, by Catharine A. MacKinnon and The Disorder of Women, by Carole Pateman, No. 53, 1991.

1990

Butler, Judith. "Deconstruction and the Possibility of Justice: Comments on Bernasconi, Cornell, Weber", In *Cardozo Law Review*, Vol. 11, No. 5 – 6, July – August 1990.

Butler, Judith. "Review of Michael S, Roth's Knowing and History: Appropriations of Hegel in Twentieth – Century France", In *History and Theory*, Vol. 29, No. 2, 1990.

Butler, Judith. "The Force of Fantasy: Feminism, Mapplethorpe, and Discursive Excess", In *Differences: A Journal of Feminist Cultural Studies*, Vol. 2, No. 2, Summer 1990.

Butler, Judith. "Lana's 'Imitation': Melodramatic Repetition and the Gender Performative", In *Genders*, No. 9, Fall 1990.

Butler, Judith. "Review of Michael S, Roth's *Knowing and History: Appropriations of Hegel in Twentieth – Century France*", In *History and Theory*, Vol. 29, No. 2, 1990.

Butler, Judith. "Review of Peter Dews' The Logics of Disintegration: Poststructuralist Thought and the Claims of Critical Theory", In *International Studies in Philosophy/Studi Internazionali di Filosofia*, Vol. 22, No. 3,

1990.

1989

Butler, Judith. "The Body Politics of Julia Kristeva", In *Hypatıa*: *Journul of French Feminist Philosophy*, Vol. 3, No. 3, Winter 1989.

Butler, Judith. "Foucault and the Paradox of Bodily Inscriptions", In *The Journal of Philosophy*, Eighty – Sixth Annual Meeting American Philosophical Association, Eastern Division, Vol. 86, No. 11, November 1989.

Butler, Judith. "Review of Andrea Nye's Feminist Theory and the Philosophies of Man", In *Canadian Philosophical Reviews/Revue Canadienne de Comptes rendus en Philosophie*, 9/8. August 1989.

Butler, Judith. "Review of Chris Weedon's *Feminist Practice*: *Post – Structuralist Theory*", In *Ethics*, Vol. 99, No. 3, April 1989.

1988

Butler, Judith. "Performative Acts and Gender Constitution: An Essay in Phenomenology and Feminist Theory", In *Theatre Journal*, Vol. 40, No. 4, December 1988.

Butler, Judith. "Review of Edith Wyschogrod's *Spirit in Ashes*: *Hegel, Heidegger, and Man – Made Mass Death*", In *History and Theory*, Vol. 27, No. 1, 1988.

Butler, Judith. "Review of Gilles Deleuze and Claire Parnet's *Dialogues*", In *Canadian Philosophical Reviews/Revue Canadienne de Comptes Rendus en Philosophie*, Vol. 8, No. 5, May 1988.

1987

Butler, Judith. "Review, Gender, the Family and History: Limits of Social Theory in the Age of the Family", In *Praxis International*, *Columbia University Press*, Vol. 7, No. 1, 1987.

1986

Butler, Judith. "Desire and Recognition in Sartre's *Saint Genet* and *The Family Idiot*, Vol. 1", In *International Philosophical Quarterly*, Vol. 26, No. 4 (104), December 1986.

Butler, Judith. "Sex and Gender in Simone de Beauvoir's Second Sex", In *Yale French Studies*, Simone de Beauvoir: Witness to a Century, No. 72, Winter 1986.

Butler, Judith. "Variations on Sex and Gender: Beauvoir, Witting, and Foucault", In *Praxis International*, January 5, 1986, No. 4.

1980—1985

Butler, Judith. "*Geist ist Zeit*: French Interpretations of Hegel's Absolute", In *Berkshire Review*, Vol. 20, Time and the Other, Fall 1985.

Butler, Judith. "The German Question, Translation of Herbert Ammon and Peter Brandt's article Die Deutsche Frage", In *Telos*, Vol. 51, Spring 1982.

Butler, Judith. "Review of Joseph Fell's *Heidegger and Sartre*: An Essay on Being and Place", In *Philosophical Review*, Vol. 91, No. 4 (479), October 1982.

Butler, Judith. "Seven Taboos and a Perspective, Translation of Rudolph Bahro and Michael Vester's 'Sieben Tabus und eine Perspektive'", In *Telos*, Vol. 51, Spring 1982.

Butler, Judith. "Aid to Private Education: Persistent Lawmakers and the Court", In *Gonzaga Law Review*, Vol. 16, 1980—1981.

三　访谈

Butler, Judith and Liz Kotz (Interview). "Il Corpo che Vuoi: Intervista a Judith Butler", In *Filopop*, February 18, 2010. Translation by Cesare Del Frate (Italian).

Schneider, Nathan and Judith Butler, "A Carefully Crafted F ﹡ ﹡ k You", In *Guernica*, March 2010.

Aloni, Udi and Judith Butler. "As a Jew, I was Taught it was Ethically Imperative to Speak up", In *Haaretz*, February 24, 2010.

Power, Nina. "Media Death — Frames of War, The Books Interview: Judith Butler", In *New Statesman*, August 27, 2009.

Birulés, Fina and Judith Butler. "Gender is Extramoral", In *Barcelona Metropolis*, Summer, June — September 2008.

International Lesbian, Gay Bisexual, Trans and Intersex Association and Judith Butler. "Gender Trouble: Still Revolutionary or Obsolete?" In *Bang Bang*, August 10, 2007.

Butler, Judith, éric Fassin and Michel Feher. "Une éthique de la Sexualité", In *Vacarme*, No. 22, Winter 2003 (French).

Stauffer, Jill and Judith Butler. "Peace is Resistance to the Terrible Satisfaction of War", In *The Believer*, No. 5, 2003.

Butler, Judith, Sasha Waltz, Nataly Bleuel and Stefanie Wenner. "Was heißt hier schön?" In *Die Zeit*, No. 27, July 5, 2001 (German).

Butler, Judith and Regina Michalik. "The Desire for Philosophy, Interview with Judith Butler", In *Lola Press*, May 2001.

Butler, Judith and Regina Michalik. "El Deseo como Filosofía, Entrevista con Judith Butler", In *Lola Press*, May 2001 (Spanish).

Breen, Margaret Soenser, Warren J, Blumenfeld and Judith Butler, et al. "'There Is a Person Here' — An Interview with Judith Butler", In *International Journal of Sexuality and Gender Studies*, Vol. 6, No. 1/2, 2001.

Bell, Vikki and Judith Butler. "On Speech, Race and Melancholia", In *Theory, Culture and Society*, Vol. 16, No. 2, 1999.

Meijer, Irene Costera, Baukje Prins and Judith Butler. "Interview, How Bodies Come to Matter: An Interview with Judith Butler", In *Signs*, Vol. 23, No. 2, Winter 1998.

Cheah, Pheng, Elizabeth Grosz, Judith Butler and Drucilla Cornell. "The Future of Sexual Difference: An Interview with Judith Butler and Drucilla Cornell", In *Diacritics*, Irigaray and the Political Future of Sexual Difference, Vol. 28, No. 1, Spring 1998.

Butler, Judith, Vikki Bell (Interview). "Interview", In *Theory, Culture and Society*, 1998.

Butler, Judith, Jean – Ernest Joos (Interview). "Le corps decentrée", In *Spirale*, 1997 (French).

Butler, Judith. "The End of Sexual Difference?" In Jorg Huber and Martin Heller, eds., *Konturen des Unentschiedenen: Interventionen von Judith Butler* ..., Interventionen, 6, Stroemfeld/Roter Stern / Museum für Gestaltung Zurich, Basel/Zurich, 1997 (German).

Butler, Judith. "The End of Sexual Difference", In Lucia Re, ed, *Genera e sessualita negli studi critici*, Feltrinelli, 1997 (Italian).

Butler, Judith. "Interview", In *Radical Deviance*, July 1997 (English).

Butler, Judith, Liz McMillen (Interview). "Judith Butler Revels in the Role of Troublemaker." In *Chronicle of Higher Education*, Vol. 43, No. 27, May 23, 1997.

Butler, Judith, Kate Worsley (Interview). "Interview", In *Times Higher Educational Supplement*, Vol. 1, No. 280, May 16, 1997.

Osborne, Peter, Lynne Segal and Judith Butler. "Gender as Performance: An Interview with Judith Butler", In *Radical Philosophy*, No. 67, Summer 1994.

Osborne, Peter, Lynne Segal and Judith Butler. "Gender as Performance: An Interview with Judith Butler", In Peter Osborne, ed, *A Critical Sense: Interviews with Intellectuals*, New York and London: Routledge, 1996.

Braidotti, Rosi and Judith Butler. "Interview. Feminism by Any Other Name", In *Differences, A Journal of Feminist Cultural Studies*, Vol. 6, No. 2 – 3, 1994.

Rubin, Gayle and Judith Butler. "Interview: Sexual Traffic", In *Differences*, *A Journal of Feminist Cultural Studies*, Vol. 6, No. 2 - 3, Summer - Fall 1994.

Butler, Judith, Emily O. Wittman and Patrick Greaney (Interview). "An Interview with Judith Butler", In *Yale Literary Magazine*, Vol. 4, No. 2, Winter 1993.

Butler, Judith. "Interview", In *Neid*, Vol. 1, No. 1, May 1993.

Butler, Judith, Margaret Nash (Interview). "Judith Butler: Singing the Body", In *Bookpress*, Vol. 2, No. 2, March 1992.

Butler, Judith and Liz Kotz (Interview). "The Body You Want: An Interview with Judith Butler", In *Artforum*, Vol. 31, No. 3, November 1992.

四　记录片

Examined Life: Philosophy is in the Streets, Directed by Astra Taylor, 2008.

Judith Butler: Philosophical Encounters of the Third Kind, Directed by Paule Zajdermann, 2006.

Deconstruction Roundtable, 1994. NYU Video Production Center/NYU TV, New York, 1 video - cassette, 1/2 in. VHS.

五　英文研究著作

Faber, Roland. Michael Halewood and Deena Lin, eds., *Butler on Whitehead: On the Occasion*, Lanham: Lexington Books, 2012.

Brady, Anita and Tony Schirato. *Understanding Judith Butler*, Thousand Oaks: Sage Publications Ltd., 2010.

Faber, Roland and Andrea M. Stephenson, eds., *Secrets of Becoming: Negotiating Whitehead, Deleuze, and Butler*, New York: Fordham University Press, 2010.

Boucher, Geoff. *The Charmed Circle of Ideology: A Critique of Laclau and Mouffe, Butler and Žižek*, Melbourne: Re - Press, 2008.

Carver, Terrell and Samuel Chambers. *Judith Butler's Precarious Politics: Critical Encounters*, London: Routledge, 2008.

Chambers, Samuel and Terrell Carver. *Judith Butler and Political Theory: Troubling Politics*, London: Routledge, 2008.

Jagger, Gill. *Judith Butler: Sexual Politics, Social Change and the Power of the Performative*, London and New York: Routledge, 2008.

Thiem, Annika. *Unbecoming Subjects: Judith Butler, Moral Philosophy, and Critical Responsibiliry*, New York: Fordham University Press, 2008. 3 edition.

Davies, Bronwyn, ed. *Judith Butler in Coversation: Analyzing the Texts and Talk of Everyday Life*, New York: Routledge, 2007.

Loizidou, Elena. *Judith Butler: Ethics, Law, Politics*, New York: Routledge – Cavendish, 2007.

Lloyd, Moya. *Judith Butler: From Norms to Politics*, Cambridge: Polity books, 2007.

Kirby, Vicki. *Judith Butler: Live Theory*, London and New York: Continuum, 2006.

Armour, Ellen and Susan St. Ville. *Bodily Citations: Religion and Judith Butler*, New York: Columbia University Press, 2006.

Breen, Margaret Sonser and Warren J. Blumenfeld, eds. , *Butler Matters: Judith Butler's Impact on Feminist and Queer Studies*, Farnham: Ashgate Publishing, 2005.

Salih, Sara. *Judith Butler*, London and New York: Routledge, 2002.

六 巴特勒著作中文译本

［美］朱迪斯·巴特勒：《脆弱不安的生命：哀悼与暴力的力量》，何磊、赵英男译，河南大学出版社 2013 年版。

［美］朱迪斯·巴特勒：《身体之重：论“性别”的话语界限》，李钧鹏译，上海三联书店 2011 年版。

［美］朱迪斯·巴特勒：《消解性别》，郭劼译，上海三联书店 2009 年版。

［美］朱迪斯·巴特勒：《性别麻烦：女性主义与身份的颠覆》，宋素凤
　　译，上海三联书店 2009 年版。

［美］朱迪斯·巴特勒：《权力的精神生活：服从的理论》，张生译，江苏
　　人民出版社 2009 年版。

［美］朱迪斯·巴特勒、［英］欧内斯特·拉克劳、［斯洛文尼亚］斯拉沃
　　热·齐泽克：《偶然性、霸权和普遍性》，胡大平、高信奇、蒋桂琴、
　　童伟译，江苏人民出版社 2004 年版。

［美］朱迪斯·巴特勒：《性别惑乱：女性主义与身份颠覆》，林郁庭译，
　　（台北）桂冠图书出版公司 2008 年版。

索 引

后 记

福柯对写作的描述令人困惑，同时充满慰藉，我想再没有人说得比他更好了："你们想象一下我在写作时经受了多少艰辛，感受到多少乐趣，如果我——用一只微微颤动的手——布置了这样一座迷宫的话，你们还认为我会执着地埋头于这项研究，而我却要在这座迷宫中冒险，更改意图，为迷宫开凿地道，使迷宫远离它自身，找到它突出的部分，而这些突出部分又简化和扭曲着它的通道，我迷失在迷宫中，而当我终于出现时所遇到的目光却是我永远不想再见到的。"

这本书在我的博士论文基础上修改而成。对我来说，这本书最令人快意的是那些构思和写作的时刻，如今"暨乎篇成，半折心始"，真正如福柯所说，一本书的产生是个微小的事件，一个任人随意把玩的小玩意儿。回想起来，这本书产生的契机也算一个微小事件，2006 年在兰州，某日下载到一篇写福柯的论文，两年后在成都，这篇论文的作者巴特勒成为我的研究对象。

彼时我正在兰大一分部温暖的斗室中与室友杨雅婷及李彦妮享受最后一年的兰大时光，那时我以为笔下的福柯也许会是我今生最后一篇论文。不想尔后有幸辗转成都开始了更大规模的论文写作。在写博士论文最艰难的时期，与室友兼同门王佳互相勉励，师姐胡亦灏告诉我们真相，"博士论文只是开始",至今言犹在耳,仿若身处其间。

应当说,不仅一本书的产生是一个微小事件,更是诸多微小事件促使这本书的产生。首先要感谢我的博士生导师阎嘉教授,先生为人率真爽直,为学敏锐天分甚高,授课讲学别有风采,带我们进入艰深的理论世界探其微妙。在博士论文写作过程中,先生数次删改我们粗糙的文字,让它得以最终成型,呈现出现在的样子。而先生对于学术的骄傲至今依然是照亮尘世庸碌的执着之光。

同时感谢我的兰大导师张进教授,张老师学贯中西博古通今,正是在张老师的课堂上得以听闻 J. L. 奥斯丁大名和述行理论,此后竟成我博士论文的关键。时至今日,张老师依然温和地鼓励着学生在学术道路上前行。在张门与阎门,有幸与才华横溢的杨有庆师兄成为同门。在兰大与川大,师兄在同门中均以学识为人称道,为饱学之士,却为人谦和友爱,多年来不吝赐教,在学术道路上倾力相助,真正良师益友。

求学几多艰辛,难得在川大遇到诸多"高"人。有庆师兄早我两年至今,杨雅婷早我一年拜读于王晓路老师门下,便能再续同看剧、同饮酒、同读书的时光。有庆师兄交游甚广,自称旁若无人斋主人,在北园的小屋中,得以结识尚书兄、祝东兄、瘦石斋主诸位雅士,度过许多快乐时光。

阎门多才俊,亦多豪侠任气之人。初入阎门,时逢诗人董常跑兄、杨致远兄、饱学的谦谦君子吴迎君兄等诸位师兄各领风骚,毛娟、徐文松、潘虹艳、胡亦颢、田园等诸位师姐则如涓涓细流,共享快意恩仇。难得尹兴、刘晓萍、王佳三位同门三年相伴,结为佳友。

王佳与晓萍我们三位女性一起研究西方学者,学术的亲缘与性格的投缘让我们在求学过程中收获友谊。我们三人在论文写作过程中互通有无,甘苦与共,共同见证彼此的成长。晓萍思维敏锐,行事果断,与其夫君皆为人慷慨练达,同门诸事热心相助。晓萍的母亲成为我论文第一个学术圈以外的读者,并赞之有趣,实乃我之大幸。王佳谦和良善,国内同行如数家珍,我们同门兼室友朝夕相处,一起谈经论道 shopping 游冶。弹钢琴的格桑梅朵活泼友善,因缘际会投入美学门下得以相识。未曾想在最后的校园时光里,在同门与同学中能得如此良朋,而今虽天各一方,仍时常牵挂，青春做伴，永志难忘。

从兰大到川大而今到回到故乡，男友余进德伴我一起走过。余同学作为理工学生热爱文学，是我论文热切的批判者，在稻田与实验室奔走之余以其严谨的科学思维助我修改论文。从校友到恋人，到如今步入婚姻，感谢你一直在。

感谢父亲母亲带我来到世上，你们坚韧明朗的天性，广阔而又淡然的胸怀给了我最好的世界。站在你们身后的我的庞大家族每一位亲人，一直在赐予我来自故乡的深厚力量。

感谢生命的馈赠。